光文社文庫

長編推理小説

隕《いん》石《せき》誘拐

宮沢賢治の迷宮

鯨《くじら》　統一郎

光　文　社

解説　香山二三郎

いさゝかの奇蹟を起す力欲しこの大空に魔はあらざるか

宮沢賢治

九月一日　水曜日

オツベルかね、そのオツベルは、おれも云おうとしてたんだが、居なくなったよ。

宮沢賢治『オツベルと象』より

新しい童話のアイデアが浮かんだ。

潜在意識が幻覚化して目に見える。その幻覚は小動物の形をしている。その小動物をペットとして飼い慣らす。

人間は生まれてから経験したあらゆる出来事を記憶しているらしい。たとえば、十歳の誕生日の翌日の朝食に何を食べたか。あるいは過去に読んだあらゆる本のすべての字句。それらを潜在意識は確実に記憶している。ただ、思い出すことはできない。その記憶は脳の奥深くにしまわれて浮かび上がることはない。

もしもその記憶を、しゃべるペットという形で自由に取り出すことができたら……。

中瀬研二《なかせけんじ》は手応《てごた》えを感じた。

いい作品になりそうな気がする。

タイトルは『幻覚ペット』がいい。幻覚ペットが潜在意識を……。意識をどうする？

記憶が薄れていく。

研二はメモ用紙を捜した。

見つからない。早くメモ用紙を見つけないとせっかくのアイデアを忘れてしまう。

目が覚めた。

天井が見える。

朝だ。今まで寝ていたのだ。

幻覚ペット……。

そうだ。まだアイデアを覚えている。

幸運だ。

今までも、いいアイデアを夢の中で摑《つか》んだことは何度かあった。だが、目が覚めるとそのアイデアは摑んだ両手からこぼれ落ちていた。

今は違う。夢の中で浮かんだアイデアを目が覚めたあとも覚えている。

目覚まし時計に手を伸ばす。

午前七時二十七分。

妻と子の布団《ふとん》はすでに畳まれている。

電話の脇にメモ用紙がある。まずそこに走り書きしてあとから創作ノートに転記しよう。

研二は体を起こした。

今日も暑さは続いている。

半袖のパジャマの一番上のボタンが取れたままになっている。妻に「つけておいてくれ」と頼んだのが二カ月前だ。その後も何度か頼んだのだが妻は一向につける気がないらしい。じきに催促するのも億劫《おっくう》になり、そのままになっている。

「どうして判らないのよ！」

二階から妻が子を叱責する声が聞こえてくる。

研二は立ち上がった。襖《ふすま》を開ける。リビングを通って階段を上り、書斎兼子ども部屋のドアを開ける。

「やっと起きたの？」

中瀬稔美《としみ》が研二を振り向いて言った。

すでにジーパンとTシャツに着替えている。

おそらく幼稚園児の母親たちの中でもかなり目立つ美人だろう。稔美の顔は非の打ち所のない完璧な造作をしていると研二は思う。身長は一六〇センチでスタイルも良く、背中まで伸ばしたストレートヘアと、二十代の親たちにも負けない肌の張り、加えて三十二歳の女性にふさわしい色香をも併せ持っていた。

「何をやってるんだ」

虹野《こうや》が泣きそうな顔で研二を見つめる。まだパジャマのままだ。

「引き算よ」

「引き算？」

「そう。何度いっても理解できないの」

「ちょっと待てよ稔美。虹野はまだ四歳だぞ」

「もう四歳よ。お友だちで公文《くもん》に通ってないの虹野だけなのよ」

稔美はテレビコマーシャルで羽生善治《はぶよしはる》名人が公文学習塾出身だと知ってから、子どもを公文に入れたがっていた。だが、中瀬家の経済状態では子どもを学習塾に入れる余裕はない。

羽生名人は公文出身だが、コマーシャルによれば小学二年生から通い始めたはずだ。だったらうちのもそれから始めても遅くはない。

研二はそういって稔美の学習塾熱に抵抗してきた。できたら一生塾などへは行って欲しくない。

「三引く一は？」

子ども部屋は書斎兼用となっている。

左に親の机があり、稔美のノートパソコンと研二のワープロが置かれている。机に備えつけの本棚には、ビジネス書と童話集が競《せ》り合《あ》うように並んでいた。

その右、部屋の中央が虹野の学習机だ。幼稚園のバザーで手に入れた一冊十円の児童書や、学習雑誌「チャレンジ」「たのしい幼稚園」などが、研二お手製の段ボール製本棚に立てられていた。

引出しを挟んだ右端の本棚にも、図書館で借りた本や、おばあちゃんに買ってもらった本、古本屋で購入した童話が詰め込まれている。

「四？」

虹野が真っ赤な顔で答える。

「なんで足すのよ！」

「やめろよ稔美。虹野はまだ四歳だ。引き算を理解する力もないし、その必要もないだろ」

「他の子はみんなできるのよ」

稔美が怒りを押し殺したような声でいう。

「勉強は小学校へ行ってからで充分だよ」

「そんな呑気なこといってたら受験競争に乗り遅れるわよ」

「いまから受験競争もないだろう」

「あなたは認識が甘いのよ。ただでさえ、」

「将来の受験制度はどうなってるか判らないよ。大学の価値だって問い直されつつあることだし」

「じゃあ勉強しなくていいっていうの」

「今はいいんじゃないか？」

「ただでさえ、虹野は他の子より鈍いのよ」

「ねえママ。三はこれだよね」

虹野が左手の指を三本立てる。

「そうよ」

「一はこれだよね」

稔美が期待を込めた顔で答える。

右手の人差し指を一本立てる。

「そうよ」

虹野は自分の左手と右手を見比べている。

「ねえ、三引く一って、いったいどういうことなの？」

研二は虹野の言葉に吹き出した。

三引く一も理解できないのに〝いったい〟などという大人びた副詞を使ったことがおかしかったのだ。

「三から一を引くのよ。答えは？」

「四？」

研二は声を出して笑って虹野の頭を抱いた。

額《ひたい》に届いた手がかすかな違和感を感じ取る。

「虹野。お前、熱がないか？」

「うん、あるよ」

「ある？」

「さっき計ったわ。三十七度六分よ」

「なんだって」

研二はあらためて虹野の額に手のひらを当てる。たしかに熱が伝わってくる。

「寝てなきゃダメじゃないか」

「子どもは平熱が高いから大丈夫よ」

「まさか幼稚園に行かせるなんて言わないだろうね」

「幼稚園は休ませるわよ。幼稚園じゃ引き算教えてくれないもの」

「家でも休ませろよ」

「幼稚園を休む今日が勉強を教えるチャンスなのよ」

「勉強のことは幼稚園や学校に任せておけよ。そう釈迦力《しゃかりき》になることはないだろ。子どもは自由にのびのび育つのが一番なんだから」

「あなたみたいに理想ばっかり言ってたら現実に虹野は他の子にどんどん置いて行かれるのよ」

「かまわないじゃないか。まだ幼稚園なんだ」

「権藤翔太《ごんどうしょうた》君は自分の名前を漢字で書けるわよ」

「それがどうした。大人になりゃ誰だって自分の名前ぐらい書ける」

「虹野は名前を書くどころか自分の家の住所だって言えないのよ！」

「いいだろ、言えなくたって」

「あなたはなんにも判ってないのよ」

「判ってないのは稔美の方だ！」

研二は声を荒《あら》らげた。稔美の怒った顔越しに壁の時計が目に入る。

七時三十九分。

研二は子ども部屋を出て布団が敷いてある畳の部屋へ向かう。気まずい思いでタンスからワイシャツとスーツを出して着替える。

このところ稔美との諍《いさか》いが多くなっている。結婚以来七年間、常に夫婦喧嘩《ふうふげんか》はあった。小さなものから、稔美が家を飛び出してしまうような大きなものまで。時には離婚を視野に入れた発言まで飛び出した。でもその度《たび》に、稔美の明るさと研二の鷹揚《おうよう》さで乗り越えてきた。特に虹野が生まれてからの四年間は、お互いに虹野を不幸な目に遭わせたくはないという暗黙の了解事項ができ、喧嘩はしても別れはしないという安心感が感じられた。だが、研二が二年前に会社を辞めてからは、その安心感も信頼できなくなっていた。

研二は半袖のワイシャツと薄いグレーのスラックスを穿くと稔美を呼んだ。

「なに」

稔美が子ども部屋から出てきて後ろ手でドアを閉める。

「朝食の用意をしてくれよ」

「自分でやってよ。いま虹野の勉強みてるんだから」

「ぼくは夫だぞ」

「それが何か特別なことなの？」

「妻だったら夫の食事の用意ぐらいしろよ」

「ねえ。夫だったら夫らしい稼ぎを持って来てくれる？」

研二は二年前まで東洋《とうよう》火災《かさい》という一部上場損保会社の社員だった。世間では一流企業と認められている会社であり、求職学生の人気調査でも常にトップクラスにランクされる人気企業でもある。

研二と稔美はその会社で知り合って職場結婚をした。稔美は五年前、妊娠を機に退職した。そして研二は二年前、童話作家になりたいという自分の夢を追うために東洋火災を辞めた。東洋火災での勤務は多忙であり、勤務時間以外に童話を書くという時間が取れなかったのだ。

もちろん稔美は反対したが、研二は自分の信念を曲げなかった。その結果、研二は時間に余裕が持てるアルバイトを捜すことになる。だが、研二に都合のいい職が簡単に見つかるはずもなく、現在は『とやがさき会館』という結婚式場の便所掃除をしている。稔美には「清掃システムの総合管理」と伝えてある。

収入は月十七万円程度。当然研二の収入だけでは生活できず、稔美がパソコンを使ってSOHO（スモールオフィス・ホームオフィス）を開いている。仕事の内容は、ロゴデザイン、チラシ制作、ホームページの作成、など。これでなんとか月八万円は稼いでいる。研二にとってはありがたいことだが、それでも親子三人月二十五万円では苦しい。生活を切りつめなくてはやっていけない。

「あなたあたしが働いているのをいいことに、まともに生活費を渡してくれたことないじゃない」

研二は反論できなかった。研二は収入の全額を稔美に渡したことはない。給与明細も見せたことがない。あまりにも少ない収入の全貌を、稔美に知られたくなかったからだ。もちろん、収入が少ないことはお互いに判っているが、それが具体的になることが怖かった。逆に稔美の方は、研二の収入をとことん追及しない〝武士の情け〟を心得ていた。

「育ち盛りの虹野に肉だって満足に食べさせてやれないのよ。肉だけじゃない。野菜だってそう。いつも半額の札ばかり捜して。たまには思いっきり値段を気にしないで新鮮な野菜を買ってみたいわ」

研二は押し黙る。

「たまには外食もしてみたい。虹野を遊園地に連れていってあげたい。でも、みんなダメじゃない。節約節約で息が詰まるわ。あなたが会社を辞めなかったら」

「同じことを何度もいうなよ！」

「いいたいことはもっともっとあるのよ！」

東洋火災を辞めなかったら生活は安定し、おそらく人並み以上の収入を保証されただろう。だがそのかわり研二は自分の夢をあきらめなければならなかった。東洋火災の社員は朝八時には出勤し、夜八時まで働くことが普通だ。家に帰ってからも資料の作成や保険知識の勉強が、終わることなく控えている。

勤務時間が終わると研二には童話の着想が次々と浮かんでくる。東洋火災に居続けるということは、その心の要求を無視しつづけることを意味する。それは研二にはとてもできないことだった。

「水道料金やガス料金の〈引き落としできませんでした〉っていうハガキはもう見たくないわ。あれ見ると絶望的な気分になるのよ」

「ぼくだって同じだよ」

「じゃあきちんと稼いできてよ。ろくでもない童話ばっかり書いてないで」

研二の顔色が変わった。

「ろくでもないだと。ぼくは教室では一番才能があると思われてるんだ」

「だって一円にもなってないじゃないの。あなたは口だけなのよ」

「あれを見せただろ。ぼくの名前が『ひまわり』の新人賞の二次予選まで残ってる」

「前にもあったじゃない、何度か予選に残ったこと。でも結局ダメだった。才能があると思ってるの、あなただけなんじゃないの」

「稔美。冷静に考えてみろよ。何度も予選に残ったってことは、それなりの実力はあるということだろ」

「でも、一度も最後まで残らなかったじゃないの」

「今度は大丈夫。賞金は一〇〇万円だ」

「聞きたくないわよそんな話。獲《と》ってから言ってよ。いつも口ばっかりで」

研二には自分の才能に対する自信があった。だから口にする。でも受け入れられない。稔美にも、審査員にも。

「家も狭すぎるわ。虹野が大きくなって個人部屋が欲しいっていったらどうするの？」

その頃には少しは金を儲けて広い家に引っ越している。だがそれをいっても「口ばっかり」という言葉が返ってくることは判っている。

「ねえ、もうすぐ九月六日ね」

九月六日……。

その日が二人の結婚記念日であることを研二はかろうじて思い出した。

「今度の結婚記念日にはダイヤモンドをプレゼントしてくれない？　それも、今まで誰もつけたことのないような凄いダイヤモンド」

「誰もつけたことのない？」

「そうよ」

「誰もつけたことのないダイヤモンド……」

研二は考え込んだ。

「どうしたの」

「いや、今いいアイデアが浮かびかけた。ほら、稔美が持っている七色のダイヤモンド。あれがもし本物だったら」

稔美がうつむいて首を強く左右に振った。

「あれはオモチャよ。あなたのそういうところが嫌《いや》なの。あたしは真面目よ。ダイヤを買って」

「無理に決まってるだろう。意地の悪いことをいうなよ」

「そう。じゃあ、あたしたちもうおしまいかもね」

稔美はさして思いのこもらない顔で研二を見つめた。

「おい。もう少し優しくなれないのか？」

「あなたこそもう少し強くなってよ」

虹野が子ども部屋から顔を覗《のぞ》かせる。

「勉強してなさい」

すかさず稔美の声が飛ぶ。

「はい」

虹野は顔を引っ込める。

「あたし二年間一度も新しい洋服買ってないのよ。洋服どころか下着も買ってないわ。どれもみんなボロボロ。それを我慢して着てるの。もうたくさんだわ、こんな惨《みじ》めな生活」

「もう少し待ってくれよ。必ずなんとかする」

「聞き飽きたわ、そんなセリフ」

「じゃあ他になんて言えばいいんだ」

「知らないわよ。早く仕事に行って。顔も見たくない」

研二は立ち上がった。

「お前は何でも自分が正しいと思ってる」

「それはあなたよ」

「もう少し夫を信じたらどうだ?」

「あなたはデクノボーよ」

「なんだと」

「全然稼ぎがないじゃない。デクノボーなのよ、あなたは」

「おい！　言ってはいけないことを言ったな」

「ほんとのこと言って悪い？」

研二は食卓を平手で叩いた。稔美がその音に耳を塞ぐ。

「もういや。田舎に帰りたい」

稔美の声が涙声になった。両手で顔を覆う。

研二はその場を離れた。タンスからネクタイを出して締める。研二の仕事にネクタイはいらないが、締めていくことが習慣になっている。無造作に垂らした髪にムースをつけておざなりに櫛を通す。研二はそのまま食事をしないで玄関を出た。

*

午前十一時。

研二との言い争いから三時間近くが過ぎて、稔美はようやく冷静さを取り戻してきた。

（今日はやけにイライラしてた。生理が近いせいかな）

嫌な思いをさせたまま夫を送り出してしまった。夫を送り出してからは勉強を教える気にもなれず、虹野を寝かしつけた。熱のせいか虹野はすぐに寝息を立てた。そのあとで稔美はテレビを点《つ》けて久しぶりにワイドショーを見た。普段の稔美は時間ができるとすぐにパソコンに向かうから、ワイドショーを見ることはめったにない。岩手県雫石町《しずくいしちょう》近辺でアルツハイマー病が異常発生している。それが今日の最初の話題だった。

(雫石は小岩井《こいわい》農場があるところだわ)

宮沢賢治《みやざわけんじ》の愛した小岩井農場。

稔美は亡くなった父親のことを思いだした。

稔美の父親は布施獅子雄《ふせししお》といって、一種の山師だった。

自らを日蓮《にちれん》の再来と称して新興宗教まがいのことをやったり、催眠術の見世物を企画したり、柳田國男《やなぎたくにお》に触発されて東北民俗学に手を染めたりと、金になること、ならないこと、あらゆる分野に興味を抱いていた。

中でも一番熱心だったのが、宮沢賢治の研究だった。

稔美も父に半《なか》ば強制的に賢治を読まされたが、さほど興味が持てなかった。獅子雄は稔美に賢治を強要することをあきらめた。その獅子雄も、稔美が小学校五年生の時に賢治の研究をぷっつりとやめてしまった。

(なぜ突然やめたんだろう? 宮沢賢治だけは長続きすると思っていたのに)

稔美がいつも抱いていた疑問だ。

稔美が六年生になったとき、獅子雄は事故で死んだ。

「ママ」

虹野が起きてきた。まだすっきりとしないのか目をこすっている。

「どう？　熱は」

「すこしあつい」

稔美は虹野の額に手をあてた。

「さっきより熱いみたいね」

稔美は本棚に置かれている薬箱から体温計を取り出す。

「ねえママ」

「なに」

「パパって、ダメだよね」

稔美は虹野の目を見る。四歳なりに真剣な目つきをしている。

「だって、お金持ってこないもん」

夫婦喧嘩の内容を聞いていたらしい。

稔美は虹野をソファに坐らせ、自分もその隣りに坐った。

「パパを悪くいっちゃダメよ。パパはあたしたちのために一生懸命働いてくれているのよ」

父親をバカにして育つことは、子にとっても親にとっても決していい事じゃない。稔美は直観的にそう信じていた。

「パパはどんなおしごとをしてるの」

「清掃システムの総合管理っていってたわね」

「セイソウ？　いったいそれなんなの」

（もしかしたら便所掃除かしら）

稔美はそう見当をつけていた。

アルバイト的に入社したばかりで、総合管理などという仕事を任せられるはずはない。

「たいへんなお仕事よ」

虹野は「ふうん」といった。

（研二はたいへんな思いをしてがんばっている、あたしたちのために）

稔美は岩手県花巻《はなまき》の実家では、農業を営む母親の手伝いで肥桶を担いだ経験もある。便所掃除ぐらいでおどろく稔美ではない。

「ねえ、ママとパパ、離婚するの？」

「バカね。する訳ないでしょ」

「ホント？」

「本当よ」

「よかった。ぜったいしないでよ」

「当たり前でしょ」

数々の欠点はあるけれど、研二は優しい。

最近、妻に暴力を振るう夫の話題がよく目につく。そんな夫よりははるかに上出来だ。亭主関白を目指しているらしいが、家事もよくこなしている。それに、研二には才能がある。よくもまあ落とされても落とされてもめげずに書き続けられるものだと稔美はその点にだけは感心する。

(才能というより情熱かしら)

どちらも同じ意味かもしれない。

研二の書く童話はおもしろいと稔美は思う。

(でもなぜ認められないんだろう?)

少し難しすぎるのかもしれない。研二の想像力は科学や哲学や深層心理の分野を自由に跳《ちょう》梁《りょう》し、それを子供向けに嚙《か》み砕《くだ》くというようなことをあまりしない。大人には(少なくとも稔美には)おもしろいが、子どもにとってはチンプンカンプンかもしれないのだ。

稔美は夫と宮沢賢治を重ねて考えるときがある。

宮沢賢治も生きている間はまったく不遇の作家だった。膨大な数の童話を書いたが、出版社からは相手にされず、詩集『春《はる》と修《しゅ》羅《ら》』と童話集『注文の多い料理店』を自費出版する。それぞれ千部ずつ刷ったが、どちらも一冊も売れなかった。宮沢賢治が生前得た原稿料は、大正十年、二十五歳の時に「愛国婦人」十二月号、翌一月号に分載発表された『雪渡り』の分、五円のみである。

当時の童話文壇の中枢だった「赤い鳥」に送った『タネリはたしかにいちにち嚙《か》んでいたよ

うだった』は、主宰者の鈴木三重吉《すずきみえきち》から「あんな原稿はロシアにでも持っていくんだなあ」という屈辱的なコメントと共に送り返されている。草野心平《くさのしんぺい》のように「宮沢賢治の詩集『春と修羅』は日本の驚異、世界的傑作です」と手放しの評価をする人間もいたが、それは少数派で、宮沢賢治の特異な才能が多くの人間に認められるようになったのは、三十七歳で病死した後のことである。

チャイムが鳴った。

(だれだろう、今ごろ)

来客の予定はない。

「ねえ、宅配便じゃない?」

虹野が目を輝かせていう。稔美の実家からたまに米や野菜を送ってくる。中瀬家にとってありがたい荷物であり、また、たいていは米と一緒に虹野用の菓子類も入っているので、虹野も実家からの宅配便を心待ちにしているのだ。

稔美はインタフォンの受話器を取った。受話器の向こうから「宅配便です。荷物をお届けに上がりました」という不愛想な声がする。稔美は親指を立てて虹野に合図を送る。虹野が「やったぁ」といって飛び跳ねる。

「おとなしくしてなさい。まだお熱があるんだから」

「ハイ」

稔美はダイニングのドアを開けて玄関に出る。

(ザウエルはどうして啼《な》かなかったのかしら)

これじゃ番犬にもならないと軽いため息をつきながら玄関のドアを開ける。

道に面した家の正面には、庭と並んで駐車場のスペースがとってあるが、車を持っていないので物置用のロッカーを置いている。玄関は家の側面にあり、角地であるから玄関の正面も道路である。

白と緑の宅配便の制服らしきものを着た三十歳前後の男が、両手に段ボール箱を抱えて立っている。いつもの、米を入れる幅六十センチ程度の段ボール箱である。だが米が入っているにしてはこの男はやけに軽々と抱えている。見るとその両腕は異様に太く筋肉の塊りである。

(相当の怪力の持ち主らしい)

口の周りには無精髭を生やしている。

男の肩越しに〈やまねこ便〉というロゴの入った軽トラックが見える。

(やまねこ便?)

聞いたことのない会社だ。母はいつも実家の近くの滝沢《たきざわ》酒店で荷物の手配をする。その酒屋は佐川急便《さがわきゅうびん》と提携しているから、荷物はいつも佐川急便で送られてくる。

(母からじゃないのね)

稔美は少し拍子抜けした。

男が荷物を持ったまま玄関内に入ってくる。

背筋を伸ばすと一八〇センチを超す長身だ。肩幅も広く、顔つきは凶悪といいたくなるほど険しい。

（早く出ていって欲しい）

虹野をかばうように稔美はダイニングのドアを閉めた。

男が荷物を稔美に渡した。稔美は両手で受け取る。意外と軽い。送り主がだれか見ようと段ボールに貼られているはずのラベルを捜す。上部にも脇にもラベルは見当たらない。

「あの」

誰からの荷物か訊こうと宅配便の男に顔を向けると、男の、開かれた大きな両手が稔美の首に向かって伸びてきている。

「ママ」

ダイニングのドアを開けて虹野が顔を見せる。男の眼が大きく見開かれた。男は靴のまま部屋にあがり稔美の横をすり抜けた。稔美は必死に男の腕を摑む。男は稔美の手を意に介さず虹野を両腕で摑んで持ち上げた。そのままダイニングに押し入り虹野を壁に向かって投げつける。

虹野の体は空中を横切り壁に叩きつけられ、キッチンカウンターの上に落ちた。

食器が落ちる大きな音がする。

虹野は目を開いたままおとなしくなった。その首が嫌な角度に曲がっているのを稔美は見た。

声を出そうとした瞬間、今度は稔美が男に両手で首を絞められた。

声が出ない。

稔美は反射的に目を瞑《つむ》った。男の手を剝《は》がそうと首に手をやるが、男の手は大木の根のように動かない。

息が苦しくなる。男を思いっきり蹴飛ばす。だが、当たらない。

男の手に爪を立てる。苦しくてうまく力が入らない。

男は動かない。

(苦しい)

意識が薄れていく。

(虹野を早く病院へ)

そう思うが体が動かない。

この男の目的はいったい何？　強盗？　それとも強姦？

(虹野)

思いが言葉になる前に、稔美は意識を失った。

＊

西武池袋《せいぶいけぶくろ》線清瀬《きよせ》駅の北二キロほどの所に鳥谷ヶ崎《とやがさき》神社がある。その隣りの へとやがさき会館〉が研二が勤める結婚式場である。

清瀬駅からバスで行くと三つ目の停留所だが、研二は三十分近くかけて歩いていく。交通費を浮かせるためである。入社して最初の一カ月目はバスの定期券を買い、それを勤め先に提示した。二カ月目以降は新しい定期券を提示する必要はないので、定期券を買わないで定期代だけを受け取っている。詐欺《さぎ》行為に違いないが、少しでも生活費を多く取りたかった。

研二の雇用先は北斗《ほくと》クリーンサービスという清掃会社である。この会社はとやがさき会館の子会社であり、派遣先は、とやがさき会館だけだ。

会館に着くと裏口に回り、控え室のタイムカードを押す。

研二の勤務時間は午前十時から午後六時まで。月曜日から金曜日までの出勤で、たまに土日が入ることもある。社員とはいっても実体は時間労働者で、アルバイトと変わらない。研二とは勤務時間の合わないアルバイト社員も何名かいて、いつも顔を合わせる、同僚と呼べる社員は四人である。男性は研二ひとり。あとの三人は、それぞれ、二十代、四十代、五十代の女性である。

ネクタイを外し制服に着替え、四階、三階の男子トイレの清掃を済ますと、あっという間に昼休みだ。昼休みは十二時から一時間。社員食堂では日替わり定食が百円で食べられる。

研二はいつものように社員食堂に顔を見せた。

研二の同僚である女性三人が、年代の違いに拘《かかわ》らずひとかたまりになって食事をしている。

研二は彼女たちから一つ離れた長テーブルに坐る。

今日のメニューは豚肉のピカタだった。肉が硬いと女性たちからは評判のよくないメニューだが、定食を百円で食べられるとは研二にはありがたい。だが、今日は食欲が湧かない。稔美への腹立たしさがまだ消えないのだ。

あまり腹を立てていたせいか、今朝浮かんだ童話のアイデアも忘れてしまった。

(稔美は言ってはいけないことを言った)

デクノボー……。

男の、しかも夫のプライドをこれほど傷つける言葉はない。

(たとえ喧嘩の最中とはいえ、こんな酷《ひど》い言葉が口をつくとは、稔美はどうやらぼくに愛想を尽かしたらしい)

それならそれでいいと研二は思った。なにも女は稔美だけじゃない。だけど、ぼくたちが別れたら虹野はどうなる? 虹野に辛い思いをさせることはなんとしても避けたい。

「あの」

白鳥《しらとり》まゆみがテーブルを挟んだ研二の正面から声をかけた。研二の同僚のうち、もっとも若い女性である。年齢は二十五歳。三十四歳の研二より十歳近く若い。細めたような目が一種の媚《こび》を含んでいる。

「なに?」

「今日、お仕事終わったあと、ちょっといいですか」

まゆみは周囲の目を気にしたのか、顔を近づけて囁《ささや》くようにいった。少し甘えるように喋《しゃべ》るのがまゆみの癖である。仕事ぶりにもかすかな甘さが感じられて、稔美のテキパキとした動きを見慣れている研二にはそれがもどかしく感じられることもある。

「相談したいことがあるんです」

なんだろう？

仕事のことだろうか。それとも、童話のことだろうか。

だが、研二は深くは考えなかった。今日はそのまま家へ帰りたくない。研二は内容を訊かずに頷《うなず》いた。

「よかった。じゃあ、あとで」

まゆみは頰笑《ほほえ》んで食堂を出ていった。


仕事を六時に終えたあと、研二とまゆみは清瀬駅前の焼き肉屋に入った。

まゆみは黒いワンピースにカーディガンを羽織っていた。ほどよくカールした茶色がかった髪が天然のものなのか、人工のものなのか、研二には判断がつかない。

身長一六〇センチの稔美よりも、まゆみの背は低い。顔も、完璧な造作の稔美と較《くら》べると欠点があると研二は思う。動きも稔美ほどきびきびしていない。

だが、どこか幼げな印象がかえってある種の色気を醸し出している。

ビールを二本頼んでお疲れさまの乾杯をする。まゆみはビールを一気に飲み乾す。会社の雇用体制への不満と同僚のおばさんの変人ぶりを話題に、二人は注文した肉やカルビを平らげていく。

研二とまゆみは、池袋にあるカルチャーセンターが主催する童話創作教室の同僚だった。とやがさき会館の清掃の仕事も、研二はまゆみに紹介されたのだ。だが、それほど親しいつきあいをしている訳ではない。研二がまゆみについて知っていることといえば、彼女が宮沢賢治フリークということぐらい。二人だけで食事をするのも今日が初めてだ。意外なことにまゆみは健啖家《けんたんか》だった。ビールもよく飲む。

一通り食べ終わるとまゆみは「場所を変えません?」と提案した。研二はまゆみに促されるまま「うん」と返事をする。

「わたし、所沢《ところざわ》に住んでるんです。そこでいいですか」

家からは逆方向だが研二に異存はなかった。どうせ今日は早く帰りたくない。

二人は西武池袋線で所沢まで移動する。繁華街をしばらく歩いてまゆみは雑居ビルの地下にあるレストランバーに研二を案内した。

店内は適度に薄暗く、ゆったりとしたテーブルとソファが、くつろいだ雰囲気を醸し出している。まゆみはボトルと水割りセットをオーダーする。摘《つま》みにはチーズの盛り合わせ。

まゆみはカーディガンを脱いで黒いノースリーブのワンピース姿になった。

「わたし、仕事やめようと思うんです」

水割りをセットして、グラスを軽く合わせるとまゆみは話し出した。

「いまの仕事、きついし。前にやっていた会計事務所から、また来てくれないかって誘われてるんです」

まゆみがいなくなると職場から花がなくなる。だが、辞めるも辞めないもまゆみ自身が決めることだ。

「わたし、離婚したんです」

仕事の話と童話の話と、軽い世間話程度しかしたことがなかったので、まゆみが結婚していることも忘れていた。

「今わたし、独り暮らし」

「お子さんは?」

「四歳の女の子がいるけど、向こうに取られちゃった」

「だんなさんに?」

「そう。もうだんなじゃないけど」

母親が子どもを手放すなど研二には信じられないことだった。

(もし虹野なら)

虹野は父親が大好きのはずだが、それ以上に母親になついていた。虹野が母親と離れて暮らすなどとてもできそうにない。

「いままでは子どもがいてなにかと手が掛かるから、実家の近くのとやがさき会館が便利だったけど、もう実家の近くということにこだわる必要もないし」

まゆみは二人分の新しい水割りを作る。

久しぶりに飲んだせいか研二は自分が酔い始めていることに気がついた。収入が減ってからは外で飲んだことはないし、家での晩酌も控えている。

まゆみを見ると、薄暗い中でもその顔が赤く上気しているのが判る。

「よく見ると、中瀬さんてハンサムですね」

返事に戸惑う。「よく見ないとハンサムじゃないのかな」と軽く受けるべきなのだろうが、結婚して以来、女性と親しく話すことを研二は意識的に避けてきた。それは研二なりの、稔美に対する忠誠の証しだった。だが、忠誠を尽くす必要性を今日の研二は失いつつある。

「わたし、もう一年近くもだんなと話をしてないんです」

「一年近くも？」

「ええ。もちろん、離婚に関わる事務的な話はしましたけど」

もしかしたらぼくは口説かれてるのかな、と研二は思った。

一年近くも話をしていないということは、当然その間セックスもないことになる。二十五歳の既婚の女性にとって、望ましい状態とはいえない。といっても、研二の状況も似たり寄ったりだった。

稔美はセックスを嫌がり、月に一度ぐらいしか研二の要求に応《こた》えてくれない。特に虹野が生まれてからは、これで義務は果たしたとでも考えているのか、余計に拒むようになった。稔美にとってセックスは生殖のための手段でしかないかのようだ。

研二はセックスを美しいものと考えていた。生殖という目的を離れて、純粋に愛する人と結ばれたいと思う気持ちを大切にしたい。だが、稔美は忌《い》むべきものと考えている節があった。おそらくそれは、稔美の父親の暴力に関係があるのではないかと研二は思っている。

稔美の父親の布施獅子雄はかなりの変人らしい。

宮沢賢治の研究家と聞けば、学者肌のおとなしい人間を想像するが、実際には妻に対する暴力が絶えなかった。暴力を振るう夫とそれに耐える妻。それでも自分という人間が生まれた。そこには愛の代わりに暴力が介在したのではないか。もしかしたら稔美の意識の中では漠然とだがセックスと暴力が結びつけられているのかもしれない。

「どんどん飲んでください」

まゆみがグラスの空く間もなく水割りを作る。

「いや。もうあまり飲めない。久しぶりのせいか酔ったみたいだ」

まゆみは意外そうな顔をして研二を見つめたが、すぐに頰笑んで「わたしも」といった。

「家は近いの？」

「ここから歩いてすぐです」

「そう」

「中瀬さん、ちょっとわたしのアパートに寄ってくれませんか」

「え」

「いま独りだし、寂しいんです」

「うん。でも」

まゆみは側を通ったウェイターにお愛想《あいそ》を告げた。

「お願いします」

まゆみは研二の返事を待たずに席を立った。研二も慌てて後を追う。まゆみはすばやく入口のレジで勘定を済ましている。

「いくら？」

「あ、いいんです。わたしが誘ったんだから」

そういえば相談事があるということだった。仕事をやめるかやめないか。そういう事だったのだろう。ろくにアドバイスをしていない。あるいは相談事というのは自分を誘うための口実に過ぎなかったのだろうか。

店を出るとまゆみは研二の腕を摑んで歩き出した。

交差点で信号待ちをしているとき、まゆみは研二の手を握った。研二も軽く握り返した。二人は手を握ったまま歩き出す。

セックスは食事のようなものだと研二は思っている。家で食べられないのなら、外食するしかないのではないか?

シルバーグレーのマンションの前でまゆみは立ち止まった。

「ここです」

研二の鼓動が高まる。

(白鳥まゆみとベッドを共にする)

そう思ったとき、稔美の顔が脳裏に浮かんだ。

泣き顔だった。

まゆみがエントランスホールに入ろうとするが研二は動かない。

「どうしたの」

「うん」

胸騒ぎがする。まゆみに対する期待感ではない。嫌な予感……。

「ここまで来て帰れませんよ」

まゆみがすねたような笑みを浮かべていう。

稔美の泣き顔は消えない。研二は腕時計を見た。

九時五十二分。

「終電までには充分、間に合いますよ。なにも泊まっていけとはいいません」

「ああ」

それもそうだと研二は思った。無断外泊するわけではないのだ。少し帰りが遅くなるだけ。

「さあ、はやく」

まゆみは握った研二の手を引っ張る。

「うん」

だが……。

頭の中の稔美が研二に向かって手を伸ばす。その手は研二には届かない。稔美が手を伸ばしたまま遠ざかっていく。

研二はまゆみとつないでいた手を離した。

「今日は帰るよ」

「そんなぁ」

「ごめん。なんだか、嫌な予感がするんだ」

「ここまで来てそれはないですよ」

まゆみの声が大きくなりかけたとき、マンションの住人らしき中年の婦人がまゆみに会釈《えしゃく》をしながらエントランスに入っていった。その婦人を無言で見送るとまゆみはふたたび研二に顔を向けた。

「せめてコーヒーだけでも飲んでいってください」

「悪いけど、今日は本当に帰る」

「奥さんが怖いんですか？」

研二は少し考えてから「うん」と答えた。

「意気地なし」

まゆみは研二に、低いが強い口調の言葉をぶつけた。

（意気地なしか。デクノボーよりはましかな）

研二はそう思いながらまゆみに背中を向けた。


所沢から西武池袋線に乗り、大泉学園《おおいずみがくえん》駅で降りる。

十時三十四分。

研二の足は自然に早足になる。商店街を抜け、かなり品のよい住宅街を抜ける。その先の個々の家々の規模がやや小さくなる区域に中瀬家がある。

土地は稔美の母のものだが、その上に結婚と同時に二八〇〇万円をかけて家を建てた。研二の貯金二〇〇万円と稔美の母親からの借入金が四〇〇万円、それに稔美の貯金二〇〇万円の計八〇〇万円を頭金にして、二〇〇〇万円のローンを組んだ。まだバブル景気まっさかりの時期だったので、多少狭くても将来は値上がりした分、より大きい家、大きい家と買い替えを繰り返していこうというつもりでいた。ところが購入した年からバブルが崩壊し、物件価格は値上がりするどころか値下がりを始め、現在の相場はおそらく土地を含めても二八〇〇万円を切っているだろう。これではよほど資金に余裕ができなければ一生買い替えはできない。

家が見えると研二は不審を覚えた。

灯《あか》りが消えている。

宵っ張りの研二もかなわないほど稔美は夜が遅い。「あなたの稼ぎが少ないから」と聞こえよがしの独り言を言いながら、研二が寝たあともパソコンのキイボードを叩いているのがいつもの稔美だ。OL時代はビタミン剤を飲みながら会社で徹夜して仕事を仕上げた逸話の持ち主でもある。この時間に寝てしまうことはあり得ない。それとも今朝の夫婦喧嘩のせいでふて寝をしてしまったのだろうか。

犬小屋にはザウエルが寝そべっている。

友人からもらった中型の犬で、ゴールデン・レトリーバーだといわれたがおそらく雑種だろう。純血種にしてはどこか間の抜けたところがある。

（ザウエルが安心して寝ているということはやっぱり稔美は家にいるんだ）

ザウエルは夜十時過ぎに稔美が家にいないと哀《かな》しそうな啼き声をあげるのだ。

研二は鍵を取りだしてドアを開けた。

灯りを点ける。
人の気配はない。
寝室の襖を開ける。
誰もいない。稔美も虹野も。
(ばかな)
胸苦しくなる。
(どうなっているんだ)
トイレと浴室の中を確かめる。
誰もいない。
二階へ上がって書斎と物置代わりの小部屋を点検する。
やはり二人はいない。
(まさか)
誘拐という言葉が頭をよぎる。
(警察に電話をしなければ)
研二は走るように階段を下りて玄関脇の電話に向かう。
稔美の顔が頭に浮かんだ。
やはり泣き顔だった。

――も、う、田、舎、に、帰、り、た、い、。

頭の中の稔美が研二にいう。

今朝の喧嘩の時の稔美の言葉だ。

研二は少し落着きを取り戻した。

電話機から離れて食卓の椅子に腰を下ろす。

(出ていったのか？　この家を)

研二はうなだれた。

以前にもあった。

まだ虹野が生まれない頃、夫婦喧嘩はしょっちゅうあった。稔美が家を飛び出すこともしばしばだった。その度に稔美はむしゃくしゃした心を癒やすためか高価な買い物をして帰ってきたものだ。実家に帰ったことはまだない。

(だが、今度という今度は帰ったのかもしれない。虹野を連れて)

研二は食卓の上にあった新聞を壁に投げつけた。

「くそ！」

声に出して悪態をつく。

「虹野はぼくの子だぞ！」

大声で怒鳴る。立ち上がって壁を殴りつける。酔っているせいか痛みは感じない。

（稔美はもう帰らないつもりなのか？）

事の重大さに気がついて研二は再び椅子に腰を下ろす。

（稔美。ばかな真似はしないでくれ）

虹野は熱のある身じゃないか。だが、それを押してまでも稔美はこの家を出たかったのだ。

「勝手にしろ」

そう呟《つぶや》くと研二はパジャマ代わりの短パンとTシャツに着替えて布団に潜り込んだ。

九月二日　木曜日

なるほどそうしてみると三人とも地獄行きのマラソン競争をしていたのです。

宮沢賢治『蜘蛛となめくじと狸』より

夫に向かって手を伸ばす。

届かない。

見えない大きな力に引かれてあっという間に夫が遠ざかる。

（たすけて！）

弾《はじ》けるように意識が覚醒する。だが目が開かない。目隠しをされているようだ。目隠しを取ろうとするが手が動かない。手足を縛られている。

暴漢に襲われたことを思い出す。

（まだ生きてたんだ）

虹野は？

虹野は無事だろうか。

「虹野」

声は出せる。だが返事がない。

「虹野！」

自分の声がかすかに反響するだけで物音がしない。

自分の身になにが起こったのか、稔美にはまったく見当がつかない。

（ここはどこ？）

室内であることは察しがつく。軟らかい絨毯《じゆうたん》の上。

（あたしはどうしてこんな目にあったのだろう）

人に恨まれる覚えはない。だとしたら、強盗か、強姦目的か。

（宅配便の男に首を絞められて気を失った）

首の痛みはない。

あれからどのくらいの時が経《た》ったのだろう。あのとき、虹野が壁に叩きつけられて……。

思い出したくない光景だ。

虹野は無事だろうか？

自分も生きているのだから虹野も死んでいるはずがない。稔美は咄嗟《とっさ》に自分を納得させた。

自分の命より大切な虹野がもし殺されでもしたら……。稔美は恐ろしい想像に慄然《りつぜん》とした。

（これは夢の続きだ）

そうに違いない。自分がこんな目にあわなくてはならない理由はどこにもない。

ドアの開く音がした。

稔美は反射的に体を起こそうとする。だが手足を縛られているために上体を少し起こしただけですぐにまた床に横たわる。

(助けが来た)

そうあって欲しい。

何人かの人間が部屋に入ってくる足音がする。

(警察。そして虹野を抱いた夫)

稔美は声を待つ。

「目が覚めたようですね」

かすれてはいるがどこか奥行きを感じさせる声。わずかに優しさを含んでいるようにも思われる。

(警察?)

稔美の心に期待が芽生える。

「早いとこやっちまおうぜ」

吠えるような声がする。稔美の血の気が失《う》せる。

どこかで聞き覚えのある声……。

「やるとは、殺すという意味ですか。それともレイプ？」

若い、綺麗な声が訊く。まるで天上からでも聞こえてくるかのような澄んだ声。だが、多少揶揄《やゆ》するような響きが感じられる。

「犯した上で殺すんだ。それとも逆がいいか」

吠えるような凶悪な声が答える。

「ラルゴ、言葉を慎め」

かすれたような声がたしなめる。

（ラルゴってなんだろう）

凶悪な声の主の名前のようだ。日本人ではないのだろうか。

「虹野は？　子どもは無事ですか？」

稔美は男たちに話しかける。

足音が近づく。手が稔美の顔に触れる。稔美は思わず首を引っ込める。手は稔美の目を覆い隠していた粘着テープを丁寧に取り除く。稔美は痛みに思わず肩をすくめ目を固く閉じたが、粘着テープが取り除かれたことが判るとゆっくりと目を開く。

笑みを浮かべた男の顔が、息がかかるほど近くにある。目が細く、あばたに被われたような肌をしている。髪の毛は短く刈っている。緑色のサファリシャツのような上着を着ていて、ズボンも緑色で統一されている。

男は剝ぎ取った粘着テープを手にして稔美から離れた。

部屋の奥にはソファが三つ置かれている。

中央には大きめのソファ。そこにはまだ十代と思われる若い男が坐っている。顔は見とれるほど美しく、肩まで垂らした髪の色は見事なプラチナブロンド。眉毛の色も同じだから、染めているわけではないのかもしれない。瞳は深い緑色。服装はやはり緑色が基調だが、かすれた声の男の質素な造りとは対照的に、海軍の軍服のような造りに、手の込んだ装飾が施されている。男というよりは少年と呼んだ方がよさそうだ。

声のかすれた男は向かって右側のシングルソファに坐った。

向かって左には、大柄な、目つきの鋭い男が坐っている。服装は緑色のタンクトップに作業服のようなズボン。胸板は厚く、腕の筋肉は岩のように盛り上がっている。

(この男だ!)

宅配便業者を装い、あたしの首を絞めた男。あの時の声と「早いとこやっちまおうぜ」と言った声が一致する。

生まれつきと思われる縮れた髪が汗で額に張りついている。

「あなたたちは誰?」

稔美はかすれた声の男に向かって訊いた。この男がグループのリーダーらしいと見当をつけたのだ。

「目的はなに？」

「誘拐です」

かすれた声の男がソファに坐ったまま答える。

「われわれはあなたを誘拐しました」

男は笑みを大きくした。

「そしてしばらく睡眠薬で眠ってもらった。あなたの番犬と同じように」

「ちょっと待って。あなたたち、なにか勘違いをしてるわ。あたしたちを誘拐したってどうにもならないわよ。うちには余分なお金なんて一円もないんだから」

どこかで勘違いが起きている。そのことにこの男たちが気づけば解放の望みも出てくる。

「まちがいではありません」

「でも、うちには本当にお金がないのよ。野菜を買うお金もないぐらい。身代金《みのしろきん》だって一円も出ないわ」

「身代金は要求しません」

「え」

「あなたに、あることを教えてもらおうと思ってます」

「あること？」

「あなたは中瀬稔美さんですね」

「そうよ」

「だったら知っているはずです」

「知ってるって、何を」

「とぼけてもらっては困ります」

「とぼけてなんかないわ。本当に何がなんだか判らない。あなたたちこそ勘違いをしてるんだわ！」

「なめんじゃねえぞ！」

突然、ラルゴと呼ばれた男が立ち上がった。稔美の首が、絞められた記憶を呼び戻す。

「秘密を教えてください」

かすれた声が訊く。

「秘密？」

「そうです。大きな価値のある秘密なのです。あなたは知っているはずです」

この男たちは何をいっているのだろう。なぜあたしがそんなことを知っていなければいけないのか。

「虹野を、虹野を返してください！」

稔美は叫んだ。

「虹野はどこですか。生きてるんでしょう？」

かすれた声の男が金髪の少年を見た。少年は少し哀しそうな顔をした。

＊

研二は布団から手を伸ばして目覚ましのベルを止めた。

八時三十二分。

一瞬、寝過ごしたかと思ったが、今日は仕事を休むつもりで遅い時間に設定しておいたのだ。

とても仕事をする気にはなれない。

自分一人の広い寝室から研二はのっそりと起き出す。

短パンからトレーナーとジーンズに着替える。顔を洗う頃には稔美への怒りを思い出していた。

（虹野まで連れていくとはひどすぎる。虹野は稔美だけのものじゃない。ぼくの子でもあるんだ）

研二は冷蔵庫から稔美が作った麦茶を出し、コップに注《つ》いで飲み乾す。冷たい麦茶が体にしみわたり、頭が正常に機能し始める。

炊飯器の保温のランプを見るが点いていない。

（飯《めし》も炊いていかなかったのか）

研二は昨日帰宅してからも、もしかしたら稔美が帰ってくるかもしれないという淡い期待を抱きつづけていた。熱のある虹野をつれた稔美が、夜中に帰ってくるはずはないと理性では判っていても、風の音を人の気配と聞きまちがえてなかなか寝つかれなかった。でも、やはり稔美は家を空けた。

(なにか書置きを残してないだろうか)

稔美の実家は花巻だ。そこに帰るほどの覚悟なら、書置きぐらい残しておいて不思議はない。

研二は二階に上がった。書斎の机を見るが、書置きらしきものはなにも見あたらない。引出しを開けてみるが、やはり見つからない。物置代わりの小部屋にもなにもない。

一階に降りてもう一度食卓を眺めるが、昨日の新聞が置いてあるだけだ。

研二は思いついて、外の郵便ポストを調べに行くが、書置きはなかった。今朝の新聞を取ってダイニングに戻る。

キッチンの上部に備えつけられている棚からコーンフレークを出して器に空け、牛乳をかけて食べ始める。

(書置きも残さずに出ていったのか)

稔美の実家に電話をするか、どうするか。

研二は迷った。

意地でも自分から「帰ってきてくれ」とはいいたくない。だが、事態は深刻だ。虹野の幼稚園のこともある。

(稔美は虹野を花巻の幼稚園に入れるつもりなのだろうか)

それもぼくに相談もなしに。

稔美のやり方にしては少しおかしいと研二は感じた。

稔美は夫を夫とも思わない強気の女だが、筋は通す性格だ。虹野が自分一人の子ではないことは充分判っているはずなのだ。幼稚園の変更などという重大事を夫に相談もなしに遂行《すいこう》することは決してないだろう。

(ということは、帰ってくるつもりなのかな)

研二に、ほんの少し安堵《あんど》の気持ちが芽生える。

親子三人で幸福な家庭を築きたい。それが研二にとって最大の人生の目標だった。童話の着想が浮かぶようになったのも虹野が生まれてからだ。その前は研二は詩を書いていた。

研二が生まれ育った家庭には幸福が欠如していた。

父親が母親を叱責する光景を研二は思い出す。母親は反論せずに耐えている。

研二は埼玉県旧浦和《うらわ》市に生まれた。

父親は旧大蔵省の役人で、研二が二十六歳の時に亡くなった。

母親は一部上場企業の重役の娘で、結婚してからは専業主婦として中瀬家を支えた。夫が亡くなる一年前にアルツハイマー病を発病し、昨年、踏切事故で亡くなった。孫の顔を見せることができたのが自分ができた唯一の親孝行だと研二は思っている。

研二の下にはひかるという妹がいる。研二の上には兄がいたのだが、死産に近かったらしく、研二との接触はない。

家庭の中では夫婦喧嘩が絶えなかった。父は細かいことで母を叱責した。母は耐えるだけだったが、父に愛人がいることが判ってからは言い返すことができるようになった。

妹は冗談をいうことで家庭の険悪な雰囲気を中和し、研二は本を読むことで自己防衛した。そのころ読んだSFやファンタジーが、現在、研二が書く童話につながっているのかもしれない。

食事を終えるころには研二は稔美の実家に電話をかける気持ちに傾いていた。

(できればまた親子三人で笑いあいたい)

だが、稔美がもう自分と別れたがっていたらどうしよう。

その時はしょうがない。虹野を辛い目にあわせることになるが、別れたがっているものを無理に引き留めることはできない。稔美はぼくに愛想を尽かしたのだ。だとしたら、悲しいけれど、ぼくも新しい人生を始めるしかないのだ。

研二は洗面所で口を嗽《すす》ぐと受話器を手に取った。

*

稔美は手と足の縛《いまし》めを解かれた。

体の動きは自由になったのだ。

部屋には窓がなく、薄暗い。床には長い毛の絨毯が敷かれている。壁はピンク色だが、これは部屋全体に満ちている桃色の光のせいかもしれない。光に付随するかのように甘い香りが漂う。

広さは畳十畳分はあるだろう。三つのソファの他には家具はいっさいなく、そのことが余計に部屋を広く見せている。

ドアは左右に一つずつ。向かって左のドアは鉄の扉で頑丈そうに見える。

右のドアは曇りガラスの小窓がついているのでおそらくトイレだろう。

天井には照明器具とカメラとスピーカーらしき装置が見える。

部屋の中にはプラチナブロンドの少年とかすれた声の男がいる。

鉄の扉が開いた。

ラルゴと呼ばれた男が入ってくる。その後ろから目に粘着テープを貼られた子ども。

「虹野！」

「ママ！」

虹野はラルゴの手をふりほどいて走り出した。まっすぐ稔美の元へ弾けるように走る。

「虹野」

虹野の表情がゆがんでいる。虹野は稔美に抱きついた。稔美はしっかりと虹野を抱きとめる。

「ママ、怖い」

虹野は泣き出した。

「だいじょうぶよ。だいじょぶ。ママといっしょよ」

虹野を抱きしめて、自分の頰を虹野の頰に押しつける。その頰が熱い。

ラルゴが走りよって虹野の粘着テープに手をかける。

「取らないで!」

なぜかは判らないが稔美は叫んでいた。

「うるせえ」

「お願い。取らないで」

「ラルゴ」

少年の転がるような声がラルゴを制する。

「ここは稔美さんのいうことを聞きましょう」

ラルゴは目を剝《む》く。

「稔美さんには何か考えがあるようです」

「こっちにはねえぜ」

「いや。何かこのことが後でわれわれの役に立つかもしれません」

少年は、はにかんだようにうつむいた。

「ラルゴ」

かすれた声の男がラルゴを促す。

ラルゴは舌打ちしながら虹野から手を離した。

稔美はつかの間の安堵をむさぼるように虹野を抱きしめる。

「ママ、目隠し取りたいよ」

「だめ」

「どうして？　いじわるだよ」

「ママを信じて」

「稔美さん」

かすれた声の男が呼びかける。

「虹野君を表へ出す鍵はあなたが握っているんですよ。判りますね。あなたが鍵をわれわれに差し出せば虹野君はすぐにでも解放されます。しかしあなたが鍵を握りしめたままだと、虹野君は永久にわれわれの虜《とりこ》となってしまうんですよ」

「鍵ってなんですか。あたしは本当に知らないんです」

「強情な女だな、てめえは。ガキの命がかかってるのが判らねえのか」

「本当に知らないのよ！」

「三角標《さんかくひょう》はどこにありますか？」

「三角標？　何よそれ」

「しらばっくれんじゃねえ」

「本当よ。聞いたこともないわ」

「ガキがどうなってもいいっていうのか！」

「知らないものをどうやって教えられるのよ」

稔美がラルゴを睨んだ。

「この女《アマ》」

ラルゴが稔美の顎《あご》を摑んだ。

「ママ」

稔美に抱きしめられたままの虹野が周囲を憚《はばか》らずに声を出した。

「ママ、あのことじゃない？　三角標って」

虹野の表情は平静さを取り戻しつつある。

ラルゴの手の力が一瞬ゆるむ。

「知ってるのか小僧」

「うん」

男たちが顔を上げた。

「ぼくの机の引出しの中に入ってる」

「なんだと」

「三角で、まん中に穴があいてるよ」

虹野は見えない目で稔美を見つめる。

「それは三角定規よ」

「ち」

ラルゴは舌打ちをして稔美を突き放す。

金髪の少年の顔に微苦笑が浮かんだ。

「あなたのお父さんのことをわれわれはよく知っているんですよ」

かすれた声の男の言葉に稔美はおどろいた。

「父を？　どうして」

「あなたはそのお父さんから秘密を受け継いでいるはずです」

父から？

いったいどういうことだろう。まったく見当がつかない。あたしは父から何も聞いていない。

少年がポケットから小箱を取りだしてかすれた声の男に渡した。見覚えのある小箱だ。かすれた声の男は小箱を開けて稔美に示した。

「あ」

父からもらった七色のダイヤモンドだ。

「あなたのですね」

「そうよ」

「本物です」

かすれた声の男が言った言葉に稔美の思考が混乱する。

「本物の訳ないでしょ。イミテーションよ。縁日か何かで買ったんだわ」

「本物です。マジエル様が鑑定したのです」

かすれた声の男の言葉に稔美は思わず少年を見つめた。少年はうつむいて頬笑んでいる。

「マジエル様の鑑定にまちがいはありません」

「でも、ウソよ。七色のダイヤモンドなんてある訳ないでしょう」

「でもあなたは持っていた。いや、あなたのお父さんはというべきかな」

信じられない。父の形見とはいえ、イミテーションだと信じていたダイヤモンドが本物だとは。

「あなたのお父さんはレインボー・ダイヤモンドの鉱脈を発見しているのです」

レインボー・ダイヤモンド？　何を言ってるのだろう、この男たちは。

「聞いてるのか、このアマ。お前の父親がダイヤモンドの鉱脈を発見してたんだよ」

「そんな事ありえないわ」

「本当のことです。そしてあなたはその在《あ》りかをお父さんから聞いている」

「聞いてないわ！」

「われわれに嘘は通用しませんよ」

「嘘じゃない」

「心当たりがありませんか」

「ないわ」

「お父さんから、あなたは聞いているはずなんですよ」

「聞いてないわよ」

「では忘れているのです。思い出させてあげましょう」

かすれた声の男は笑いながら立ち上がった。

*

研二は受話器を置いた。

午後七時四十七分。

また留守だった。今日は一日中電話をかけていたようなものだが、一度もつながらない。

稔美の実家は岩手県花巻市の郊外にある。

父親はすでに亡いが、五十九歳の母親が家にいるはずだ。あるいは畑を見に外に出ているのかもしれないと思い、こまめにかけたのだが、だれも出ない。

家の裏にある畑でジャガイモを作っているほか、家から歩いて十分ほどの田を借りて米を作っている。ジャガイモは夏の内に取り入れを終えているはずだが、もしかしたら稲の刈り入れで忙しいのかもしれない。それにしても、この時間なら田から帰っているはずだ。

（どうしてだれも出ないんだろう）

稔美の意向で居留守を使っているのだろうか。しかしそんな馬鹿なことがある訳がない。母親宛の電話だってあるはずだから。

（稔美はいったいどこにいるんだ）

昼間の内に何か書置きはないかと稔美の持ち物を調べてみた。

お互いに個室はないから、個人の持ち物は子ども部屋兼書斎の机や、寝室のタンスなどに分けてしまってある。

外出用のハンドバッグは持って出かけたようだが、旅行用の大きなバッグは家にあるから、もしかしたら実家に帰ったわけではなく、比較的家から近い場所にいるのかもしれない。そう思って研二は実家以外の心当たりにも電話をかけた。

研二がすぐに思いつく稔美の友達は三人だった。

後藤恵子《ごとうけいこ》。沼田仁子《ぬまたひとこ》。滝沢睦美《たきざわむつみ》。

後藤恵子は東洋火災の同僚で研二の友人でもあったが、現在は会社を辞め、フランスで暮らしているから対象外だ。

沼田仁子は稔美の慶応《けいおう》大学時代の友人だ。現在はやはり慶応出身の医者と結婚して専業主婦に収まっている。研二は今年の年賀状の束を引出しから取りだして、沼田仁子の賀状を抜き取った。夫婦二人がディズニーランドで肩を組んでいる写真の下に住所と電話番号が印刷されている。電話は通じたが、稔美はいなかった。ご主人の声も聞こえたから、居留守はしていないと研二は推測した。

滝沢睦美は、稔美の高校時代の友人である。現在も花巻の親元に住んでいて、独身である。やはりここにも稔美はいなかった。

研二は三人以外のめぼしい賀状も抜き取った。

菰原《こもはら》ゆかり、村沢純子《むらさわじゅんこ》、木村《きむら》しのぶ、永井《ながい》さん、斧田《おのだ》さん、仲《なか》さん、岩佐《いわさ》さん。

七時過ぎには全員と連絡がついたが、いずれの家にも稔美はいなかった。

虹野を通じて知り合った近所の主婦たちからの賀状も目についた。近隣の家に身を寄せるのは現実的で楽だろうが、夫と喧嘩をして家を出たことが露見してしまう。稔美ならそんな真似はしないだろう。しかし、藁《わら》にもすがる気持ちで研二は思いつくまま年賀状をかき集めて電話をした。

八木《やぎ》さん、青木《あおき》さん、山田《やまだ》さん。尾崎《おざき》さん、川端《かわばた》さん。

やはり稔美と虹野はいなかった。

(どこに行ったんだ)

研二は途方に暮れた。

(虹野は熱があるんだぞ)

二人でホテルにでも泊まっているのだろうか。しかしそんな金はないはずだ。思えば金銭面でずいぶん不自由な思いをさせている。

研二は書斎の机の前に坐って壁の時計を見た。八時を過ぎている。食事をしなければいけない時間だが、食欲が湧かない。

ザウエルも一日中元気がない。

研二は机の左奥の稔美のパソコンに目をやった。

(そうだ、日記だ)

稔美は自分のホームページを持っていて、そこで日記をつけているといっていた。しつこいくらいに「見てくれ」といわれた記憶があるが、研二にはインターネット全般にあまり興味がなかった。パソコンの操作もほとんどしたことがない。東洋火災時代には総合職の社員に一台ずつ、専用のパソコンを割り当てられたが、その操作も部下の女子社員に任せていた。したがって、インターネットやホームページがどういうものかよく判らない。もしかしたらホームページの日記に今回の事情が記されているかもしれない。そうだ。稔美は、たしか日記だけじゃなくて「あたしの全人生を記録してある」といっていなかったか？

(なぜ稔美のホームページをもっと熱心に見てやらなかったのだろう)

研二は後悔した。もしかしたら稔美のやっていることにもっと関心を持っていたら、今回の家出も起きなかったかもしれないのだ。

だがどうやったら稔美のホームページを見ることができるのだろう。下手《へた》にいじって一瞬にして稔美の〝全人生〟を消してしまったら大変だ。研二は自分の無関心さを恨めしく思った。

(児玉《こだま》さんに頼むか)

児玉恭一《きょういち》は中瀬家の隣人で、稔美のパソコンのアドバイザーでもある。

(でも、なんと言ったらいいのだろう)

女房が子どもを連れて家出しました、とは言えない。

研二は時計を見た。

午後八時十八分。

児玉恭一はエコーフーズという食品会社の社員だが、肩書は研究員で、定時に出社する義務はないらしく、自宅で仕事をしていることが多い。この時間ならおそらく在宅しているだろう。ただ、研二は児玉が少し苦手だった。小柄だが、人を射《い》すくめるような目つきをしている。しかし、そんなことを言っている場合ではない。

研二は意を決した。革靴を履くと家を出た。鍵を閉める。

児玉家のチャイムを鳴らすと児玉芙美子《ふみこ》が顔を見せた。

「あ、奥さん」

「あら、中瀬さんのご主人。どうしたんですか」

研二はいささか面食らった。児玉恭一のことばかり考えていたから芙美子の存在を忘れていたのだ。

厄介なことになりそうだと研二は覚悟をした。

児玉家も中瀬家と同じく、亭主が無口で、女房ばかりが騒がしい家庭だ。子どもはいない。

妻の芙美子も小柄だが、金回りがいいのか最近はやや太り始めている。若い頃は可愛かっただろうと思われるはっきりした顔立ちをしている。

「はあ。あの、ご主人いますか」

「いますけど、なにか」

「お会いしたいんですけど」

「あら、珍しい。どのようなご用ですか」

「ええとですね。ちょっとパソコンのことで」

「お仕事の話ですか」

なぜこの女は早く取り次いでくれないのかと研二はイライラしてきた。芙美子は研二の気持ちなどお構いなしに、あたしが事情を把握《はあく》するまではここを通しませんとでもいうようにでんと構えている。

（ぼくの顔色から、近所の話題になりそうな匂いを嗅《か》ぎ取《と》っているのだろう）

研二はそう思った。

「実は、女房が田舎に帰りまして」

「え」

芙美子は一瞬、嬉しそうな顔をした。だがすぐに沈痛な表情に切り替える。

「いえ、別に喧嘩をしたわけではなく、女房の実家の母が病気で倒れまして」

「あら、そうですか」

芙美子は少しがっかりした表情を見せたが、それでも芙美子の鋭い嗅覚は、研二の言葉を全面的に信用しているわけではないのだと研二には感じられた。

「連絡をEメールで送ってくれることになっているのですが、そのやり方がよく判らなくて」

研二はなんとか言《い》い繕《つくろ》った。

「そうですか。ウチのが役に立つといったらパソコンぐらいですから、どうぞお入りください」

研二は苦笑した。自分も外では同じように言われているのだろうか。

(いや、パソコンでも役に立つものがあればいい。ぼくには何もないのだ)

研二には特技や趣味といったものが全くなかった。

稔美の友人の後藤恵子はフランス語ができる。研二は中学、高校と授業で習ってきた英語ですらできない。村沢さんのご主人は日曜大工が得意だと稔美が言っていた。研二は手先が不器用で、外れた扉のねじも満足に留められない。スキーに熱中している友人もいるが、研二はスキーに行けば滑るより小屋に入って汁粉《しるこ》を食べる方がいい。本職だった保険の知識でさえ同僚に負けていた。高校時代に喧嘩に明け暮れ、数々の武勇伝を築いた友達もいたが、研二は腕力にも自信がなかった。

休みの日には必ず釣りに出かける友人、あるいは自宅で地ビール造りに熱中する同僚。研二はそういうことにまったく興味が湧かなかった。稔美が夜中に見る映画のビデオも、研二は眠くて見ることができない。現在の研二は、時間ができると童話のことばかりを考えていた。それ以外のことは頭に浮かばない。

(ぼくは何をやっても人より劣る)

唯一、人より優れていることといえば、溢れ出るように童話の着想が浮かんでくること。それだけだ。その事も、優れているのではなく、変わっているだけかもしれないのだ。しかし研二は自分の才能を信じて会社を辞めた。その結果、会社からの豊かな収入を放棄することになる。その犠牲に見合うだけの代わりの収入を研二はまだ得ることができない。それどころか生活は困窮している。

(でも、女房だったら、逃げないで、それを支えてほしかった)

研二は芙美子に続いて部屋に上がった。稔美は何度か児玉家に上がったことがあるらしいが、研二は初めてである。

廊下を通って奥の部屋のドアを芙美子はノックもせずに開けた。

中を覗くと、児玉恭一が背中を伸ばしてパソコンのキイボードを叩いている。デスクトップの本体の周りには書類が整理されて置かれている。

児玉恭一が振り向いた。

目つきの鋭い小柄な男。「見かけは少し取っつきにくいけど、教え魔なのよ、あの人。意外と頼りになるわ」と稔美が言っていた。

「どうしました」

児玉は無表情なまま訊いた。

「ええ、実は」

「パソコン習いたいんだってよ、あんたに」

「へえ」

児玉は少し笑みを浮かべた。

「いえ、ちょっと、Eメールのやり方を教えてもらいたいだけなんですけど」

「そうですか」

「今、お茶を淹《い》れますね」

芙美子が探るように言った。

「おかまいなく。できれば家に来ていただければありがたいんですが」

児玉は少し考えてから「そうですね」と言った。芙美子は怪訝《けげん》そうな顔をしている。

「じゃあ、行きましょうか」

児玉がすっと立ち上がった。芙美子に睨まれながら二人は部屋を出た。


研二は稔美のパソコンの前に坐った。児玉が後ろから覗き込む。パソコンは研二のワープロの奥にあるから、児玉は覗きにくそうにしている。

歩きながら研二は児玉に本当のことを告げた。稔美は母親の看病のために田舎に帰ったわけではなく、夫婦喧嘩のあげくに家を飛び出してしまったこと。どこにいるのか今の段階では判らないこと。

嘘をついたままではパソコンの操作も何かと不便を来《きた》すかもしれない。それに、教えてもらう以上、礼儀としてもごまかすのはよくない。第一、研二は嘘をつくことが苦手だ。

「電源をオンにしてください」

児玉は眉間《みけん》に皺《しわ》を寄せたまま言った。その口調には迷いがない。

研二は児玉に指示されるままスイッチを入れる。

ディスプレイに山の風景が現われる。

「どうします？　中瀬さん」

「はあ」

児玉は家から持ってきた栄養ドリンクを立ったまま飲んだ。研二にも一本わたす。

「どこから見ましょうか」

「ぼくはとにかく稔美と虹野の居場所を知りたいんです。二人はどこへ行ったのか。そのヒントが、どこかにないでしょうか。日記とか、ホームページとか」

「判りました」

児玉はあまり間をあけずに答えた。

「ではまず、ホームページを見てみましょう。そこにおそらく日記もあります」

児玉は研二を元気づけるつもりなのか研二の肩に手を置いた。

「稔美のホームページを見るにはどうしたらいいんですか」

「ブラウザを起動させてください」

「ブラウザ？」

「インターネットの閲覧ソフトです」

児玉は研二に概要と操作方法を説明する。

「パスワードを打ち込んで、プロバイダにつなぐ必要がありますが」

児玉はきょろきょろと辺《あた》りを見回した後、机の前のパソコン関係の書類に目を留めた。

しかめた顔のままずっと見ている。

「あ。どうぞ自由に見てください」

「そうですか。では」

児玉はひったくるように書類を調べだした。

しばらく見ているうちに「これだ」という声を上げた。

「判りましたか？」

「ええ」

児玉は頷いた。

「それがパスワードですか」

「多分、そうでしょう。打ち込んでいいですか」

「はい」

児玉は研二の肩越しに番号を打ち込み始めた。

やがてディスプレイが動き出して、『電脳ざしきわらし』という大きなロゴが浮かび上がる。

その下には数本の罫線と文字列。

「なんですか、これは」

「奥さんのホームページのタイトルです」

「『電脳ざしきわらし』か。あいつの父親は民俗学の学者だったんです」

「私は、宮沢賢治の研究家だと聞きましたが」

「いろんな事をやっていたんですよ」

「宮沢賢治にも『ざしき童子《ぼっこ》のはなし』という童話があります」

「そうですか」

研二はまったく知らなかった。

「十人が、いつの間にか十一人になったという話です」

研二はディスプレイの『電脳ざしきわらし』というロゴを見つめる。

「アクセスカウンタの数は、六九八一」

「それは？」

「今までにこのホームページを見た人の数です」

「そんなに？」

「個人の趣味のホームページとしてはいい方だと思います。ただ、自分が覗いても一回にカウントされますし、見る度にカウントされますから、実数を摑むのは難しいですが」

児玉は〝日記〟の文字にポインターを移動させた。

「奥さんの日記を見てもいいですか」

「お願いします」

クリックする。

「奥さんの日記が見られますよ」

「あいつ、変なこと書いてないかな」

「ホームページは世界中に公開されているものですから、見られてまずいことは書いてないと思います」

「そうですか」

〔八月三十一日〕

「ほら、出ました」

「一昨日《おととい》ですね。どんなことが書いてありますか」

〔今日で夏休みも終わり。明日からまた息子のお弁当作り。しらすのふりかけを買ってきたから、息子にばれないようにご飯の中に入れよう。これは頭の働きをよくするらしい〕

「しらすですか」

「女房が買ってきたふりかけですよ。脳にいいってどこかで聞いたらしい」

「教育熱心なんですね」

「賭けてますからね、子どもに」

「でも、どこかに行くというようなことは何も書いてないですね」

「昨日の分はないですか」

「九月一日ですか」

「ええ」

「マウスで三角の矢印をクリックしてください。あるいは、ページアップキイを押してもいいですが」

研二はマウスを動かして三角矢印をクリックする。日記のページが進む。

「ありませんね。奥さんは昨日は日記をつける前に出かけたみたいです」

「その前日を見せてください。八月三十日です」

「今度は逆の矢印をクリックすればいいんですよ」

研二は児玉に言われたとおり矢印をクリックしようとするが、なかなか矢印の位置にポインターを動かせない。

〔八月三十日
クリスティ『火曜クラブ』読了。おもしろい。ミス・マープル初登場作品。ヤッフェの〝ママ〟の原型〕

「これは、読書録ですね」

　児玉は小さな声で言った。

「奥さんは、読書家なんですね」

「そうですね。ひょっとするとぼくより読んでいるかもしれない」

　少しマウスの扱いに慣れてくる。研二はドリンクを一気に飲み乾す。

　八月二十九日、二十八日は記述がない。

〔八月二十七日
息子が「英語を習いたい」というが、主人が反対。息子大泣き〕

　研二の胸に苦い記憶がよみがえる。友だちが行っているから虹野も英語の塾に行きたいのだ。幼稚園の子が英語を習う必要はないと研二は反対したが、実際には金銭的余裕がないだけだ。大泣きする虹野に「うちにはお金がないのよ！」と稔美が真実を告げた。

　児玉はこの記述に対してなんの質問も発しなかった。

「ヒントらしきものは見つからないですね」

「そうですね」

　二十七日の記述が、夫に愛想を尽かすきっかけを表わしているとも考えられる。だが、その後の三十日、三十一日の記述を見る限り、家を出るつもりはなかったことが判る。稔美は新学期からの虹野の弁当の心配をしているのだ。

「稔美は、少なくとも八月三十一日までは家を出るつもりはなかったんです」

「ええ」

「九月一日の喧嘩が原因だ。あれで稔美は発作的に家を出た」

「奥さんの実家はどちらですか」

「花巻です」

「そちらには？」

「電話が通じないんです」

「通じない？　おかしいですね」

児玉の険しい顔がさらに険しくなる。

「なにか事情があるんでしょう。寄り合いに行っているとか」

「荷物は調べましたか？　奥さんは花巻に行く支度をした形跡があるんですか」

「旅行用のバッグは持っていっていません。あるいは実家ではなくて、近くにいる可能性もあります」

「心当たりはないんですか」

「捜してみましたよ。でも、どこにもいないんです。それで、お恥ずかしい話ですが、児玉さんにも協力をお願いしたんです」

「そうですか」

児玉は眉をひそめた。

「稔美は、ホームページに自分の全人生を記録してあるって言ってたんです」

「全人生を？」

「ご存じないですか」

「いえ。知りませんでした。私は、プロバイダへのつなぎ方とか、テクニカルなことをアドバイスしただけです。それも初期にちょっと教えただけで、あとは稔美さんは独学でレベルを上げていったんです」

児玉は自嘲気味の笑みを浮かべた。

「見てみましょうか、奥さんの全人生を」

児玉は研二の手からマウスを奪った。ディスプレイが切り替わる。

表紙のページに戻る。タイトルロゴの数行下に、オシラサマのお告げ、という赤い色の文字があり、その下には〝ちょっと早い半生記〟という文字。

「ここが、奥さんの全人生を記録してあるところだと思うんですが」

児玉はマウスを離した。

「中瀬さん。なんですか、オシラサマって」

「東北地方に伝わる神様です。彼岸から、人間の形を絞り出す力があります」

児玉は口から声にならない息を吐き出した。

「父親の影響でしょう。あいつは結局、父親の呪縛《じゅばく》から抜けられていないんですね」

研二が画面をスクロールすると、細かすぎて読みにくい文字の羅列が現われた。

〈私は昭和四十二年十一月五日、岩手県花巻市に生まれた。現在三十二歳。血液型はA型。父親は布施獅子雄。民俗学研究家。そのほかに、宮沢賢治研究も手がける。母親はハル。現在も自宅の畑で米を作っている。私は二人が結婚して十年目にできた一人娘だ〉

研二は稔美の母親の顔と、写真でしか見たことのない父親の顔を思い起こした。稔美の顔はどちらの親にも似ていない。

「ご実家はお米も作ってるんですか」

児玉が後ろから声をかける。

「ええ。田んぼは借り物のはずですけど」

〈地元の公立小学校、中学校に通う。割りと元気な女の子。ピンク・レディーに熱中。今の若い子たちの茶髪願望は、このころに刷り込まれた記憶の発露ではないだろうか。ピンク・レディーは茶髪だった。ところであたしは学校の成績もいい方だったと思う。特に好きだったのが数学。中学では体操部に入る。三年の時に部長になる。もっとも部員は三人しかいなかったけど。高校は県立北上《きたかみ》高校。クラスの野球部の男の子に初恋。でも告白できずに終わる。部活は新体操。二年生の時に部長になる。部員は五人〕

「奥さんは活発な青春時代を送ったようですね」

「そうですね。今ごろは、こんなはずじゃなかったたって思ってるかも知れない」

〔大学は東京の慶応大学に入る。文学部。サークルはテニス同好会。三年の時に会長になる。会員五十三名!〕

研二は大学時代の記述を軽くスクロールする。

〔東洋火災に就職。そこで今の夫と知り合う。二十五歳の時に結婚。二十八歳で息子が生まれる。妊娠を機に退職。母親業に専念〕

研二は画面の中の、家出を示唆《しさ》する言葉、あるいは現在の居場所を示唆する言葉に気をつけながらスクロールを続ける。だが、稔美の手記はあくまで表面的な記述に終始し、研二の知りたい情報は記されていない。

「だめだ。ヒントは見つからない」

「Eメールはどうかな」

「そうか。そうですね。誰かからの呼び出しでもあったかもしれない。そもそもEメールの操作を教えてもらうという名目で児玉さんに来てもらったんだ」

児玉は研二にEメールについての操作を教える。研二も理解力は悪くない方だから、操作もすぐに手慣れてくる。

「未読メールはありませんね。今までのメールを覗いてみていいですか」

「ええ」

研二の返事を聞く前に児玉はすでに受信箱を開けていた。

受信箱に保存されているメールは五通あった。

〔はじめまして。日記を楽しみに読んでいます。お仕事に、子育てにがんばっていらっしゃる様子がよく伝わってきて、元気づけられます。これからもがんばってください。もしよろしければわたしのホームページも覗いてくださいな。

鳩子《はとこ》〕

「これは何ですか？　児玉さん」

「奥さんの日記を偶然のぞいた人からのメールでしょう。面識のない人だと思います」

「そういう人からも気軽にメールが来るんですか」

「そこがインターネット、ホームページのいいところですよ」

研二は次のメールを開ける。


〔稔美さんのお父さんは宮沢賢治の研究家だったんですってね。宮沢賢治が残した暗号をご存じ？

星羅《せいら》〕

「これはなんでしょう」

「ホームページを通じて知り合った人のようですね。特にどうという事はないようです」

残りのメールも、稔美の行き先のヒントになるようなものはなかった。星羅という人物からのメールがもう一通あったほかは、いずれも稔美のホームページを見て初めて連絡をくれた人たちだった。

児玉は研二からマウスを奪って画面を閉じた。

「中瀬さん」

「はい」

児玉の表情は険しい。だがこれが児玉の普段の顔なのだと研二は思った。

「失礼ですが、奥さんはお金をどのくらい持っていかれたんでしょう」

「それは、」

考えるまでもない。現金はほとんど持っていないはずだ。研二は自分の収入をいっさい稔美に渡していない。稔美は自分の収入を生活費に廻している。月約八万円の収入のほとんどは米、肉、野菜、あるいは新聞代、子どもの月謝などで消えてしまう。仕事代の回収は月半ばだから、現在の稔美の財布の中には、千円札が数枚といったところだろう。いつもなら研二がキャッシングして、稔美に生活費として一万円を渡している頃だ。

「ほとんど持っていないと思います」

「クレジットカードは？」

「稔美は持っていません」

「では、実家にお帰りになるとしても、奥さんはどうやって切符を買ったのでしょう」

虹野はおそらく無料としても、花巻までの電車賃は一万円近く、あるいはそれ以上するだろう。研二は息苦しさを覚えた。

「行き先は、都内かもしれませんね」

研二は呟くように言う。

日記にも、人生の記録にも、Eメールにも稔美の行き先は記されていなかった。

「フロッピーに何かを残しているということはないかな」

研二はそう思い当たりながら棚のフロッピーを捜した。

フロッピーは見あたらない。

「おかしいな」

「どうしました」

「フロッピーがないんです」

「持っていったんですか？」

「そうかもしれません」

「では、行き先でお仕事をするつもりなのではないでしょうか」

「そうですね」

友人の結婚式の引出物としてもらった、小皿を入れる箱を縦にして、フロッピー入れとして使っている。ほぼ十センチごとに仕切り板があるのでフロッピーを立てかけるのに便利なのだ。左半分を稔美、右半分を研二が使っている。

「ぼくのフロッピーもない」

「え？」

「おかしい。ぼくのフロッピーまで失《な》くなっている」

研二が狼狽《うろた》えているのを見て児玉は困ったような顔をした。

「見てください。この箱に二人のフロッピーをしまってあったんです。でも、稔美のもぼくのも一つもなくなっている」

「童話の？」

「はい。童話用も仕事用も」

「奥さんが、持っていったんでしょうか」

「どうして。どうして稔美がそんなことをするんです！」

研二は児玉の腕を摑んだ。児玉はその腕を離した。

「すいません。つい」

「いえ」

研二は立ち上がって棚や引出しを調べる。

「ありません。やっぱりぼくのフロッピーもなくなっています」

「奥さんが間違って持っていったのではないでしょうか」

「そんなはずはない。あいつはこういうことに関してはぼくより詳しいんです」

「では、どうして」

「判りません」

研二は倒れるように椅子《いす》に腰を下ろした。

「念のために、警察に行ってみます」

「警察？　誘拐ということですか」

「考えたくはありませんが」

「少し大げさではないですか」

「そうですね。でも、念のためですから」

「そうですか」

児玉は射抜くような目で研二を見つめた。

「いつ行くんです」

「今日はもう少し稔美の実家に電話をしてみます。それで埒《らち》が明《あ》かなければ、明日の朝」

「きっと、連絡がつきますよ。もしつかなければ」

児玉が少し表情をゆるめた。

「私にできる事があったら何でもいってください。たいした力はないですが協力します。お隣りになったのも、何かの縁ですから」

「ありがとうございます」

今まであまり口を利いたこともなかった隣人が、研二にはやけに頼もしく思えた。

九月三日　金曜日

おれなどは石炭紀の鱗木《りんぼく》のしたの
ただいっぴきの蟻《あり》でしかない
宮沢賢治『春と修羅』より

「マジエル様はお怒りだ」

かすれた声で目が覚めた。

いつの間に運び込まれたのか、ダブルベッドに虹野と二人で寝ていた。虹野は粘着テープで目隠しをされたままだ。

「マジエル様は俺たちを怒っているのか？　ビーター」

「そうだ」

「筋違いだ。悪いのはこのアマだろう」

ラルゴが顎で稔美を指した。

稔美は虹野を抱きしめる。虹野が稔美の腕の中で目を覚ます。

昨日、左腕に注射をされた。稔美は半袖から覗く注射の跡をさすった。その後、意識が朦朧《もうろう》として……。

よく思い出せない。

食事もしてトイレにも行った。

食事はコンビニで買ったらしいサンドウィッチだった。ビーターと呼ばれた、声のかすれた男が運んできた。

男たちは三人いた。三人の名前もどうやら把握できたと稔美は思った。

(ラルゴ、ビーター、マジエル)

腕と足の縛《いまし》めは親子とも解かれたので、トイレは自由に行ける。

二人だけで部屋に残される時間もあった。稔美は部屋の中をくまなく調べたが、脱出できる隙はなかった。

窓は一切ない。トイレの天井に換気扇が付いているが、直径十センチほどの円なので、人間が入ることはできない。

唯一外界に通じる扉には、ドアノブの代わりに窪みが施されているが、押しても引いてもびくともしない。

「稔美さんは本当に覚えていないようだ」

ビーターが言った。

「ふざけるな。隠してるに決まってる」

「自白剤を注射されて隠しおおせるものではない」

「薬は絶対じゃないぜ」

「しかしあの薬はマジエル様が調合したものだ。まちがいはない」

「じゃあどうしてこのアマは思い出せねえんだ」

「布施獅子雄が、よほど巧妙に隠したんだろう」

父が、隠した？

何を、どこに。

「体に隠したとでもいうのか。徹底的に調べてみるか」

稔美は虹野を抱きしめた。

「ママ」

虹野の声にビーターとラルゴが視線を動かす。だがすぐに興味なさそうに視線を戻した。

虹野が小声で話しかける。

「おうちに帰りたい」

「だいじょうぶ。きっと帰れるわ」

「いつ？　ぼく、すぐに帰りたい。パパにあいたい」

虹野はさらに声を潜《ひそ》めた。

「ねえ、悪い人たちは二人になったから、きっと逃げ出せるよね」

「虹野、目を瞑《つむ》ったままであの人たちが何人か判るの？」

「声でわかるよ。ひとりいなくなったよ。きれいな声の人がいないもん」

「そう。じゃあ虹野、問題を出すわよ」

「うん」

「三引く一は？」

「三引く一？」

「そう」

稔美は男たちに聞こえないように虹野の耳に囁いた。

「そうか。ぼくわかったよ。三ひく一は、二だね」

「そうよ」

稔美は虹野の頭を抱いた。

「やっと判ったわね」

虹野はうれしそうな顔をした。

「俺たちをなめてるんだ。ガキを痛めつけろ」

ラルゴの声が吠えた。稔美の体がびくんと震えた。

「いつまで寝てるんだ。起きろ」

稔美は体を起こした。

「お願い。あたしはいいから、子どもを逃がして」

「そうはいかねえんだよ」

ラルゴがベッドにずんずんと近づいて、掛布団をはぎ取った。虹野が稔美にしがみつく。

「あなたたち何か勘ちがいをしてるのよ。知ってるんだったらとっくに言ってるわ」

「生意気な口を利くんじゃねえ」

ラルゴが太い腕で虹野の腕を掴むと、あっという間に稔美から引き剝がした。虹野は床に放り投げられる。稔美が叫び声をあげてベッドから飛び出す。飛び出た稔美の体をラルゴが抱き留める。

「女め！」

「その子は熱があるのよ！」

稔美がラルゴの腕の中でもがくが、ラルゴの腕は動かない。ラルゴは強く稔美を抱きしめ、股間を稔美の下半身に押しつけてくる。

「女め！」

「やめて」

ラルゴは稔美を突き放した。稔美は尻もちをついて倒れたが、すぐに起きあがり虹野に走り寄ろうとする。ラルゴが尻のポケットからナイフを取りだして稔美に向ける。稔美の動きが止まる。

「思い出せねえんなら思い出せるようにしてやろうじゃねえか」

「知らないものは知らないのよ！」

「本気で思い出そうとしてねえからさ。ビーター、ガキを貸せ」

「なにするの」

「ガキを切り刻む」

一瞬、気が遠くなる。だが稔美はすぐに目を見開いた。

「その子に手を出したらあんたを殺す」

稔美がラルゴを睨みつけた。

「てめえ、自分の立場を判ってるのか」

「気の強い人だ」

ビーターが虹野の腕を摑んだまま言った。

「さっき、子どもに算数を教えていましたね。気に入りましたよ。いい根性をしています。ただ、ラルゴの言い分にも一理あります」

「一理あるですって」

「そうです。われわれの大きな目的のためには、少々の犠牲はやむを得ないんですよ」

「子どもの体を切り刻むことが少々の犠牲だっていうの」

「そうです」

「あなたたちの目的ってなに？　あなたたちは一体なんなの」

「マジエル様のしもべですよ」

「マジエル様……」

「マジエル様は、人類が未だかつて考えたことのない施策を考えておいでです。しかしその実現のためには、あなたが摑んでいる秘密を知ることがどうしても必要なんですよ。それを探り出すためなら、われわれは手段を選びません」

ビーターがポケットからナイフを取りだして虹野の首にあてた。稔美が弾かれたようにビーターに向かって走りだした。

ラルゴが稔美に向かってナイフを伸ばす。ラルゴと稔美が交錯する。稔美は倒れて顔を激しく床に打ちつけた。稔美は腹を押えた。

「服を脱げ」

倒れたままの稔美にラルゴが言葉を投げつける。

「布施獅子雄はお前の体に刺青《いれずみ》を施したのかもしれねえ。秘密を彫り込んだだな」

ビーターが頷く。

「あたしの体に刺青なんてないわ」

稔美は痛みを感じる自分の腹に手をやる。傷はないようだ。

「稔美さん。あなたの自己申告を鵜《う》吞みにして事を済ませたのではマジエル様に叱られます。

われわれの目で確認させてもらいますよ。あなたの体を、隅から隅まで調べさせてもらいます」

「やめて。何もないわ」

「服を脱いでください」

「ママ」

ラルゴがビーターから虹野を奪うように引き寄せて、その首の皮膚にナイフを押しあてた。

「やめて！」

ラルゴはナイフを握る手を弛《ゆる》めようとしない。

「ママ、痛い」

虹野の泣きそうな声が部屋に響く。

「判ったわ、脱ぐからナイフを離して」

「おめえが脱ぐのが先だ」

ラルゴはさらにナイフを虹野の首に押し込む。虹野が呻《うめ》き声《ごえ》を洩らして泣き出した。稔美はTシャツを脱ぎ捨てた。上半身がブラジャーだけになる。豊かな胸が大きく息づいている。

ラルゴがナイフに加えた力を弛める。

「下もだ」

稔美はジーパンのボタンを外し、足を抜く。男たちの前で、ブラジャーとパンティだけの姿になった。すらりと伸びた足が露わになる。ラルゴが喉を鳴らす。

ビーターが下着姿で棒立ちになった稔美に近づいた。

稔美の腕を取って持ち上げ、脇の下を覗く。

背中に回る。足を取り、足の裏を見る。

「どうだビーター」

「刺青はありませんね」

「代わってくれ」

ラルゴが虹野をビーターに渡す。稔美に近づくと背中に回り、ブラジャーのホックに手をかけた。ホックはあっという間に外れる。

「やめて！」

稔美はブラジャーを手で押えながら叫ぶ。ラルゴはかまわずにパンティに手を伸ばす。

「自分で脱ぐわ」

稔美がラルゴを睨みつける。

（どんな目にあってもここから虹野を脱出させてみせる）

稔美はパンティを脱ぎ、男たちの前に白い裸身を晒《さら》した。

＊

警察に行くかどうか研二はまだ迷っていた。

(こんな優柔不断なところが嫌われたのかな)

昨晩、警察に行く決心をした研二だったが、いざ出かけるとなると勇気がいる。稔美は実家に帰った可能性が高いのだ。実家に電話が通じないのは、親子三代で温泉にでも出かけたのではないだろうか。だがもちろん、そうでない可能性もある。

(新聞を取ってこよう)

昨日の夕刊から取り込んでいない。

(新聞に誘拐の記事が出ていたらどうしよう)

研二はその心配があり得ないことにすぐに気がついた。まだ失踪届も出していない。だが、身元不明の他殺体の記事が出ていたら……。

研二はパジャマ代わりにしている短パンとTシャツのまま外に出た。

ザウエルが一声吠える。

夜十時過ぎに稔美が家にいないと必ず悲しそうな啼き声を発するザウエルが、このところは啼き声さえあげずにいた。しかし、幾ばくかの元気は取り戻したようだ。

研二はポストから新聞を取り出す。朝刊と夕刊の間に心持ち大きめの封書が挟まれていた。ボールペンで中瀬稔美様と書かれている。送り主は布施ハル。稔美の母からだ。

(やはり稔美は実家にいたのか)

実家から稔美の家出の顛末《てんまつ》を書き送ってきたのだ。

いや、そうではない。

だとしたら宛名は中瀬研二宛になるはずではないか。これは稔美宛に送られてきている。稔美の母は稔美がまだこの家にいると思っているのだ。研二は生唾《なまつば》を飲み込んだ。

(何が書いてあるのだろう)

今回のことと関係があるのだろうか。いずれにしてもすぐに読んでみなければ。自分宛ではない封書を開封することは法律違反だろうが、そんなことをいっている場合ではない。研二は部屋に戻ってハサミで封を切った。

中からまた封書が出てきた。

宛名は布施稔美様。毛筆の立派な字だ。住所は岩手県花巻市となっている。研二は封書を裏返す。送り主は記されていない。

中身はその封書だけだ。布施ハルからの手紙は見あたらない。おそらく、この封書の送り主が、稔美がまだ花巻にいると思って実家宛に送ったのだ。それを布施ハルが転送してくれた。

(しかし稔美はこの送り主とずいぶん連絡を取っていないようだ)

稔美が花巻を離れ東京に出てきてからもう十四、五年は経つ。

研二は封書を開けた。達筆すぎて研二には読みにくい毛筆の字が目に飛び込んでくる。研二は丁寧に文面を追う。

〔拝啓。突然のお手紙お許しください。私は鳥羽源蔵《とばげんぞう》という者です。長い会社勤めを定年退職して現在は年金を頼りに細々と生活をしています。実は私は二十五年前、あなたのお父様、布施獅子雄さんと共同で宮沢賢治の研究活動をしていたのです。

私は現在七十七歳です。このところ体が弱り、もう余命が長くないことを自覚しています。そこでお父様が死の直前に私にうち明けた、あなたの記憶の底に隠されたある秘密のことをお教えしておくのが、私に残された最後の義務だと思い、お手紙を差し上げた次第です。〕

研二は手紙の中の一文から目が離せなくなった。

〔あなたの記憶の底に隠された、ある秘密〕

これは一体なんのことだ。研二は先を急いだ。

〔当時、私と布施獅子雄さんは宮沢賢治に心酔し〈十力《じゅうりき》の金剛石《こんごうせき》の会《かい》〉という宮沢賢治研究会を作りました。会の名前は宮沢賢治の童話『十力の金剛石』から取っています。これは宮沢賢治研究はもとより、その思想を実践することをも目的とした宗教法人でもあります。ご存じのとおり宮沢賢治の目的は世界平和です。私たちも最終目標をそこに置きました。〕

宮沢賢治の目的が世界平和？　研二には意外な言葉だが、今それを検討している余裕はない。

〔といってもたいしたことができる訳ではありません。賢治の作品研究と、遺稿の発掘。主な活動はそれくらいです。ご存じのように賢治は自分の作品を何度も執拗《しつよう》に手直ししています。『銀河鉄道《ぎんがてつどう》の夜《よる》』などは十年以上にわたって書き直しが施され、第一次稿から第四次稿までの四つの『銀河鉄道』が知られています。ところが私とあなたのお父さんは、ふとした偶然から、今まで誰にも知られていない第五次稿、いわば幻の『銀河鉄道』を発見したのです。〕

幻の『銀河鉄道』。

本当だろうか。にわかには信じられない話だ。

〔そしてその第五次稿の中には、あるとてつもない秘密が記されていたのです。〕

研二は目を瞑《つむ》った。書の素養のない研二に達筆はかえって読みづらい。疲れた目に短い休憩を与えると研二は続きを読み始めた。

〔賢治が鉱物、特に宝石に詳しいことはよく知られています。また、鉱物採集のために日課のように山を歩き、その過程で学問的に価値のある化石を発掘したことも知られています。ところが賢治は化石以外に、あるものを発見していたのです。そのあるものとは、七色の金剛石、すなわちレインボー・ダイヤモンドの鉱脈です。〕

レインボー・ダイヤモンド？

研二は稔美の持っている七色のダイヤを思い起こした。もしこの手紙に書いてあることが真実だとすれば、あの七色のダイヤは本物だという可能性もある。しかし宮沢賢治がダイヤモンドの鉱脈を発見していたなどということは信じられることではない。

〔賢治が発見したダイヤモンドの鉱脈の価値は、現在の価格でおそらく百億円は下らないでしょう。賢治はその秘密を暗号にして自分の作品、すなわち『銀河鉄道の夜』第五次稿に封じ込めました。布施獅子雄さんはその暗号の解読に成功したのです。〕

研二は息苦しさを覚えた。この手紙に書いてあることはとても本当のこととは思えない。しかしもし本当のことならば、稔美と虹野が消えた理由は、宮沢賢治が発見したダイヤモンドにあるのではないか？

〈宮沢賢治はお金を忌み嫌っていた人物です。獅子雄さんも賢治に倣《なら》いました。お父さんは『銀河鉄道』第五次稿を焼き捨てました。ダイヤモンドの鉱脈の在りかは誰にも教えていません。布施獅子雄さんは私にも教えてはくれなかったのです。しかしお父さんはその在りかを、お得意の催眠術を使ってあなたの記憶の奥底に刻み込んだのです。あなたにはそんな覚えはないでしょう。いえ、ないのではなく取り出せないだけなのです。その記憶をどうやって取り出したらいいのか、私にはその方法は判りません。しかしあの布施獅子雄さんのことですから、きっと何かうまい方法を施していることでしょう。詳しいことはこれ以上は書きません。あなたが思い出しさえすればすべてが判ることです。そして思い出した暁には、百億円のダイヤモンドは、あなたの物なのです。〉

手紙はここで終わっていた。研二はしばらく手紙を見つめたまま動きを止めた。手紙を何度も読み返す。

（これは本当のことなのか？）

とても信じられない。

宮沢賢治が七色のダイヤモンドの鉱脈を発見していたこと自体がもちろん信じられないことなのだが（第一、レインボー・ダイヤモンドなどという物がこの世に存在するのだろうか）、それ以上に、そのダイヤモンドの在りかが稔美の記憶の底に封じ込められているということの方が現実感がない。

稔美が賢治のダイヤモンドの話をしたことなど、知り合ってから一度もない。手紙によれば稔美自身も思い出せないだけなのかも知れないが、しかし脳内に記憶を封じ込めるなどという事ができるものなのか。

（稔美は七色のダイヤモンドを持っていた）

稔美はそのダイヤを父親からもらったといっていた。もちろん稔美も研二もそのダイヤがイミテーションであると思いこんでいた。

（あれはもしかしたら本物なのか）

研二は手紙を手に持ったまま二階へ上がった。書斎の稔美用の引出しを開ける。未整理の写真の袋や、幼稚園の連絡網を記した藁半紙の中にレインボー・ダイヤモンドを入れた小箱があるはずだった。だが、見つからない。

研二は一階に戻ると手紙を食卓に置き、着替えを始める。

（やはり警察に行かなければ）

この手紙に書いてあることが本当のことならば、何者かが稔美の記憶の底にあるダイヤモンドの鉱脈の在りかを聞き出すために稔美をさらった可能性が出てくる。

　ジーパンを穿きシャツを羽織る。シャツのボタンがなかなかはまらない。

（でも、稔美は宮沢賢治にはあまり詳しくなかった）

　二人で宮沢賢治についての話などした記憶がない。本当に稔美の脳内に宮沢賢治の秘密が眠っているのだろうか。

　シャツのボタンがようやくはまった。

（おそらくこの手紙は何かのまちがいだ）

　稔美と虹野が誘拐されるなどと、そんな馬鹿なことがあるわけがない。

（鳥羽源蔵という人に連絡を取ってみよう）

　研二は受話器を取り、一〇四で鳥羽源蔵の番号案内を依頼する。

　岩手県という遠方にも拘らず鳥羽源蔵の電話番号はすぐに判った。その番号に掛けてみるが、応答がない。呼出し音を十五回鳴らしたところで研二は受話器を置いた。

　研二は黒い小型のバッグに鳥羽源蔵からの手紙を入れると家を出た。

　近くのファミリーマートで手紙を二部コピーすると、いったん家に帰り、コピーした二部を引出しにしまう。手紙は、稔美と虹野の居場所を探る重要な手がかりだから、細心の注意を払う必要がある。自転車の籠からバッグを奪われる事件はこの練馬《ねりま》でも聞いたことがある。そのような事態が起きても手紙のコピーだけは残るようにしておかなくては。稔美はいつも研二の慎重すぎるやり方にいい顔をしなかったが、これが研二のやり方だった。

研二は自転車の籠にバッグを入れると、駅前の交番に向けてこぎ出した。

＊

高島友之《たかしまともゆき》は久保四郎《くぼしろう》の存在が不快でならなかった。あるいは久保四郎という警部の下に自分が配属された状況自体が不快なのかもしれない。

高島は現在二十三歳。国家試験に合格し、警察庁に入庁したキャリアである。今年度の採用は全国で二十六名。この二十六名は自動的に、警察組織の頂点である警察庁長官を目指すことを許された選り抜きのエリートとなる。彼らは入庁した時点で警部補の肩書を与えられる。

久保四郎は五十四歳。階級は警部。二十三歳の高島より一つ上の階級に過ぎない。体は痩せて張りがなく、服装はいつも同じくたびれた背広。しまりのない口のせいか、卑屈な笑みを浮かべているように見える。動作は緩慢《かんまん》で、若い高島はイライラさせられる。

「交番に寄っていこう」

久保は駅が近づくとうれしそうに高島に告げた。高島は返事をしなかった。久保とは必要最低限の会話しか交わさない。

交番に入ると久保と同年輩の制服警官が「おう、久保ちゃん」と親しげに久保に声を掛けた。

「ちょっと寄らせてもらうよ、谷《たに》さん」

「ああ。どうせひまだ。お茶でも飲んできな」

ひまという言葉は高島の理解の範疇《はんちゅう》にはない言葉だった。やることはいくらでもあるはずではないか。だが、おそらく昇進試験をあきらめ、一生交番勤めの巡査部長で終わる、この谷という警官には、取り立ててやることなどないのかもしれない。

「新人かい、その子」

「研修中のキャリアさんだ」

「へえ」

キャリアという言葉を聞くと谷は国宝でも見るような目で高島を見つめた。

「窃盗犯の聞き込みでね」

久保は丸イスに腰を下ろした。谷が「どうぞ」と高島にイスを勧めるが、高島は断わった。長居をする場所ではない。

谷は久保と高島にお茶を入れた。

「どうだい、今日あたり、久しぶりに」

谷は酒を飲む手つきをした。

「いいねえ」

久保はいくぶん顔を突き出すように返事をした。

高島は久保と谷の会話に呆《あき》れた。勤務中に交わす会話ではないだろう。

久保がぼんやりと高島の方を見ている。

「高島君」

高島は返事をせずに久保の次の言葉を待った。

「どいてくれないかね」

「え？」

「ちょっとどいてくれないか」

久保はいったい何を言っているのだ。

「後ろに誰かいる」

久保に言われて高島は初めて自分が交番の入口を塞ぐように立っていることに気がついた。

高島はすぐに体をずらした。ジーンズにシャツという中年の男が立っていた。

高島にはいい年をしてジーパンを穿く男の気持ちが理解できない。高島は休みの日もスラックスで過ごす。ジーパンはどこかだらしのない印象がする。おまけにこの男はシャツのボタンを掛け違えている。

「なんですか」

谷が男に声を掛ける。

「実は」

男は何か言い淀んでいる。

「まあ、入って」

谷は古くからの知人を迎え入れるような口調で言った。男は交番内を珍しそうに見回しながら入ってきた。

「あの」

男は高島と久保を交互に見る。

「私らは刑事です。先客ではありませんのでどうぞご遠慮なくお話しください」

「はあ」

高島は久保の言葉に舌打ちをした。得体《えたい》の知れない男にわざわざ自分たちを〝刑事〟だと告げる必要はない。

「実は、妻と子が誘拐されたんです」

高島は男の言葉ににわかに緊張感を高めた。久保と谷も顔を引き締めている。

「坐って」

谷に促されて男は高島が坐るはずだった丸イスに坐った。

「久保さん」

谷がすがるように久保を見た。久保は頷きながら「一緒に聞きましょう」と言った。

「まず、名前から聞きましょう。あなた、お名前は」

「中瀬といいます」

「下の名前は」

「研二です」

研二は名前の漢字を説明した。谷が書き留める。

「実は一昨日の朝、大きな夫婦喧嘩をしまして」

「一昨日というと、九月一日だね？」

「ええ」

「それで」

「夫婦喧嘩をしたまま私は勤めに出たんです。そして、帰ってきたら、妻と子がいなかった」

高島は中瀬研二という男の話に失望した。

夫婦喧嘩をして、妻が子どもを連れて出ていっただけの話ではないか。よくあることだ。また、この程度のことで警察に駆け込んでくる迷惑な人間もうんざりするほど大勢いる。そういう無能な人間が社会に存在すると判ったことが、現場に出た唯一の収穫だ。

「奥さんは、実家に帰られたんじゃないですか」

谷が言う。

「妻の実家に電話をしてもだれも出ないんです」

「居留守ですよ」

高島が立ったまま研二に声を掛けた。

「そうじゃない！」

研二が高島に声を荒《あら》らげた。高島の顔に不快感が顕《あら》われる。

「どこにもいないんです。実家にも、友だちの家にも」

「よく捜したんですか」

高島が抑揚のない声で研二に尋ねる。

「捜しましたよ、徹底的に。アドレス帳に載っている稔美の友だちには全員連絡を取りました。でも、稔美はどこにもいなかったんです」

「稔美さんというのが、奥さんの名前だね？」

谷の質問に研二は「ええ」と答える。

「夫のもとを逃げ出した妻なら、夫から電話がかかっても、当然『いないと言ってくれ』というでしょう」

「そんなんじゃない！　稔美と虹野は誰かにむりやり誘拐されたんだ」

「中瀬さん。誘拐というのは言葉巧みに騙《だま》されて連れ去られることをいうんです。むりやり拉《ら》致《ち》されたのなら略取《りゃくしゅ》ですよ」

「言葉なんかどうだっていい」

「犯人から身代金の要求はあったんですか」

「いえ、ありません」

「だとしたら、これは事件ではない」

「どうしてですか」

「お子さん一人がいなくなったのならともかく、お子さんには母親がついていた」

「でも、子どもは熱があったんです。そんな状態の子を母親が連れ出すと思いますか」

「中には虐待して殺してしまう親もいますよ」

「稔美はそんな母親じゃない！」

しばらく沈黙が続いた後、久保が「お気持ちは判りますが」と言いかけた。

「証拠があります。見てください」

中瀬は手にした小さな黒いバッグから封筒を取りだした。

「けさ、妻宛に届いたんです」

中瀬は手紙を谷に渡した。谷が目を通す。谷は読み終えると、顔をしかめて久保に渡す。久保も読み終えると高島に渡す。

「妻はおそらく、そのダイヤモンドのせいで誘拐されたんですよ」

高島は手紙を研二に返した。

「行きましょう、久保さん」

高島の胸の中に、時間を無駄に費やされた不快感が広がった。

「あ、あの」

「奥さんはそのうち帰って来るんじゃないですか。でなければ帰りたくないか」

「この手紙を信じないんですか」

「あなたは信じてるんですか」

「判らない。でも現実に妻と子がいなくなった」

「中瀬さん。ひとつ教えてあげましょう。この世の中に七色のダイヤモンドは存在しません」

研二は口を開けたまま高島を見つめた。

「稔美はそのダイヤモンドを持ってたんです」

「縁日ででも買ったんじゃないですか」

高島が交番の外に出て中瀬に声を掛ける。

「中瀬さん。もう二、三日待ったらどうですか。奥さんの居場所は判りますよ」

「それじゃ、手遅れになる」

高島は研二の言葉を無視して歩き出した。

*

高島と久保という二人の刑事が帰った後、研二は交番で谷という警官から、あと二、三日待った方がいいと諭《さと》された。

(警察が当てにならないのなら、自分でやるしかない)

自宅に帰る道すがら研二はその決心を固めていた。

稔美が自らの意思で家出をした可能性はもちろんある。今となってはそうであって欲しいと願わずにはいられない。だが、そうではなかった場合、事態は一刻を争う。

もし二人が何者かに拉致されたのであれば、命を賭けても自分が救いださなければならない。

高島という刑事は、身代金の要求がないことをこの妻子消失が誘拐ではないという証左《しょうさ》として指摘したが、犯人の目的は稔美が握っていると思われる七色のダイヤモンドの在りかを聞き出すことなのだから、身代金など要求する必要もないのだ。

稔美と虹野はいったいどこに連れ去られたのか。

パソコン内には手がかりはなかった。ならば手がかりは鳥羽源蔵から届いた手紙しかない。

(宮沢賢治が七色のダイヤモンドの鉱脈を発見していたなどということに、信憑性《しんぴょうせい》がはたしてあるのだろうか)

判らない。

研二は宮沢賢治についての知識などほとんど持っていなかった。童話を書き始めた頃、稔美が持っていた『風《かぜ》の又三郎《またさぶろう》』の文庫本を読んだことはあるのだが、それきり宮沢賢治はやめてしまった。

(白鳥まゆみにアドバイスを求めようか)

彼女は宮沢賢治のことならおそらく現在知り得るあらゆるデータを頭に入れている。

研二は引出しから創作童話講座の会員名簿を探し出した。三十六名の会員の、上から十四番目に白鳥まゆみの名前があった。受話器を取ってまゆみの番号をプッシュしようとして、研二は指を止めた。

(電話だけで済む用件じゃない。喫茶店にでも呼び出して話を聞きたいが、いま家を空けたくない)

いつ稔美から電話があるか知れないのだ。

(やっぱり、家に来てもらうしかない)

研二はまゆみの番号をプッシュした。コール三回でまゆみは出た。「宮沢賢治の本を持って家に来て欲しい」とだけ研二は告げた。まゆみからは妻の所在を尋ねられたが、電話で詳しい話をしている余裕はないと判断し「田舎に帰っている」と話した。駅からの道順を聞いてまゆみは電話を切った。

小一時間ほどしてチャイムが鳴った。玄関のドアを開けると、クリーム色のミニのワンピースを着たまゆみが立っていた。まゆみの脚が透き通るように白いことに研二は初めて気がついた。

「白鳥さん、呼び出したりしてごめん」

「いいんです。研二さんに電話をもらって、わたしうれしかった」

まゆみは本当にうれしそうに笑った。まゆみをダイニングに招じ入れて、研二はコーヒーを淹《い》れた。向かい合って坐り、研二はコーヒーを一口すする。

「実は、かみさんと子どもが、一昨日からいなくなった」

まゆみの眉間にわずかに皺《しわ》が寄る。

「喧嘩でもしたんですか」

「大喧嘩をしたよ。しょっちゅうなんだ。それで出ていったのかもしれない。でも、かみさんの実家に電話をしてもだれも出ない。居所が摑めない」

「奥さんのお友だちの所は？」

「考えられるあらゆる所を当たってみた。でもどこにもいない。ぼくは、妻と子は誘拐されたんだと思っている」

「誘拐？」

研二は頷いた。

「でも」

「大げさだと思うかい。警察にも取り合ってもらえなかったよ」

「警察にも行ったんですか」

「ああ」

「本気なんですね。誘拐されたって思ってること」

研二はテーブルの上に置いてあった鳥羽源蔵からの手紙をまゆみに渡した。研二に促されてまゆみは手紙を読んだ。コーヒーを二口飲んでまゆみは手紙を読み終えた。

「どう思う」

「これが事実なら、大変なことですよ」

まゆみの声は少しうわずっている。

「宮沢賢治がダイヤモンドの鉱脈を発見していたなんて事があり得るだろうか」

「その事を訊きたくてわたしを呼んだんですか」

「そうだ。なにか意見を聞かせてほしい」

「わたしなんかの意見、当てにならないと思うけど」

「ぼくの知り合いで君ほど宮沢賢治に詳しい人間はいないよ」

「じゃあ、責任重大だけど、判る範囲で話します」

「うん」

「もし日本のどこかに七色のダイヤモンドの鉱脈があるのなら、それを賢治が発見していた可能性はあると思います」

まゆみの言葉に研二はあらためて胸苦しさを覚える。

「この手紙でも触れてますけど、宮沢賢治は、バタグルミ化石も発見しているんですよ」

「証拠がある」

「バタグルミ化石?」

「『銀河鉄道の夜』の中にこういう記述があるんです」

まゆみはバッグの中から新潮文庫『新編　銀河鉄道の夜』を取りだした。

〔「おや、変なものがあるよ。」カムパネルラが、不思議そうに立ちどまって、岩から黒い細長いさきの尖《とが》ったくるみの実のようなものをひろいました。〕

「賢治は大正十四年、二十九歳の時、東北大助教授と一緒にバタグルミ化石を採集しているんです。これは学界にも報告されました」

「どうして賢治がそんな事をしてるんだろう」

「賢治は童話作家であると同時に科学者でもあったんです」

「科学者……」

「その中でも特に賢治は、鉱石が好きだったんです」

「この手紙を読むまでは、そんなこと、まったく知らなかった」

「文庫の解説にもそれぐらい書いてありますよ。研二さん、宮沢賢治をまったく読んでないんですか」

「『風の又三郎』を読んで、あんまり面白くなかったんでやめてしまった。面白くないというより、方言で書かれていたから判りにくかった」

「じゃあ、読む順番をまちがえたんですね。ほかの作品はほとんど標準語ですよ」

童話作家をめざしているのに宮沢賢治を読んでいないことが、いまさらながら悔やまれた。

虹野が幼稚園に入るまでは、グリム、アンデルセン、イソップ、日本の昔話、ノンタンシリーズ、せなけいこなどの絵本を図書館で借りてきて読み聞かせていた。

そのうちに大村百合子《おおむらゆりこ》の『そらいろのたね』、中川李枝子《なかがわりえこ》の『ぐりとぐら』、ムーミンやバーバパパなどに移行し、虹野が幼稚園に入ってからは、『エルマーの冒険』、伊東寛《いとうひろし》の『おさるのまいにち』、たかどのほうこの『みどりいろのたね』、いぬいとみこ、あまんきみこなどを読み聞かせてきた。

図書館には宮沢賢治の絵本もあったのだが、研二は敬遠してきた。

「賢治は子どもの頃から、石コ賢《けん》さんっていう渾名《あだな》だったんです」

「石コ賢さん？」

「ええ。つまり、石が大好きだったたから。暇さえあれば鉱石を探しに山を歩いていたんです。十歳ぐらいから山歩きを始めて、死ぬまで変わりませんでした」

「じゃあやっぱり、その過程でダイヤモンドの鉱脈を発見していたということも」

「可能性としてはあると思います」

研二はコーヒーカップの取っ手をしばらく弄《もてあそ》んだ。

「でも、もし賢治がダイヤモンドの鉱脈を発見していたとしたら、そのことを黙っているなんてありうるだろうか」

「ありえますよ。賢治の金銭嫌いは半端《はんぱ》じゃないですから」

まゆみは淡々と話していく。

「賢治の生まれた家は、土地では富豪と呼ばれるお金持ちでした。家業は質屋です」

「質屋か」

「貧しい農民から厳しく借金の取り立てをする父親に、賢治は何度も転職を勧めているんです」

「自分の父親に転職を勧めるなんて、ちょっと考えられないな」

「それほど賢治は、お金を憎んでいたんです。賢治は肥料の設計書の作成も無料で引き受けていますし」

「肥料の設計書？」

「宮沢賢治は農業指導者でもあったんです。賢治は化学肥料を使うと土壌がやせることを当時すでに指摘していました。だから、農家ごとの有機肥料の設計書を一軒一軒作ったんです。表土と、中土と、三十センチばかり下の土をそれぞれ採取して調べて、農民からいろいろなことを聞いてノートにまとめて、それを家に持ってかえって土壌を分析して。大変な労力だと思います。それを賢治は一日に何十枚も作ったんです。昭和二年には半年で二〇〇〇枚以上作った記録が残っています。これが全部、無償なんです」

「無償か。ぼくにはそんな真似はとてもできない」

「そんな賢治だから、ダイヤモンドを見つけても、それで大儲けをしようなんてことは考えなかったと思います」

「なるほど」

研二はコーヒーから立ち上る湯気を見つめる。

「でも、それを証明することはできませんね」

まゆみが申し訳なさそうに言う。研二はコーヒーの湯気を見つめながら何かを考えている。

「今度は研二さんが考えてください。研二さんが童話のストーリーを考えているときの集中力は凄いですから」

研二は普段はぼうっとしているとよく言われる。自分でもぼんやりしていると思う。だからテキパキした稔美をいらつかせてしまう事もある。だが、まゆみが言ったように、いったん何ごとかを考え出すと、頭の回転が加速度的に速くなり、常人以上のひらめきを発揮する事ができると自負している。

「白鳥さん」

「はい」

「布施獅子雄は第五次『銀河鉄道の夜』を焼却してしまったようだけど、第四次までの『銀河鉄道の夜』にも、何かその痕跡が残ってるんじゃないだろうか」

「第四次？」

「そう。つまり市販されているものだ。宮沢賢治は、自分がバタグルミ化石を発見したことも『銀河鉄道の夜』に書き残しているからね」

「そうですね。もちろん童話《フイクシヨン》という形に作り直した上ですけど」

「そう。もちろん、そのものズバリの記述はないだろうけど、何か残っているはずだよ。第五次になってとつぜん書き残したという方が不自然だ」

「そうか。そうですね」

「それに、なにも『銀河鉄道の夜』だけに残っているわけではないのかもしれない」

まゆみはバッグから数冊の文庫本を引っぱり出した。いずれも藍色の表紙の新潮文庫《しんちようぶんこ》である。全部で五冊。

「新潮文庫で出ている宮沢賢治の本全部です。手分けして捜してみましょう。もしこれでも足りなかったら、わたし、図書館に行って宮沢賢治に関する本を全部借りてきます」

「ありがとう」

「わたしにできる事があったらなんでも言ってください」

まゆみは研二の目を見つめる。

「研二さんのお役に立ちたいんです。研二さんの哀しそうな顔を見るのが辛いから」

研二はまゆみの視線から目を逸《そ》らすことができない。

「ヒントは宮沢賢治にしかないんだ。やってみよう」

まゆみが頷いた。

捜しているうちに稔美から連絡があるかもしれない。研二は切実にそうあって欲しいと願った。

九月四日　土曜日

えいこんなばかなことしていたらおれは鳥になってしまうんじゃないか。
宮沢賢治『セロ弾きのゴーシュ』より

（たとえこの身を犠牲にしても虹野だけは夫のもとへ送り返す）

身に覚えのないことで見知らぬ男たちに連れ去られた理不尽さが、深い悲しみを伴って心に押し寄せても、稔美は気力を失ってはいなかった。

最初は自白剤を注射された。だが、男たちが捜しているような秘密など隠しているわけではないのだから、自白することなど何もなかった。

次に虹野を盾に脅された。それでもだめだと判ると男たちは稔美の体をくまなく調べた。夫以外の男の前で裸身を晒すという、生まれて初めての屈辱を体験したが、やはり躰《からだ》にも秘密は隠されてはいなかった。

（この男たちはいったい何者なのだろう）

目の前にはラルゴとビーターがいる。ラルゴはかなり暴力的な人間のようだ。ビーターはラルゴと較べると落ち着いている。ビーターを見ていると稔美は〝インテリやくざ〟という言葉を思い浮かべる。

(落とすならビーターの方だ)

稔美は、震えながら稔美のTシャツを摑む虹野を抱きしめた。虹野の体温はますます高くなっている。

今日明日中に虹野を解放しなくてはいけない。体力的にも、虹野が目隠しをし続けられるのも、もう限界だろう。

「ビーター」

稔美がソファに腰掛けるビーターに声をかける。ビーターはびくんと体を震わせる。

「あたしはあなた方の奴隷になります」

ソファに坐って眠っていたラルゴが目を開ける。

「その代わり、虹野だけは解放してください」

「ガキを解放するのはお前の秘密を聞き出したときだ」

ラルゴがソファに横たわりながら言う。

「あたしには秘密なんて何もないんです。だから、せめて、あなた方の奴隷になります」

「奴隷?　どういうことです」

ビーターが興味深げに訊く。

「あたしの躰を自由にしてください。だから、虹野を解放してください」

けさ起きてから虹野はあまりしゃべらない。熱のために苦しいのだろう。

虹野は生まれたときからほかの子より発達が遅かった。首がすわるのも、寝返りを打つのも、ハイハイも、初めての立っちも遅かった。幼稚園に入ってからも、運動神経が極端に悪いことが判った。かけっこはビリだし、雲梯《うんてい》から落ちてケガをするし、鉄棒も縄跳びもできなかった。

(もしかしたら父親譲りのデクノボーなのかもしれない)

だが、稔美にとって虹野はかけがえのない子どもだった。自分の命よりも大事なもの。この世の中にそういう存在があることを、虹野が生まれて稔美は初めて知った。

「お前の指図は受けない。いいか、お前は今のままで、もう俺たちの奴隷なんだよ。やろうと思えばいつでも俺たちはお前を犯せる」

「虹野を解放しないうちにあたしの躰に触ったらあんたたちを絞め殺す」

ラルゴの言葉に稔美は思わず呪詛《じゅそ》の言葉を投げつけた。胸が大きく波打っている。

「それは無理でしょう」

ピーターが頬笑みながら言った。

「ラルゴは外人部隊にいたんです。その中でもケンカは強かったらしいですよ。屈強の男たちの中でも強かったラルゴを、いくら威勢がよいといっても、女のあなたがうち負かすことは不可能です」

自分の仕掛けた取引が暗礁に乗り上げようとしている。

「でも、あなたの申し出はおもしろい。暴力を使わずにやれるんですからね。私にもやらせてくれるんですか?」

稔美はビーターの顔を見つめた。冷静そうに見えたこの男もやはり野獣だった。稔美の体に鳥肌が立つ。稔美はもともとセックスが嫌いだった。夫以外の、嫌悪と憎しみの感情しか抱けない相手とのセックスなど言語道断だ。だが、虹野の命を救うためなら迷うことはない。ビーターの言葉に稔美は夢中で頷いた。

「判りました。マジエル様の判断を仰ぎましょう」

ビーターが立ち上がって部屋を出ていった。あとに残ったラルゴが稔美を見据えた。

*

昨夜は稔美からの電話を待ちながら、新潮文庫の宮沢賢治本を読み続けた。赤ボールペンで線を引き、ページに折り目をつけ、鳥羽源蔵の手紙の信憑性を検討した。あの手紙には何の根拠もない。そういう結論が導き出されて欲しかった。稔美と虹野は誘拐されたわけではない。そんな馬鹿なことがあっていいわけがない。

夕飯は摂《と》らなかったが、空腹を感じる間もなく外が明るくなった。朝になるまで電話がなかった。その事に思い至ったとき、研二は少し吐き気を感じた。

八時前にチャイムが鳴った。ドアを開けると白鳥まゆみが立っている。

「おはようございます」

「白鳥さん。こんなに朝早く」

「徹夜したから始発で来たんです」

まゆみは研二に断わりもせずに靴を脱いだ。

昨日まゆみは、自分の本をすべて研二の家に置いて帰った。手分けして検討するのもいいが、一冊の本を二つの視点で検討することも大事だから、本は一つの作品について研二用とまゆみ用、二冊必要だとの判断からだ。

まゆみは研二に渡された金で新たに角川文庫《かどかわぶんこ》版の宮沢賢治を揃えて来た。

「奥さんから連絡はありましたか」

まゆみの問いに研二は首を横に振った。

「白鳥さん、朝食は食べた？」

「コンビニでサンドウィッチを買ってきました」

まゆみはビニール袋をテーブルの上に置く。

「研二さんの分も」

「わるいな」

「いいんです」

まゆみはてきぱきとビニール袋からサンドウィッチと缶ジュースを取り出す。

「野菜ジュースです。体にいいから」

研二はすぐにまゆみの買ってきた野菜ジュースを一口飲んだ。野菜ジュースの冷たい刺激が喉に心地よいはずだが、なぜか通りが悪い。

「喉を通らないんですね」

研二はうつむいた。

「奥さんのこと、愛してるんですね」

「女房とは離婚するつもりだ」

「え？」

「今回の失踪が誘拐なのか、稔美の自由意思によるものなのか、まだ判らない。でも、仮に誘拐だとしても、稔美がぼくに愛想を尽かしていることは確かなんだ」

研二の胸に昨日読んだばかりの『銀河鉄道の夜』の一節が浮かび上がる。

〔ただいちばんのさいわいに至るためにいろいろのかなしみもみんなおぼしめしです。〕

稔美と別れることは哀しい。でも、稔美がそれを望むのなら、叶《かな》えてあげることが最後の愛情なのだ。稔美が自分に対して放った数々の悪態。もう稔美の心はぼくから遠く離れてしまったのだ。

だが……。

研二の胸にふたたび『銀河鉄道の夜』の中の一節がこだまする。

〔どうして僕《ぼく》はこんなにかなしいのだろう。〕

相手に愛情がなければ自分の心だって冷めていいはずなのに。

研二はまゆみがサンドウィッチを食べるのを見ながら邪念を頭から追い払った。

たとえその向こうに哀しみが待っていようと、今は稔美と虹野を助け出すことに全力を尽くさなければ。

「宮沢賢治の作品の中には金剛石、つまりダイヤモンドを使った比喩が頻繁《ひんぱん》に現われる」

研二は野菜ジュースを飲み込むと文庫本を広げた。

「『銀河鉄道の夜』の中で見つけた二つの比喩だ」

〔ダイアモンド会社で、ねだんがやすくならないために、わざと穫《と》れないふりをして、かくして置いた金剛石《こんごうせき》を、誰《だれ》かがいきなりひっくりかえして、ばら撒《ま》いたという風に、〕

〔その立派なちぢれた葉のさきからはまるでひるの間にいっぱい日光を吸った金剛石《こんごうせき》のように露《つゆ》がいっぱいについて〕

「『ビジテリアン大祭』にも金剛石についての記述があります」

まゆみが角川文庫を広げる。

〔金剛石《こんごうせき》は硬《かた》く滑石《かっせき》は軟《やわ》らかである、〕

「『やまなし』という作品にもダイヤモンドに関する比喩が使われています」

〔それは又金剛石《こんごうせき》の粉をはいているようでした。〕

「賢治はどうして金剛石の比喩を頻繁に使ったのか」

「賢治の深層心理の中に、ダイヤモンドのイメージが強烈に刻まれていたようですよね」

まゆみはサンドウィッチを食べ終わった。研二がコーヒーを淹れる。

「ほかにも傍証があるんです」

まゆみはコーヒーを一口飲んで喋り出す。

「宮沢賢治は、自分と〈デクノボー〉という言葉を重ね合わせています」

「うん。『雨ニモマケズ』だね」

研二は『新編　宮沢賢治詩集』を開く。

雨ニモマケズ
風ニモマケズ
雪ニモ夏ノ暑サニモマケヌ
丈夫《ヂヤウブ》ナカラダヲモチ
慾《ヨク》ハナク
決シテ瞋《イカ》ラズ
イツモシヅカニワラッテヰル
一日ニ玄米《ゲンマイ》四合ト
味噌《ミソ》ト少シノ野菜ヲタベ
アラユルコトヲ
ジブンヲカンヂャウニ入レズニ
ヨクミキキシワカリ
ソシテワスレズ

野原ノ松ノ林ノ蔭《カゲ》ノ
小サナ萱《カヤ》ブキノ小屋ニヰテ
東ニ病気ノコドモアレバ
行ッテ看病シテヤリ
西ニツカレタ母アレバ
行ッテソノ稲ノ束ヲ負ヒ
南ニ死ニサウナ人アレバ
行ッテコハガラナクテモイ、トイヒ
北ニケンクヮヤソショウガアレバ
ツマラナイカラヤメロトイヒ
ヒデリノトキハナミダヲナガシ
サムサノナツハオロオロアルキ
ミンナニデクノボートヨバレ
ホメラレモセズ
クニモサレズ
サウイフモノニ
ワタシハナリタイ

「最後の五行に、自分はデクノボーになりたいって書いてありますけど、これはたぶん、生涯親の援助に頼り続けた自分への言葉だと思うんです」

「そうかな。賢治の童話は確かにお金にならなかったけど、彼は二十五歳の時に花巻の稗貫《ひえぬき》農学校の教師として就職して、きちんと独立しているよ」

「でもその前年には一度、助教授推薦の話を辞退しているんです。人の中で、もまれて働くことに自信がなかったんじゃないかしら」

「だってその翌年には教師になって、いい給料を稼いでいるじゃないか」

「教職はその後、辞職しています。教師としてお給料をもらっていた時にも、その中から賢治は病気の友人のために毎月三十円を渡しています。国民保険も健康保険もない時代ですから、病気になると大変だったんです。いくらいいお給料を取っていても、当時の三十円といえば、一人暮らしの人の家賃二カ月分ぐらいの金額だと思います」

「彼はお金に無頓着、というより、むしろ積極的にお金を身につけないようにしていた節もあるね」

「おそらく彼は童話で食べていけると思っていたんじゃないかしら。だからそれ以外で稼いだお金に頓着しなかった」

「でも童話はまったく売れなかった」

「ええ。その結果、彼は父親に頼らざるを得なくなるんですけど、それでもその親がかりから脱却するために、童話以外に職を立てようと模索しているんです」

まゆみはコーヒーで喉を潤《うるお》す。

「賢治が選んだ職業は宝石商でした」

「宝石商……」

「彼は二十五歳の時に親に無断で、つまり家出同然に東京に出て来るんですけど、そこから父親にこういう手紙を送っているんです」

〔東京には場所は元より場末にても間口一間半位の宝石の小店沢山にありいづれにせよ商売の立たぬ事はなきこと〕

「つまり賢治は東京で宝石に関する商売をしたいから資本金を送れと父親に無心をしているんです」

「少し甘いところがあるね。自分で商売をするのはいいけど、親の金を当てにしていては。おまけに賢治は親の資本家ぶりを嫌悪していたんだろ」

研二は宮沢賢治の境遇を少しうらやましく思った。

研二の父親はすでに死亡しているが、生前は大蔵官僚で、それなりの財産も残した。研二と妹のひかるは独立していたので、財産は母親が管理することになった。だがその財産を、母親がすべて騙し取られてしまった上に借金まで作ってしまった。その借金の穴埋めで、研二とひかるが相続した分までなくなった。

つまり中瀬家は、親子あわせて貯金と呼べるものは何もない。

「彼が宝石商を選んだ根拠は何か」

「ひとつはもちろん、宮沢賢治が石に詳しかったからでしょうね。彼は花巻農学校の教師時代、生徒たちに石当てゲームをさせてるんです」

「石当てゲーム？」

「ええ。生徒たちに、いろいろな山や沢から石を取ってこさせて、その石がどこで取った何という石かを賢治が当てるんです。賢治は、どんな遠くから取ってきても、どんな小さなかけらからでも、その石の素性を言い当てたそうです」

「宮沢賢治は、鉱物に関しても天才的な感覚を持っていたみたいだね」

研二は『注文の多い料理店』を開いた。

「そして彼が宝石商を始めようとしたもう一つの根拠は、やっぱり自分でダイヤモンドを発見していたからかもしれない」

まゆみが研二が開いた箇所をのぞき込む。

「『楢《なら》ノ木《き》大学士の野宿』ですね」

「うん。この楢ノ木大学士というのは、宝石を探し出す専門家なんだ。作中の楢ノ木大学士の言葉を見てごらん」

〔一ぺんさがしに出かけたら、きっともう足が宝石のある所へ向くんだよ。〕

〔つまり僕と宝石には、一種の不思議な引力が働いている、〕

「自信に満ちた言葉ですね」

「うん。それに『十力の金剛石』という作品も無視できない。主人公の王子の言葉だ」

〔僕のもってるルビーの壺《つぼ》やなんかより、もっといい宝石《いし》は、どっちへ行ったらあるだろうね。〕

〔ルビーよりは金剛石の方がいいよ。僕黄色な金剛石のいいのを持ってるよ。そして今度はもっといいのを取って来るんだよ。〕

「賢治が七色のダイヤモンドを見つけたことを暗示している箇所かもしれない」

研二は本を閉じて顔を伏せた。

「鳥羽源蔵の手紙には信憑性が出てきた。賢治は確かに七色のダイヤモンドを発見していたのかもしれない。もし稔美と虹野が誘拐されたのなら、犯人たちの動機は、そのダイヤモンドの在りかを聞き出すことだろう」

研二は顔を伏せたまま低い声で話している。

「でも、稔美は本当にダイヤの在りかを知っているのだろうか。知っていたとして、稔美と虹野を誘拐したのは何者なんだ」

もし二人が本当に誘拐されたのなら、どんなことをしても必ず助け出す。相手を殺してもかまわない。自分の命を投げ出してもかまわない。自分の命を無条件に犠牲にできるもの、それが虹野と稔美だった。

「考えられるのは」

まゆみは言葉を切った。

「狂信的なテロリストか、暴力団か」

「たしかに、二人の人間を誘拐する実行力を持った組織はそう多くはないかもしれない。でも、童話作家であり、雨ニモマケズのような献身的な詩を書いた宮沢賢治に、テロリストや暴力団はそぐわない気がする」

「そうともいえません。宮沢賢治は警察の事情聴取を受けたこともありますから」

「警察の事情聴取？　宮沢賢治が？」

「はい。研二さん、羅須地人《ラスちじん》協会を知ってますか」

「文庫の解説で見た言葉だけど、これは何」

「彼が農民のために組織した勉強会のようなものです。彼はここで農民たちに、土壌学や、肥料学、植物生理化学、あるいは宇宙論やエスペラント語まで講義しています。賢治のことですから、もちろん会費は無料です」

「エスペラント語か。宮沢賢治の興味の対象や知識は果てしなかったようだね」

「はい。そしてこの羅須地人協会が、花巻警察署の事情聴取を受けることになったんです」

まゆみはコーヒーを飲んで話し始めようとする。

「待って。熱いコーヒーを淹れる」

研二はまゆみのカップを取ってコーヒーを入れ替える。まゆみは熱いコーヒーを一口する。

「賢治は自分が主宰する羅須地人協会のほかに、労働農民党盛岡支部が主宰する〈啄木会《たくぼくかい》〉の密かな会員でもあったんです」

「それは、どんな会？」

「警察が、全構成員の行動を完全チェックしているような会です。賢治はその会に、相当な金額をカンパしているんです。当然、賢治にも警察の尾行がついていたと思います」

「左翼系の会だね。羅須地人協会が事情聴取を受けたというのも、その流れだろうな」

「だと思います。ところが賢治は、右翼系の会にも所属しているんです」

「なんだって」

「宮沢賢治が熱心な法華経《ほけきょう》信者だったことは知ってますよね」

「ああ。雨ニモマケズも、いや、あるいはほとんどの賢治童話が、結局はその思想の表現だったんだ」

　宮沢賢治は十八歳の時、島地大等《しまじだいとう》編『漢和対照　妙法蓮華経』を読み、激しく感動し、その後の人生を法華経の教えと共に歩むことになる。

「はい。賢治は二十五歳の時に無断上京すると、日蓮宗、つまり法華経系の信徒団体である国柱会《こくちゅうかい》の信者になるんです」

「たしか路上布教もするほど熱心だったはずだね」

「はい。でもこの国柱会というのが、強烈な右翼思想の牙城《がじょう》だったんです」

「本当なの？　宮沢賢治があれほど熱狂的に童話創作に励んだのは、国柱会の最高幹部である高知尾智耀《たかちおちよう》に、法華文学の創作を奨《すす》められたからだったね」

「そうなんですけど、国柱会は『軍人教育の中心点』といった講演を積極的に陸軍講堂で行なったりしてるんです。満州侵略の張本人である関東軍参謀石原莞爾《いしはらかんじ》も熱烈な信者でした」

　研二は宮沢賢治の意外な一面に呆気《あっけ》に取られた。

「左翼に右翼か。なんだか宮沢賢治が得体の知れない怪物に思えてきた。彼が僕をあざ笑っているような気がするよ」

「宮沢賢治は人をあざ笑ったりしません。ただ、遠くから見ているだけです。私たちの手の届かないほど遠くから」

研二は食べかけのサンドウィッチに目をやる。食べなければいけないと思うが喉を通らない。

「宮沢賢治がダイヤモンドの鉱脈を発見していたかもしれないという可能性はなんとか確認できた。鳥羽源蔵という人物の手紙も冗談とは思えない。稔美の父親がそのダイヤモンドの在りかを見つけだして稔美の記憶の底に隠したのも本当かもしれない。でも、そのことを知り得たのは誰だろう？　まして二人の人間の誘拐を実行する組織となると」

「極左か極右。あるいは、狂信的な宗教団体、かしら」

「いずれも根っこは宮沢賢治にある可能性があるわけだ」

「賢治の目的は世界平和だったんですよ。彼は『農民芸術概論綱要』という著述の中でこういってます。〈世界がぜんたい幸福にならないうちは個人の幸福はあり得ない〉」

「その思想は『小岩井農場』という詩の中でも作品化されているね」

研二は『新編　宮沢賢治詩集』を開く。

〈じぶんとひとと万象《ばんしよう》といつしよに
至上福祉《ふくし》にいたらうとする〉

「ただ、宮沢賢治の理想がいくら高邁《こうまい》でも、その末裔《まつえい》が彼の理想を正しく受け継いだとは限らない。進化の過程で、邪悪にねじ曲がった可能性もある。その根っこが、啄木会にあるのか、国柱会にあるのか、あるいは賢治の思想全体にあるのかは判らない。あるいはまったくの見当はずれかもしれない。でも、この失踪の根っこは宮沢賢治の時代にあることはまちがいないと思う」

「研二さん。もう一度、警察に行ってみましょう」

「きょう行ってもおそらく取り合ってはくれないだろう。犯人グループが宮沢賢治に絡んだ極左、極右、あるいはカルト集団だというのは想像に過ぎない」

電話が鳴った。

研二の肩がびくんと飛び跳ねる。研二は電話に飛びつく。

相手の声を待つ。

——もしもし。中瀬か。

声の主はすぐに判った。いつの間にか二、三年も連絡を取っていない伊佐土《いさど》の声だ。

——伊佐土か。

——ああ。久しぶりだな。

——何の用だ。

――おい。久しぶりに話してそれはないだろう。

――悪かった。でも、藤崎《ふじさき》から電話があってな。

――藤崎か。

伊佐土も藤崎も高校三年生の時の同級生だ。

――奴が今度、でかい公演をやるそうだ。それで、雫石まで見に来て欲しいって言ってんだよ。

――そうか。懐かしいな。だが、折角《せっかく》だがぼくは行けない。

――水くさい奴だな。それほど仕事が忙しい訳じゃねえだろう。

研二は答えに窮した。

「誰からですか」

まゆみが黙っている研二に声をかける。

「友だちだ。ルポライターをやってる」

そこまで言って初めて研二は、伊佐土が極左、極右、およびヤクザなどの組織に詳しいことを思い出した。

――どうした中瀬。

――伊佐土。ぼくの家に来てくれないか。

——やっとその気になったのか。

——稔美が失踪したんだ。

——なんだと。

研二は伊佐土に事情を話し出した。

*

稔美はダブルベッドの中で羽毛の布団にくるまって、言われたとおり全裸で横たわっていた。

部屋には稔美しかいない。虹野は別の部屋に連れ去られた。

ピンクの照明は絞られてほの暗い。

甘い香りとともに、かすかにショパンのマズルカが聞こえる。

(今度はどんな液薬を注射されたのだろう)

意識が朦朧としている点は自白剤と同じだが、体がざわざわと落ち着かず、下半身に熱を感じる。

ドアが開いた。

稔美は布団を被《かぶ》った。

(誰が来たのだろう)

ピーターか、ラルゴか、マジエルか。

「顔を出してください」

少年の声がする。

（マジエルだ）

稔美はゆっくりと掛布団を下げて顔を出す。ベッドの脇に少年が全裸で立っている。

（美しい少年……）

稔美は少年の顔を見てそう思った。この美しい顔のどこに凶悪な思想が潜んでいるのだろう。

少年がその細い手で稔美の頬を撫でた。頬にかかる髪を掬《すく》う。

「きれいだ」

少年がつぶやく。

「あなたは美しい」

少年が腰をかがめて顔を近づける。稔美は思わず目を瞑る。額に少年の唇の重みを感じる。

「あなたはボクの母に似ている」

少年が布団の中に入ってきた。稔美は体を縮める。少年は布団の中で稔美と並んで稔美の肩を抱く。

「あなたには強さがある。あなたはすてきな人だ」

少年の手が肩から胸へと移動する。稔美は両腕で胸を守る。少年は手の動きを止める。

（どうしてラルゴやビーターのような大人がこんな少年に仕《つか》えているのかしら）

稔美は目を開いた。目の前に少年の澄んだ瞳があった。

「あなたは、何歳？」

稔美は素直な気持ちで少年に尋ねていた。

「十七です」

三十二歳の稔美より十五歳も年下である。

少年は稔美の腕を解き、乳房を摑む。

「あ」

注射された薬のせいか、感覚が過敏になっている。

「ボクは幸せです。あなたのようなすてきな人と巡り逢えて」

少年は両手で稔美の二つの乳房を揉《も》みしだいた。

「ああ、」

少年は体を動かし稔美の上に重なる。

「虹野を、助けてください」

少年は自分のくちびるで稔美のくちびるを塞いだ。かすかな息が送られてくる。少年の手が稔美の体を愛撫する。肩から、腰のくびれ、脚へと。稔美の成熟した肉体が、少年の透明感のある硬い肉体を包む。

「ママ」

少年はつぶやくと稔美の乳房を口に含んだ。

＊

チャイムが鳴ったのでドアを開けると伊佐土茂《しげる》が立っていた。

背は高くないが、がっしりとした横幅のある体つきをしている。スーツを身につけているが、五分刈りの頭にはあまり似合わない。

「稔美に何かあったらタダじゃおかねえぞ」

伊佐土は研二の顔を見るなり言った。研二が返事をせずにいると伊佐土は靴を脱いで上がり込んだ。

「稔美はしっかりした女だよ。連絡もしねえで姿を消したらお前がどんなに心配するかよく判ってるはずだ。連絡なしってのは絶対におかしい」

伊佐土はダイニングのドアを開けた。まゆみが坐っている。まゆみは伊佐土を見ると立ち上がって頭を下げた。

「だれだ、この女は」

伊佐土はまゆみを見つめたまま研二に尋ねる。

「白鳥まゆみです。研二さんのお友だちです」

まゆみが伊佐土を見つめ返して答える。

「お友だちだと。研二、てめえ」

「ぼくの童話仲間だ」

伊佐土がまゆみの全身を頭から足の先まで調べるように見ている。研二はまゆみが不自然なほどのミニスカートをはいていることに気がついた。

「なぜここにいる」

「わたし、研二さんが好きなんです」

まゆみの言葉に伊佐土ばかりか研二も虚をつかれた。

「貴様、稔美がこんな時に」

伊佐土は研二を振り向いて言葉を絞り出した。

「誤解しないでくれ。彼女は宮沢賢治の専門家なんだ。だから来てもらった。稔美と虹野を探し出すためだ」

「ふざけるな」

「片思いなんです、わたしの」

まゆみは腰を下ろす。

「わたしたち、変な関係じゃありません。安心してください」

伊佐土はしばらくまゆみを見つめたあと椅子に坐った。研二が伊佐土にコーヒーを注ぐ。

「こいつのいいところは顔だけだ。生活力なんて無いに等しい。力仕事もできねえぜ。色男、金と力はなかりけり。あんたも騙されない方がいい」

「別に騙されてる訳じゃありません」

まゆみは口元に笑みを浮かべてうつむいた。

研二は伊佐土にコーヒーを注ぎながら、電話では説明しきれなかった今までの経緯を説明し、鳥羽源蔵からの手紙を伊佐土に渡した。伊佐土は的確な数回の質問以外はあまり口を挟まずに研二の説明を聞き終えた。

「おどろいた話だな。にわかには信じられん」

伊佐土は手紙を畳んで研二に返しながら言う。

「だけど鳥羽という人物が嘘を書く必要もないだろう」

「それはそうだ」

「だとしたら、宮沢賢治のダイヤの秘密を嗅《か》ぎつけたテロリスト集団が、稔美と虹野を誘拐した可能性が出てくるんだ」

「宮沢賢治とテロリスト集団か。あまりピンとこねえな」

「ぼくだって嘘であって欲しい」

「だけど、稔美の実家にも連絡がつかねえってのはおかしいな」

「誘拐を実行する可能性のある組織は思いつかないか？」

「宮沢賢治とテロリストなんて、お前に話を聞くまでは思いもしなかった取り合わせだよ」

「考えられる組織はないのか」

「そうだな」

伊佐土は背広の内ポケットからラークを取りだして口にくわえた。

「少し気になるのが」

研二が立ち上がり食器棚から灰皿の代用になりそうな小皿を見繕う。

「北守会《ほくしゅかい》という右翼団体だ」

「ホクシュカイ？」

「ああ。本部は東京だが、北海道に支部がある」

「北海道は賢治にも縁《ゆかり》の地です」

まゆみが注釈を入れる。

「文壇からまったく受け入れられなかった賢治の童話の唯一の理解者が、妹のトシだったんですけど」

伊佐土が文庫本をぱらぱらとめくり、まゆみの言葉を確認しようとする。

「賢治は盛岡高等農林学校、現在の岩手大学農学部に首席入学するほどの秀才でしたけど、妹のトシも賢治に負けないぐらいの才媛だったんです。花巻女学校時代の成績は平均九十八点という学校始まって以来のものでしたし、日本女子大にも首席入学しています」

「賢治とトシは天才兄妹だな」

「ええ。でもそのトシが、肺病のために二十四歳で亡くなるんです。賢治はその哀しみを『永訣《えいけつ》の朝』という詩に結晶させます。その後、賢治は、青森、北海道、樺太《からふと》と、亡き妹を追う十二日間の旅に出ます。その旅から『青森挽歌《ばんか》』『オホーツク挽歌』『噴火湾（ノクターン）』という詩群が生まれます」

「もともと北の詩人だった宮沢賢治は、さらに青森、北海道と北を求めたのか」

伊佐土は煙を吐き出す。

「北守会というのは？」

「北守会てえのは北方領土を守ろうというのが名目なんだが」

伊佐土が『銀河鉄道の夜』の目次を開く。

「お前と電話で話した後、俺も少し宮沢賢治の本を調べてみた。ほら、これを見ろよ。賢治にも『北守《ほくしゅ》将軍と三人兄弟の医者』っちゅう童話がある」

「この童話の中には植物の専門医が出てきますよ。宮沢賢治の発想は時代を何十年も先取りしていたんです」

まゆみの言葉を無視して伊佐土が話を続ける。

「北方領土を守るから北守会と名付けたんだが、その出自は案外、宮沢賢治にあるのかもしれねえな」

「古い組織なのか、北守会って」

「いや、最近だと思う。今日中に調べてみる」

研二が無言で頷く。

「組織名だけの連想なら〈田練組《たねりぐみ》〉っちゅう暴力団」

「田練組か。どこかでタネリファイナンスっていうサラ金のチラシを見たような気がする」

「それだ」

「この名前は『タネリはたしかにいちにち噛んでいたようだった』からきているのかな」

「それは判らん。田練組の出自が宮沢賢治と関係があって、そのためにダイヤモンドの秘密を知ることができたのかもしれん。ヤクザなら非合法手段も辞さないから、資金獲得のための誘拐も考えられる」

「ヤクザって、暴力団ですか？」

まゆみが伊佐土に訊く。伊佐土はじろりとまゆみを睨む。

「そうだ。暴力によって私的な目的を達しようとする無法者の団体をヤクザ、暴力団という」

「右翼とは違うんですか？」

「違うな。右翼は思想団体だ。ヤクザは名目的には任侠道《にんきょうどう》、つまり男を磨く組織だ」

「どちらも同じような人たちに見えますけど」

「体質には共通点があるといえる。警察が頂上作戦でヤクザ組織の壊滅を図ったとき、ヤクザの看板を下ろして右翼になった組もある。今じゃあ大手ヤクザ組織はみんな系列の右翼を抱えてるよ」

伊佐土は煙草を小皿でもみ消した。

「伊佐土、お前の感じではどれだと思う？」

「判らんよ。宮沢賢治とテロ行為が結びつかん」

「ただの勘でいい。経験が豊富な分、お前の勘は侮《あなど》れない」

「暴力団だな」

研二の顔が一瞬、歪《ゆが》む。

「田練会か」

「田練会かどうかは判らんが、誘拐という重大犯罪も辞さない精神構造や、その実行力を考えると、暴力団のような気がする」

まゆみが立ち上がって、三人のコーヒーを淹れ直す。

「稔美はダイヤの在りかなんて知るわけがない。知ってたらぼくにとっくに言ってるよ。隠し事をするような人間じゃない」

「判ってるさ」

「じゃあ、どうなる？　稔美がダイヤの在りかを知らないと判ったら、解放してくれるのか」

「奴らはそんなに甘くない。知ろうが知るまいが、奴らは聞き出す。あらゆる手段を使って」

伊佐土は新しい煙草をくわえる。

「これも見てください」

まゆみがバッグからレポート用紙を取り出し、研二と伊佐土に渡す。

「これは？」

研二が、渡された用紙に目を落としながら訊く。

「宮沢賢治の研究会のリストです」

そこには組織の名称と住所、連絡先などが列記されていた。

〈修羅《しゅら》の星〉〈ポラーノセンター〉〈十新星《じっしんせい》の会〉〈イーハトーブ事務所〉〈銀河陣営〉……。

「無駄なことはするな」

伊佐土が用紙をテーブルに置く。

「こりゃ文学愛好会のリストだろ。そんなサークルと誘拐は何の関係もねえ」

「でも、今はあらゆる可能性を追わないと」

「時間の無駄だ」

研二はリストを見ながら何か引っかかるものを感じた。

「どこかで聞いたことがある」

「何がだ？」

「いや、このリストの中に、聞いたことのある名称がある」

「そりゃそうだろ。みんな賢治童話に因《ちな》んだ名だよ。〈修羅の星〉は『春と修羅』、〈ポラーノセンター〉は『ポラーノの広場』、〈十新星の会〉は『十力の金剛石』、〈イーハトーブ事務所〉は賢治のイーハトーブ童話全般、〈銀河陣営〉は言わなくても判るだろう」

「いや、そういう事じゃないんだ。もっと具体的に見たことがあるような気がするんだ」

「どの会だ？」

「それが、はっきりと判らない。このうちのどれかをどこかで見たことがあるような気がするんだ」

「あやふやなことを言うな。気のせいだよ」

伊佐土は研二が手にしたリストを奪い取りテーブルの上に置いた。

「問題はそんな事じゃねえ」

研二は右手で髪を掻《か》き上げる。まゆみは両手を膝の上で揃えて伊佐土の言葉を待つ。

「ダイヤだよ」

「ダイヤ？」

「ああ」

「それのどこが問題なんだ？」

「なあ、中瀬。レインボー・ダイヤモンドなんてものが、この地球上に存在するのか」

「手紙には存在すると書いてある」

「そんなものがあるのなら、世界のどこかでとっくに同じ種類のものが発見されてるんじゃねえのか」

「警察の人間にもそういわれたよ。七色のダイヤモンドなんてこの世に存在しないって」

「だとしたら、この鳥羽源蔵という人物の手紙自体がガセネタっちゅうことになる」

「そうは思えない」

「だけどな、中瀬、七色のダイヤどころか、普通のダイヤモンドの鉱脈自体、日本にあるのか？」

「そのへんのところはぼくには判らない」

「だれか詳しい奴はいないのか」

伊佐土が真っ直ぐに研二を見つめる。

「藤崎だ」

伊佐土は頷いた。

「藤崎は、山歩きに詳しいし、鉱物にも詳しい」

「藤崎さんて？」

「忍者さ」

「忍者？」

伊佐土の説明にまゆみが戸惑っている。

「藤崎はもともとアクション俳優志願だった。その修業の過程で忍術に出会った。そこで藤崎ったは武闘家としての自分に目覚めた」

「忍術の修行をしてるんですか？」

「今は岩手の繋《つなぎ》温泉の忍者村で忍術の披露をしている。つまり俳優としての仕事だ」

藤崎は忍術に出会うまでも武術の修練に励んでいた。剣道、空手、柔道、いずれも段持ちだった。

「三人は、どういう関係なんですか」

「ぼくと伊佐土と藤崎は、高校の同級生だ。私立星城《せいじょう》高校」

「もっとも藤崎は一年留年してるから歳《とし》は一つ上だ」

「留年ですか」

「そう。あのころは〝ダブり〟って言ってたな。奴が授業中に激昂して教師を殴ったのが原因らしい」

「先生を殴るなんて」

「家庭の事をからかわれたっちゅう噂だった。詳しくは知らんがな。奴の父親は酒の飲み過ぎで死んだからな。そのへんのことらしい」

「そんなことを先生が言うんですか」

「先生と生徒っちゅうても、藤崎の場合はタメ口を利いてたな」

「怖い人なんですか」

「別に怖かないさ。ただ強いだけ。中瀬、お前も柔道の授業中、奴と乱取りして肩の骨を折られたことがあっただろ」

「あれは奴を本気にさせたぼくも強かったってことさ」

伊佐土は鼻で笑った。

「三人つるんで悪いことばかりやってたな」

「うん。授業をさぼって麻雀《マージャン》をやったり、他校の生徒とケンカをしたり」

「藤崎がいるから怖いものなしだ。今から思えば俺と中瀬は虎の威《い》を借る狐に過ぎなかったわけだ」

研二は不思議な感慨に囚《とら》われていた。何年ぶりかで高校時代の悪友三人がまた集まろうとしている。その契機となったのは稔美、虹野の失踪だ。二人を探し出すためには藤崎、伊佐土の力が必要だ。その二人が、運命に導かれるように研二の元に結集しようとしている。

チャイムが鳴った。

三人は顔を見合わせる。研二が立ち上がって玄関に向かう。

ドアを開けると年輩の女性が立っていた。

「お義母《かあ》さん」

研二の言葉を聞いた伊佐土とまゆみは腰を浮かせた。ドアの外には、稔美の母親が立っていた。

＊

朦朧《もうろう》とした意識が次第に形を整え始める。

少年がベッドを去ってからすでに数時間が経《た》っている。

視野の片隅にラルゴとビーターが映っている。

稔美の目から涙が流れる。

(虹野は無事だろうか)

ラルゴが立ち上がった。

(あの二人にも犯されなければならない)

稔美は布団の中で両手を握りしめる。

(苦しい。死んでしまいたい)

苦しくなったら又三郎を呼べ——父の言葉を思い出す。父はあたしが小さい頃よくそう言った。あたしがいじめられて泣いたとき。病気で寝ているとき。あれはいったいどういう意味だったのだろう。

ラルゴに続いてビーターも立ち上がる。二人が稔美に顔を向ける。稔美は目を瞑る。ドアが開閉される音がする。目を開けるとビーターがひとり稔美の目の前に立っている。ラルゴは部屋を出ていったようだ。

「次は私です」

ビーターがうれしそうな笑みを浮かべた。緑色の上着のボタンに手をかけ、一つ一つ、ゆっくりと外す。下着はつけていない。ビーターは上着を脱ぎ去り、貧弱な上半身を露わにする。そのままダブルベッドの掛布団を開け、稔美の隣りに潜り込む。

稔美は体をちぢこませ、ビーターに背を向ける。長い脚を抱え込む。稔美の白い肌は、少年とのセックスのためか、ピンク色に上気している。

「まず後背位《バック》からいきましょう。セックスをすると背中に地図が浮かび上がるのかもしれませんからね。やりながら確かめてみましょう」

「虹野は、無事ですか」

稔美は背中を向けたまま小声でビーターに訊く。

「マジエル様に訊いてください」

「約束です。虹野を無事に解放してください」

「私には答えられないんですよ」

ビーターは布団の中でズボンと下着を取り稔美と同じく全裸になった。稔美の体をうつぶせにする。

「ひとつ残念な知らせです」

ビーターの声はかすれてはいるがどこか笑みを含んでいる。

「あなたがレインボー・ダイヤモンドの在りかを知らないというのはどうやら本当のことのようです。とても嘘をついているとは思えませんからね。しかし、だとすると、あなたにはもう用はないという事になります」

稔美は背中に、ピーターの胸の薄い筋肉が密着するのを感じる。

「あなたはもしかしたら、死ぬことになるかもしれません」

稔美は顔面の血の気が一瞬にしてひいていくことが判った。気を失いそうになる。「死ぬ」とはどういうことだろう。注射された薬品のせいで体力が奪われているのだろうか。それで放っておけば自然に死んでしまうということなのだろうか。

「私はマジエル様の命令を待ってるんですよ、あなたを殺すという」

ピーターの手が稔美の体の下から潜り込み、稔美の胸を摑む。だが、稔美は抵抗する気力を失っていた。


――あなたを殺す。


両腕が震え出す。歯がカチカチと音を立てる。

(あたしは殺される)

稔美は「ああ」と声を出して泣いた。

（あたしは自分の命と引き換えに虹野を助けたのだろうか）

この無法者たちが約束を守る可能性は高くはないと稔美は思った。ビーターは常識をわきまえた男に思えたが、やはり野獣だった。

（でも、マジェルは比較的冷静に思える。まるで、あたしに愛情を抱いているかのようにあたしを抱いた）

そこに望みを賭けるしかない。

「判りますか？　あなたは殺されるしかないんです。その前に、やってやってやりまくるとしますか」

ビーターが生暖かい息を稔美の首に吐きかける。

「どうです？　死ぬかもしれない気分は」

（死んでたまるか）

稔美の脳の奥底で、死んでたまるかという言葉が生まれた。その言葉はだんだんと大きくなり、弛緩《しかん》しきった稔美の肉体に力を与えた。

「死ぬ前に教えて。あなたたちは何者なの」

ビーターに犯される時間を、少しでも先に延ばしたかった。

ビーターは両手で稔美の胸を揉んでいる。

「私たちは〈十新星の会〉です」

「〈十新星の会〉?」

聞いたことがない。新興宗教の団体だろうか。宮沢賢治とどういうつながりがあるのだろう。

「あなたはなぜあんな少年の言いなりになってるの」

少しでも内部分裂を起こさせるように仕向けようと稔美は思った。それがどういう効果を及ぼすかは判らない。だが、何もしないよりはましだ。

虹野の無事を確かめるまでは死ねない。運を天に任せるのはまだ早い。できることがあればそのすべてを実行してみよう。たとえ自分は犯され、ぼろぼろになっても、必ず生きてここから脱出してみせる。

「私たちは〈オペレーション・ノヴァ〉を遂行するために戦っているのです」

ビーターが独り言のように言う。

「オペレーション・ノヴァ?」

「日本を救う画期的で唯一の方法です。その方法をあの方は考え出したのです」

ビーターの両手が稔美の裸の腰を摑む。

「日本は滅びようとしています。経済は破綻《はたん》しようとしているでしょう。政府は打つ手を持っていません。政治家はこの重大なときに、愚かにも自分の利殖を増やすことしか考えていないのです」

ビーターが稔美の腰をさする。

「外には排気ガスとダイオキシン、環境ホルモン、人為的な毒が蔓延しています。車の数を減らせば排気ガスを減らせるのに、政治家たちは自動車会社と結託しているから簡単な原理にも目を瞑ります。交通事故で年間一万人もの尊い人命が奪われているのにですよ。自動車のメカニズムは悪魔のメカニズムです。ダイオキシンも放っておけば、われわれ日本人の遺伝子に奇形が発生するのが判っているのに野放しです。ダイオキシンも悪魔の発明品です。蔓延する毒薬の調合も、生半可《なまはんか》な頭脳の持ち主には手に負えないでしょう」

ビーターの手は稔美の脚に下がる。

「食物には化学添加物、野菜には農薬が大量に含まれています。なぜあんなものを人間は開発したのでしょうか？」

ビーターが稔美の背中に舌を這わせる。

「学校内ではイジメの嵐が吹き荒れています。これは受験戦争のあおりなのですよ。その事をマジエル様は看破されました」

ビーターの手が稔美の躰の下に潜り込み、稔美の秘所を捜している。

「家庭内にも安らぎはありません。夫婦はお互いに不満を溜め込んで、相手の欠点をあげつらう知恵だけを育てています」

ビーターが稔美の秘所の入口を捜し当てた。

「しかし、すべてが解決されます。〈オペレーション・ノヴァ〉によってすべてが一挙に解決するのです。日本は地獄から理想郷に一変するのです。これを考え出したマジエル様は、真の天才です」

ビーターが稔美の腰を持って躰を浮かせる。

「そのためには資金が必要なのですよ。宮沢賢治のダイヤモンドはその重要な資金源なのです」

「どんなアイデアなの」

「あなたが知る必要はありません」

「そんなにすばらしいアイデアだったら、政府にいえばいいじゃない」

「とんでもない」

ビーターは声を大きくした。

「マジエル様の思想を理解できる政治家はいません。これはわれわれ〈十新星の会〉でやるしかないんですよ」

ビーターの指が稔美の体内に進入する。稔美は「あっ」と声を上げ、腰を持ち上げて逃げる。

「いいでしょう？　指ぐらい。私にはペニスがないんですよ」

稔美が動きを止める。

「私はもともとヤクザだったんです。ある広域暴力団の幹部でした。ところが、対立する田練会という暴力団に捕まってリンチを受けた。その時にペニスを切り取られたんです。笑いながらね」

ビーターは稔美の奥深くに指を差し込んだ。

「報復してくれると思った組は、田練会から金をもらって手打ちをした。裏切られた私は身も心も破壊されたんです。そんなとき、マジエル様と知り合った。マジエル様は私に優しく手をさしのべてくれました。そのとき私は誓ったんです、この人に命を捧げようと」

ビーターは稔美の肩に嚙みついた。

九月五日　日曜日

私のようなみにくいからだでも灼けるときには小さなひかりを出すでしょう。

宮沢賢治『よだかの星』より

午前九時に中瀬家に五人の人間が集合した。

研二と、稔美の母親の布施ハル。

研二の隣家の児玉恭一。

白鳥まゆみと、伊佐土茂。

研二がそれぞれを紹介した。ハルの名前を聞いて児玉恭一は「いい名前ですね」といった。

「昔、そういう名前のコンピュータがありました」

ハルの顔は稔美には似ていなかった。全体から受ける印象も稔美とハルとではずいぶん違っていた。

ハルはおとなしかった。

動きにも生気がなく、声も聞き取れないほど小さかった。この母親から、あのテキパキとした稔美が生まれたのが信じられないと研二はつねづね思っていた。そのハルが、研二から稔美と虹野の失踪を知らされてからは沈痛な表情を見せたきり余計にしゃべらなくなった。

ハルは、稔美と虹野の失踪のことを知らなかった。つまり、まったく関与していなかったのだ。稔美と虹野が実家にいてくれて欲しい。その研二の願いは叶わなかった。ハルは静岡県伊豆《いず》への旅行券が懸賞で当たり、家を空けていたのだ。

「もう警察に届け出てもいいだろう」

伊佐土が煙草の封を切りながら言う。

「そうですね。『田舎に帰る』って言ったのに帰ってなかったわけですからね」

田舎に帰ると断言したわけではない。帰りたいと言っただけだ。研二はまゆみに反論しようとしたが、今は些細《ささい》なことで時間を無駄にするべきではない。

「でも、実家に帰る途中で、のんびりと旅行をしているということも考えられますね。今日か明日あたり、実家に行くつもりなのかもしれませんよ。こっちは私たちに任せて、お母さんはやっぱり実家にいた方がいいのではありませんか」

「はい」

まゆみの言葉にハルが頷いた。

「鳥羽源蔵という人はどういう人ですか」

昨日、ハルと会っていない児玉がハルに訊いた。

ハルは東北訛《なま》りの小さな声で「布施獅子雄の相棒です」と答えた。

「手紙の内容は本当のことなんですか」

「あたしには判りません」

ハルが背中を丸めるようにして答える。

「二人で何か難しいことをやってましたが、あたしにはよぐ判らね」

「ご主人のお仕事は？」

「よぐ、判らねえんです。オシラ様とか、宮沢賢治とか、そんなことばかりで、あたしが米を作って暮らしを立ててたようなもんです」

伊佐土が首を振っている。

「源蔵さんと二人でよく山を歩ってましたが、何をやってたかはよく知らねえんで」

「ご主人からダイヤモンドの話を聞いたことはないんですか」

「ありません」

「おかしいな」

児玉が研二を見た。

「仕事のことを妻に話さない夫もいます」

「しかしダイヤの鉱脈を見つけておいてそれを黙っているもんかいな」

「伊佐土。自分の尺度ですべての人を測れるもんじゃない。獅子雄さんはいってみれば学者だ。

学者には一般人の尺度で測れない人も多いものだ」

「獅子雄は、宗教に凝ってからは、お金を憎むようになりましたです」

「宗教？　どんな宗教です」

「南無妙法蓮華経です」

「ナンミョーホーレンゲーキョー。宮沢賢治の信仰した法華宗ですね」

「はい」

「法華宗というより、獅子雄さんは宮沢賢治自身に帰依《きえ》していたのかもしれない」

「宮沢賢治自身に？」

「うん。法華宗はたしかに、執着心を捨てろと説く仏教の一宗派だけど、だからといって直《ただ》ちに金銭への執着心を捨てることになるとは限らない。お寺がお金儲けに走る例もあるからね。ここはむしろ、宮沢賢治に心酔していた獅子雄さんが、賢治に倣《なら》ってお金を敵視したと考える方がいい。あるいは」

研二はハルを申し訳なさそうにちらりと見た。

「一攫千金《いっかくせんきん》を夢見た獅子雄さんが、結局、何をやってもうまくいかないもんだから、逆に金銭を憎むようになったのかもしれない」

「中瀬、お前、心理学者になれるぜ」

「研二さんは洞察力が人よりあるんです」

伊佐土がまゆみをじろりと睨んだ。

「お義母さん。獅子雄さんは、どうして自分の死の直前に、ダイヤモンドの秘密を鳥羽源蔵さんに打ち明けたのでしょう」

ハルは困ったような顔をしている。

「それに鳥羽源蔵さんも、どうして自分の死の直前にそれを稔美に打ち明けようと思ったのか」

「そりゃ手紙にも書いてあるだろう。それが自分の義務だと思ったんだよ」

伊佐土の言葉に研二は頷くしかなかった。

「伊佐土。昨日あげた組織の概略を教えてくれ」

「ああ」

伊佐土は銜《くわ》え煙草をしながらコピー用紙をメンバーに配る。

「まず北守会だが、これはヤクザの絡まない純粋な右翼団体。政治思想集団だ。設立は昭和五十九年。会長は笠原嘉男《かさはらよしお》という人物で、警備会社を運営している。北守会という組織名は、宮沢賢治とは関係がない。単に北方領土を守ろうという意味らしい」

「警備会社もやってるし、守るのが好きみたいですね、その人」

伊佐土が睨むとまゆみは顔を背けた。

「次に〈十新星の会〉だが」

研二は昨日、布施ハルの顔を見た途端に心に引っかかるものの正体を思い出した。

以前、稔美から聞いたことのある布施獅子雄の主宰した〈十力の金剛石の会〉。まゆみが作成したリストの中の〈十新星の会〉がその会に符合したのだ。研二は〈十新星の会〉の照会を伊佐土に依頼した。

「やっぱりこの名称は賢治の『十力の金剛石』からきていた。だがな、布施獅子雄の〈十力の金剛石の会〉とのつながりは確認できなかった。おまけにこの団体は極《きわ》めて平和的な団体だ」

「どういう組織なんだ？」

「もともとは宮沢賢治の研究をする読書会のような存在だった。それが宮沢賢治の思想である〝世界平和〟に共感して、その実現を会の目的とするようになった。本部は盛岡だよ」

「盛岡か。ちょっと遠いな」

「人数も五、六人しかいないらしいし、東京で白昼堂々二人の人間を誘拐するのは無理だ」

「田練会は？」

「もし今回のことが誘拐だとしたら、怪しいのはここだ」

伊佐土は煙を吐き出す。

「根拠は？」

「まず、実行力がある。誘拐というのはかなり大事《おおごと》だ。どんな目的があるにしろ簡単にできる事じゃない。物理的にも、精神的にも困難を伴う。右翼団体も、平和目的の団体も、大それた犯罪を犯そうとするのにはかなりの精神的抵抗があるはずだ。だが、ヤクザというのは、法を破ることを生業としている」

「精神的な抵抗は薄いわけか」

「ああ。それに拳銃を使い慣れていたり、言葉による脅しもお手の物だ。そしてヤクザは、資金確保に貪欲だ。ある意味じゃヤクザというものは会社に似ているよ。どちらも営利団体だ。そこには合法か違法かの違いしかねえ」

「それはちょっと言いすぎじゃないですか」

児玉が口を挟んだ。児玉の刺すような視線に伊佐土は目を逸《そ》らした。

「田練会という名前は宮沢賢治と関係があるのか」

「それはよく判らんが、ありえると思う」

伊佐土の言葉に研二は首を捻《ひね》った。

「中瀬。藤崎とは連絡が取れたのか」

伊佐土は研二に訊いた。

「うん」

「なんて言ってた、七色のダイヤのことは」

「日本でダイヤモンドの鉱脈が発見されることはありえないだろうということだ」

「おい、それじゃあこの鳥羽源蔵の手紙自体がガセネタっちゅうことじゃねえか」

「ただし、鉱脈はありえなくても、隕石《いんせき》ならありえるって言ってた」

「隕石？　なんだそりゃ」

「ダイヤモンドというのはもともとキンバレー岩という地下深くの岩石の中に含まれている」

「知ってるさ。南アフリカやロシアで採れるんだろう？」

「そう。ところがダイヤモンドは何もキンバレー岩だけから採れる訳じゃない。オーストラリアでは玄武岩からの採取が報告されているし、まれに隕石の中から発見されることもあるらしい」

「隕石……」

「ああ。だからもし鳥羽源蔵の手紙が真実だとしたら、宮沢賢治はおそらく隕石の中のダイヤモンドを発見していたのじゃないか」

「おい、隕石っちゅう物は、そう簡単に転がってるものか」

「私の田舎に隕石があります」

児玉が伊佐土に言った。

「島根県の美保関町《みほのせきちょう》です。一九九二年に、重さ六・五キロの隕石が民家の屋根や畳まで突き破って、空から落ちてきたんです。今は博物館に展示されていますが」

「しかしな、いくら隕石といっても、七色のダイヤモンドっちゅうのはありえるのかいな」

「ダイヤモンドにはもともと色がある。無色透明な方がまれだよ」

「詳しいじゃねえか」

「藤崎の受け売りさ」

まゆみがいつの間にかコーヒーを配っている。

「ダイヤモンドの四つのCって知ってるかい」

「カラット、カラー、カット、クラリティ、の四つですね」

まゆみが答える。

「そう。その四つのCがダイヤモンドを評価する際の価値基準となる。カラットは重さ。カラーは色、カットは研磨、これによって輝きを増す。クラリティは透明さだ」

「女の子は誰でも、好きな人からダイヤモンドを贈られることを願ってるんじゃないかしら」

「お前さん、女の子って歳か？」

伊佐土が笑顔も見せずに言う。

「色についていえば、完全な無色透明のものが最高とされている。ところが、産出されるダイヤモンドのうち、九九パーセントは有色なんだ。ほとんどが黄色だけどね」

「黄色は価値が低いんだな」

「一般にはそうだけど、黄色でも充分に光り輝いて美しいものは、カナリヤと呼ばれて珍重される。ほかにも青、ピンク、赤、みどり、紫のダイヤモンドも報告されている」

「本当の青色をしたダイヤモンドは、完全に無色透明のものより価値が高いんですよね」

「そうだ。それはブルー・ダイヤモンドと呼ばれる。たとえば、持つ人に不幸をもたらすといわれているスミソニアン博物館にあるホープのダイヤモンドも、ブルー・ダイヤモンドだ」

「しかしな、単色なら判るが、一つのダイヤの中に七つの色が入ることがあるのか？」

「オパールは七色ですよ」

「俺はダイヤモンドの話をしてるんだよ」

「一つの宝石の中に複数の色が入ることはあるそうだ。ダイヤでそれがあるのかどうか、藤崎もよく判らないらしいが、宇宙からきた隕石の中でならあり得るだろうといっていた」

「そういえば、『十力の金剛石』の中にこういう記述がありますよ」

まゆみは自分のバッグの中から文庫本を取りだして広げる。


〔僕黄色な金剛石のいいのを持ってるよ。そして今度はもっといいのを取って来るんだよ。〕

「もっといいのか。黄色の金剛石よりもっといいのってえのは何だ」

「七色のダイヤモンド」

まゆみが呟《つぶや》くように言う。

「続けてこう書かれています」

〔「ね、金剛石はどこにあるだろうね。」

大臣の子が首をまげて少し考えてから申しました。

「金剛石は山の頂上にあるでしょう。」〕

「山の頂上か」

「文庫の巻末の年譜にこういう記述がある」

研二が『新編　銀河鉄道の夜』を広げる。

〔大正六年（一九一七）二十一歳
十月下旬、弟清六らと岩手登山の途次、深更《しんこう》に柳沢より山頂に白光を見る。〕

「この〝白光〟っちゅうのが隕石なのか」

「判らない。隕石の落下の瞬間ではないにしても、何かの暗示だということはありえるよ。もしかしたらダイヤモンドそのものを指しているのかもしれない。賢治は『楢ノ木大学士の野宿』の中で、〈一ぺんさがしに出かけたら、きっともう足が宝石のある所へ向くんだよ。〉とか、〈僕と宝石には、一種の不思議な引力が働いている、〉って書いてるからね。もともと宝石発見に関して自信があったのか、あるいはこの時の白光に導かれてダイヤを発見したことが自信につながったのか」

「判った。だが問題はそんなことじゃねえ。問題は、今、稔美がどこにいるのかだ」

「稔美と虹野だ」

伊佐土の言葉を研二が訂正する。

「伊佐土さんと稔美さんもお知り合いなんですか」

研二はまゆみに視線を向けた。まゆみは下を向いてコーヒーを飲んでいる。

「大学を卒業してから、俺と中瀬は就職先は違ってもよくつるんで遊んでた。俺は出版社、中瀬は東洋火災に就職した。稔美は東洋火災での中瀬の同僚だよ。だがな、よく三人で飲み歩いたが、中瀬と稔美はつきあってた訳じゃない。ただの飲み友だちに過ぎなかった。稔美に惚れたのは俺が先だった。それを知ってて、中瀬は稔美に手を出した」

悪いと思っている。口に出したことはなかったが、研二はいつでもそう思っていた。恋愛と友情を比べたら、研二は迷うことなく友情を優先させる気持ちでいた。だが、伊佐土抜きで稔美から映画に誘われたとき、研二は断わることができなかった。それ以来、伊佐土と会う回数は減った。たまに会っても伊佐土の言葉にどこかとげとげしいものを感じるようになった。

「かわいそう、伊佐土さん」

「それ以来、俺は独身だ」

伊佐土が引きつった笑みを浮かべた。

「伊佐土、怪しいのは田練会、というお前の言葉を信じよう。で、田練会の本部はどこにあるんだ?」

研二が話を元に戻した。

「池袋《いけぶくろ》だ」

「稔美と虹野がいるとしたら、そこか?」

「どうかな。本部はビルの一室だが、さほど広くない。むしろ会長の自宅ということも考えられる」

「でも、一軒家に連れ込んだら目立つんじゃないか」

「それはどこだろうと一緒だ。一軒家だろうがビルの一室だろうが、二人の人間を連れ込んだら目立つだろうよ」

「どこか、目立たないところはないだろうか、田練会の施設で」

「さあな。よっぽど田舎の方で、人もあまりいないところなら目立たずに連れ込めるだろうが、田練会の支部は東京にしかねえ」

「ダイヤモンドの在りかに向けて連れ歩いているということはないかな」

「稔美にナビを頼んでか?」

「ああ」

「中瀬、稔美は本当にダイヤの在りかを知ってるのか」

「隠し事をする奴じゃないって言っただろ。本人は知らないさ。自分じゃ気づかないように、記憶の中に埋め込まれているんだよ」

「いったいどうやったら取り出せるんだ？　埋め込まれた記憶を」

「判らないよ」

「中瀬、何か思い当たらないか」

「見当もつかない」

「だがな、田練会はなんらかの見当をつけたのかもしれねえぜ。あるいは力ずくで聞きだす気なのか」

「いずれにしろ、警察に行くのが第一だ。今日ならおそらく話を聞いてくれる。鳥羽源蔵の手紙も今日なら少しは信憑性が増してるはずだ」

「もしまた相手にされなかったら？　警察には解決しなければならない事件が山積みだ。夫婦喧嘩の果ての失踪になど関わりたくないっちゅうのが本音だろう」

「私たちほど真剣に考えてくれないって事はありますね」

「田練会が、ダイヤモンドの在りかに向けて稔美と虹野を連れ歩いている可能性は高いと思う」

「どこなんだ、それは」

「それは稔美の頭の中にしかない。でも、『銀河鉄道の夜』の第四次稿、あるいはほかの作品の中に、ある程度のヒントが隠されてるんじゃないだろうか」

「それを俺たちで見つけだそうっちゅうのか」

「その作業も必要だ」

研二はコーヒーを飲もうとしてカップを持ち上げたが、またテーブルに戻した。食欲もないし、飲み物もあまり喉を通らない。

「お義母さん、花巻に戻って稔美からの連絡を待ってくれますか」

「はい」

布施ハルが頷く。

「児玉さん。すいませんが、家に戻っても稔美のホームページを注意して覗いてやってください。メールが入るかもしれませんし」

「判りました。ほかにもインターネットを駆使して情報を集めてみましょう。何ができるか判りませんが、きっとインターネットが役に立つと思います」

「ありがとうございます」

研二は児玉に頭を下げた。

「白鳥さんはすまないが」

「わたし、この家にいて連絡を待ちます」

伊佐土がまゆみを睨む。

「研二さんは警察に行かなきゃならないし、その間にこの家に犯人からの連絡が入るかもしれませんから、誰かいないと」

「犯人からじゃなく稔美からの連絡が入るかもしれねえ、だろ」

「いずれにしても誰かいないと」

「電話してみたらどうだ、警察に」

「いや。直接行ってみるよ。その方が話が早い」

「だったらやっぱりわたしが残ります。伊佐土さんもお仕事があるだろうし」

「仕事なんかしてる場合じゃねえ」

「でも」

「伊佐土。今の言葉が本当なら、悪いが白鳥さんと一緒にこの家にいてくれないか。一人より二人の方がいい」

「この女とか？」

「わたし、がまんします」

伊佐土が目を剝《む》く。

「頼むよ、伊佐土」

「判った。稔美のためだ」

「すまない」

研二は伊佐土にも頭を下げる。

「水くさいことをするな」

伊佐土はコーヒーを飲んだ。

「それより中瀬、警察に行く前に何か腹に入れろ。顔色が悪すぎる。お前が倒れたら迷惑するのは俺たちだ」

研二は伊佐土の言葉に何度も頷いた。

*

ペニスのない男と全裸で睦み合った。

何度もこすられるように押しつけられたビーターの躰は少し汗ばんでいたが、掛布団が床に落ちたせいで稔美は寒さを感じた。その寒さとおぞましさが一体となって稔美の肌が鳥肌になる。だが、稔美はビーターの動きに自分の躰を合わせた。虹野の命が懸かっている。

ビーターの愛撫は二時間に及んだ。ビーターが去って稔美は掛布団を拾って頭から被った。

(あと一人)

ラルゴと交われば虹野は解放される。そして、自分は殺される。

ラルゴとのセックスが長引けばいいと稔美は思った。その分、命が消える瞬間が遅くなる。

ドアが開いた。

三人の男が入ってきた。ラルゴ一人が入ってくるものと思っていた稔美は少し意外な気がした。

(どういうことだろう)

稔美は掛布団で躰を隠しながら起きあがった。

三人は部屋に入るとソファには坐らずに、プラチナブロンドの少年を中心に立ち並んだ。

少年が左手を稔美に向けて差し出すと、その手に銀色のナイフが現われた。少年の腕がしなった。風がおきてベッドが揺れた。

右の柱を見るとナイフが刺さっている。視線を左に転ずる。左の柱にもやはりナイフが刺さっている。

(いつの間に二本投げたのだろう)

稔美は左のナイフに飛びついた。

(武器を得るチャンスだ)

このチャンスを逃してはいけない。

しかしナイフは抜こうとしても深く刺さっていて抜けない。薄いナイフだが、柱の奥深くまで突き刺さっている。

「無駄です。女の力では抜けません」

少年の転がるような声がした。

「最期《さいご》の時がきました。あなたを殺します」

稔美は振り向いた。

「まだラルゴが残っているわ」

「彼はゲイですよ」

稔美はベッドの柱に刺さったナイフを握ったままで少年とラルゴを見つめた。

「あなたの躰に興味があったのはボクとビーターだけです」

体がざわついて力が抜けていく。

「あなたには何の価値もなくなったんです」

「待って」

稔美は必死に考えた。何か生き延びる方法はないだろうか？

「あなた、あたしのことをママって呼んだわね。あなたには優しい心が残っているのよ」

「あなたはたしかに母に似ている。でも母はもういません。ボクが殺したんです」

少年の目から光が消えた。

「ボクは母から愛されませんでした。母が愛したのは弟です」

「ちょっと待って。お母さんを殺したなんて嘘でしょ」

「小学校三年生の時、弟と兄弟喧嘩をしました。弟がボクのオモチャを取り上げたんです。怒られたのはボクの方でした。あんたはお兄ちゃんでしょ。それが母の言い分です。兄といっても、ぼくと弟は一卵性双生児なんです。それなのに……。額に煙草を押しつけられました。その後で顔を何度も殴られました。弟までボクの胸を蹴りました。その時です、母をいつか殺そうと思ったのは」

少年の腕がしなった。

またナイフが二本、右と左の柱に刺さった。

「あなたは母に似ている。だから殺します」

虹野の顔が脳裏に浮かんだ。引き算ができなくて泣いている顔。どうしてもっと優しくしてやらなかったのだろう。

研二と虹野と三人で、公園で遊んでいる姿。あたしたち家族はいつも幸せだった。

虹野を産んだときのこと。陣痛が始まってから三日間も産まれず、その間、一睡もできなかったこと。

初めて虹野が乳首を探し当て、母乳を飲んだときのうれしさ。

研二と虹野が笑いながら遊んでいる光景。

(死にたくない)

稔美は切実にそう思った。

父の言葉を思い出す。

苦しくなったら又三郎《またさぶろう》を呼べ。

(助けて、又三郎)

稔美の脳裏に、『風の又三郎』の一節が浮かび上がった。

(又三郎、又三郎、どうと吹いて降りで来《こ》)

風の音が聞こえた。

どっどど　どどうど　どどうど　どどう

強い風だ。

少年が口が裂けるほどの笑みを浮かべた。左手を振りかぶる。その手にナイフが現われる。

「逃げてもムダです。あなたの右目と左目にナイフは突き刺さります」

ラルゴとピーターが目を瞑るのが見える。少年の目は血走り、口は声の出ない哄笑《こうしょう》を表わしている。

少年の腕がしなった。

二本のナイフが稔美の右目と左目に向かって飛んでくる。

稔美は体を後ろに倒した。ベッドから転がり落ちる。

ナイフが壁に刺さる音がする。

背後の壁を見ると、ナイフが二本、壁に刺さっている。そのナイフの二本の長い柄を椅子にして、小さな男の子が坐っている。
体長三十センチほどの、ホログラムのような半透明の妖精。
稔美が声をあげようとした瞬間、妖精が人差し指を立て、口にあてた。
(ダイヤモンドの在りかを思い出した。そう言って)
「あなたは誰?」
(声に出さないで。心で通じるよ)
(誰なの?)
(キミの潜在意識)
(キミのお父さんが封じ込めたキミの記憶)
(潜在意識?)
(あたしの記憶?)
(そう。ボクはキミ自身)
妖精は宙を飛んでラルゴ、ビーターの背後に回った。
壁に張りついて止まる。
ラルゴ、ビーターが稔美を見て驚愕している。
「よくナイフを避けられたな」
ラルゴが呟くように言った。

「おどろきました」

少年が冷静な表情を取り戻して言う。

「あなたの反応は速かった。まるで脳と全神経の能力が余すところなく発揮されたようだ。あなたの体術を見くびっていたことをお詫びします」

少年の手にまたナイフが現われた。

「でも、二度目はありませんよ」

少年が稔美を見つめる。

「さっき『あなたは誰』と言いましたね。あれは何です？」

稔美は妖精を見た。

（ボクの言うとおりに言って）

稔美は頷く。

（いろいろなことを思い出したんです）

「いろいろなことを思い出したんです」

「いろいろなこと？　何ですか、それは」

稔美はまた妖精を見た。妖精が思念を稔美の脳内に送り込む。稔美はその思念を読んで声にしていく。

「頭の中に、いろいろな像が浮かんできて、それで混乱して、その像に向かって『あなたは誰』って訊いたんだわ」

「どんなことが浮かびました？」

「ダイヤモンドの在りか」

ラルゴとビーターの体が半歩自分に近づいた。

「本当ですか」

「思い出しそうなんです。はっきりとは思い出せないけど、もう少しで思い出せそう」

「このアマ、適当なことを言ってるんじゃねえ」

ラルゴが吠えるように言う。

「東北です。ダイヤモンドは東北の山の中にあります」

「なんという山ですか」

「判らない。思い出せそうなんだけど」

ラルゴとビーターが少年の顔を覗き込むように見る。

「東北。山。この二つの言葉にはある程度の信憑性があります。稔美さんが何かを思いだしたのは本当のことかもしれない」

稔美は妖精を見た。妖精は頷いている。

（二人でゆっくり話し合いたいな。この男たちを外に出してしまおう）

（あなた、強気ね）

（ボクはキミ自身だよ。強気なのはキミだ）

稔美の心にわずかだが希望が生まれた。

「ゆっくりと考えてみたいんです。一人にしてください」

「なんだと」

「それと、約束は必ず守ってください。虹野を解放してください」

「つけ上がるんじゃねえ」

稔美に足を踏み出そうとしたラルゴを少年が手で制した。

「出ていきましょう」

ラルゴとビーターが少年に視線を移す。

「時間はまだあります」

少年はドアに向かって歩き出した。

九月六日　月曜日

その代りおまえは、おれの死んだ息子《むすこ》の読んだ本をこれから一生けん命勉強して、いままでおれを山師だといってわらったやつらを、あっと云わせるような立派なオリザを作る工夫《くふう》をして呉《く》れ。

宮沢賢治『グスコーブドリの伝記』より

高島友之はそろそろ本庁に戻りたくなっていた。それというのも久保という刑事のせいだ。もともと小柄で押しが利かない上に、五十四歳という年齢が体の動きを鈍くしている。いつでも縒《よ》れたスーツを着て覇気がない。顔の皺も、年輪よりも疲れを感じさせる。この男が若い頃は射撃で優秀な成績を収めたこともあると聞いた。歳は取りたくないものだ。

(久保と組んでいても得るところは何もない。しょせんノンキャリアという人種は、経験という貴重な財産さえ澱《おり》にしか変えられないのだ)

久保は「趣味は短歌だ」と言っていた。そんなものが人生の利益になるとは思えない。おまけに今日は、書面だけで済ませられる家出捜索のために、わざわざ被害者宅まで出掛けると意地を張った。

電車の中で、高島と久保は口を利いていない。

捜索願いの届け出人は、中瀬研二という三十四歳の男。先日、巡回先の交番で、妻の家出を誘拐と騒ぎ立てていた男だ。

西武池袋線の駅を降りると、十分弱で中瀬家に着いた。

部屋の中に入ると、中瀬研二のほかに、派手な服装をした若い女と、スポーツ刈りで肉づきのいい中年男、それにチビだがやけに目つきの鋭い男がいた。それぞれ白鳥まゆみ、伊佐土茂、児玉恭一と紹介される。

「今日でもう五日目です」

五人がダイニングのテーブルにつくと研二が切り出した。

「実家にも行っていないことが判りました。われわれは、田練会という暴力団が関係しているのではないかと思っています」

「田練会？　なぜそう思うんです」

久保が、愛想笑いのような笑みを浮かべて訊く。

「宮沢賢治に『タネリはたしかにいちにち噛んでいたようだった』っていう童話があるんです」

「宮沢賢治？　なんですか、それは」

高島が抑揚のない声で訊く。

「鳥羽源蔵の手紙を見せたでしょう」

「あなた、まだあんなものを信じているんですか」

「当たり前でしょう。七十七歳の老人が冗談であんな手紙を書くわけがない」

「七十七歳といえばもう惚《ぼ》けが始まっているのかもしれない」

「それは失礼だ。普通の人間は何歳になろうが惚けなどしないものです」

「その話はもういい。どうして田練会が絡んでいると考えるのか、それを聞きたい」

まゆみが麦茶を運んできて皆に配る。

「名前ですよ。田練会の名前は『タネリはたしかにいちにち噛んでいたようだった』から取ったんじゃないか」

「ばかばかしい」

高島は研二の言葉を鼻で笑った。

「暴力団が自分の組織の名前を童話作品からつけるわけがないでしょう。中瀬さん、もう少し常識的な考えをしたらどうです」

「こっちだって必死に考えてるんだ、あなたたちが真剣に考えてくれないから」

「中瀬さん。奥さんはあなたと大喧嘩をした後『田舎に帰りたい』という言葉を残して出ていったわけでしょう」

「でも田舎には帰っていなかった」

「のんびりと旅行でもしてるんじゃないですか」

「それでも五日は長すぎる」

「しかし誘拐されたのなら、なぜ犯人からの身代金の要求がないんですか」

「犯人の目的が、身代金じゃないのかもしれねえ」

たまりかねたように伊佐土が口を開いた。高島が伊佐土の顔を見る。

「強姦ですか？」

「何か判らねえがとにかく拉致《らち》されたんだ」

「こんな世の中ですから、通りすがりの人間が車で拉致されることはあるかもしれない。でも、わざわざ家の中にまで押し込んで拉致するなんて事があるかな」

「高島君。何も奥さんは家の中から連れ去られたとは限っていないよ」

久保が高島の背後から声をかけた。

「買い物の途中で連れ去られたのかも知れない」

「子どもと一緒に？」

「あれこれ想像していても始まらない。部屋の中を見せてもらおうじゃないか」

久保が立ち上がった。高島は、仕方ないという風《ふう》に首を横に振る。

（久保は、大きな事件では活躍できないから、取るに足りない事件でやけに張り切っているの

だ）

高島はそう思いながら、研二の案内で二階の書斎を覗いた。久保、伊佐土、まゆみも続く。

「書置きの類いは？」

「ありません。隅から隅まで捜したんですが」

「じゃあ、拉致という線もあり得るな」

久保が独《ひと》り言《ごと》のようにいう。

（おそらく自分の関わった事件を過大評価したいのだろう）

デスクの上にはワープロとパソコンが並んでいる。

「電子の書置きということはないかな？」

「稔美のパソコンは丹念に調べました。書置きらしきものはなかった」

高島は研二の答えに冷笑を返した。

「ワープロは？」

児玉が口を挟んだ。

「ワープロも見てみましょう」

児玉は研二の返事を聞く前にワープロを開いて電源を入れた。

画面が起《た》ち上がる。

「これは……」

高島は画面を覗き込んだ。しばらく画面を見つめた後、こらえきれないといったように突然笑い出した。

「どうした」

伊佐土が声をかける。

高島は必死に笑いを抑えながら画面を指差した。

皆は液晶画面の文字を読みとる。


――しばらく子どもと旅に出ます。捜さないでください。

中瀬稔美

高島はハンカチを取りだして目尻を押えた。

「失礼。しかし、よかったじゃないですか。拉致じゃなくて」

研二は呆然《ぼうぜん》とした顔で文字を眺めている。

「中瀬。自分のワープロを開いたことはなかったのか」

「それどころじゃなかった」

研二は画面から目を離せないでいる。

「行きましょう、久保さん。われわれの役目は終わった」

「中瀬さん、お子さんの名前は？」

久保に問いかけられて研二は虹野の名前と漢字を説明した。

「久保さん、やめましょう。無駄話があなたの悪い癖だ」

「捜査には無駄話も大事なんだ」

久保が高島を振り向いて言う。久保の表情には悲壮感のようなものが感じられる。

(たかが無駄話の言い訳をするにも一大決心がいるのだな、この久保という刑事は)

高島は苦笑した。

「このメッセージは、奥さんからあなたに宛てられたものですね」

「はい」

「しばらく子どもと旅に出ます、か」

「それが何かおかしいですか」

「普通、夫婦で子どもの話をするときには〝子ども〟なんていう他人行儀な言い方ではなくて、名前を使うもんじゃないですか。中瀬さんの場合は〝虹野〟という風に」

「あ」

研二が声をあげる。

「なるほど。しばらく虹野と旅に出ます、か。それはいえてるかもしれねえぜ。なあ、中瀬」

「そんなことは当てになりませんよ。子ども、虹野、どっちでもいいじゃありませんか。その時の気分で使い分けるものですよ」

「高島君。じゃあ、最後の署名はどうだろう」

「署名?」

「そう。〝中瀬稔美〟。これこそ、夫婦の間でなら、苗字《みようじ》は要《い》らないだろう。〝稔美〟で充分だ」

研二が画面を見ながら頭を押えて「ああ」と呻《うめ》いた。

「どうしたんですか」

まゆみが心配そうに研二を覗き込む。

「稔美、虹野」

研二が二人の名前を絞り出すように呼ぶ。

「中瀬さん。久保刑事の言ったことは当てにならない。そう心配しないでください。たとえ夫婦の間でも、自分の署名を入れるときに無意識のうちにフルネームを書いてしまうことはあるでしょう。それに、もしかしたら、中瀬稔美という言葉をあらかじめ単語登録してあったのかもしれない」

「高島さん。あなたの言うことが真実であったならどんなにいいでしょう。そうであって欲しい。でも、ちがうんです」

「ちがう?」

「ええ。稔美はこのワープロが使えないんです」

「使えない？　そんなことはないでしょう。奥さんはパソコンを使いこなしている方《かた》でしょう」

「ですが、日本語を入力するときはローマ字入力です」

高島は研二の言いたいことが瞬時に理解できた。だが、久保はまだ首を捻《ひね》っている。

「ぼくはローマ字入力じゃなく、ひらがな入力です。このワープロも、ＪＩＳ配列のひらがな入力に設定されています。たとえば〝か〟という文字を打ち込むのに、〝か〟のキイを叩けばいいわけです。稔美はローマ字入力ですから、〝Ｋ〟〝Ａ〟と叩かなければいけません。ところがこのワープロはひらがな入力に設定されていますから、〝Ｋ〟〝Ａ〟と打つと、〝のち〟という字が出てきてしまいます」

「しかし中瀬、ひらがなのキイを拾っていくだけだろう。ゆっくり打てば稔美でも打てるんじゃねえのか」

「いつかぼくのワープロを稔美が使おうとしたことがあった。〝も〟という字を捜すのに一分ぐらいかかっていた。絶対にひらがな入力はできない」

「じゃあ設定をローマ字入力に変更したんだろう」

「それは使いなれた機種でないと意外と面倒だと思う。そんなことをするぐらいなら自分のパソコンにメッセージを残すか、」

「紙にでも書いた方が速いですな」

研二の言いたいことをようやく理解したのか久保が口を開いた。

「紙に書いたら筆跡が残る。だからワープロに書いたんだ、誰か知らない奴が。だれか第三者がこの部屋に来てワープロを打ったんだ。稔美と虹野は、その男に」

研二はうずくまった。

高島は研二の言葉に反論できずにいた。

＊

深い眠りから目が覚めた。

虹野と二人で拉致されてからの精神的、肉体的疲労を一気に回復するかのように稔美は睡眠を貪《むさぼ》った。

体を起こすと微かな寒さから自分が全裸で寝ていたことに気づく。

ベッドの脇には下着と服が丁寧に畳まれている。

稔美はジーンズとTシャツを身に着ける。

(そういえばあの妖精にムリヤリ眠らされたんだ)

あれは夢だったのだろうか。

(よかったよ。キミがパスワードを思いだしてくれて)

妖精は姿を消す前にそう言った。

苦しくて、思わず祈るように唱えた言葉。

――又三郎、又三郎、どうと吹いて降りで来。

稔美はもう一度その言葉を心の中で唱えた。

風を感じる。

どっどど　どどうど　どどうど　どどう、
青いくるみも吹《ふ》きとばせ
すっぱいかりんもふきとばせ
どっどど　どどうど　どどうど　どどう

妖精が現われた。

部屋の中央の空中に浮かんでいる。そこから壁際に移動して、見えない椅子に腰掛けるように停止する。稔美を見つめる。

夢じゃなかった。

稔美は信じられない思いで妖精を見つめた。

昨日の妖精の言葉を次第に思い出す。

――ボクはキミの潜在意識だ。


「やあ。また呼び出してくれたね」

妖精が稔美に言葉を投げる。

「あなたは本当にいたのね」

「夢だとでも思った？」

「誰だってそう思うわ」

「言っただろ、ボクはキミの潜在意識だって」

「本当なの？」

妖精は頷いた。

「名前は？」

「風の又三郎」

「又三郎？」

「キミのお父さんの命名だよ。ボクはキミのお父さんによってプログラミングされたんだ」

「父があなたを作ったなんて信じられない」

「別に作ったわけじゃないよ。ぼくはキミの意識に過ぎないんだから」

「でも、あたしには、あなたがあたしの意識だなんていう認識はないわよ」

「幻覚を見ていると思えばいいよ」

又三郎はその場で空中回転をした。

「あたしは幻覚を見るほど狂ってないわ」

「幻覚は日常化しつつあるんだよ。今は正常と狂気の境界《ボーダー》が曖昧《あいまい》になっているからね」

「あたしは正気よ」

「正気の人でも幻覚を見るよ」

又三郎は微かに頰笑んでいる。

「幻覚というのはね、実際に存在しないものを知覚してしまうことをいうんだ」

「あたしはそんなことないわ」

「じゃあキミは夢を見ないのかい？」

「夢？」

「そう。実際に存在しないものを知覚してるんだから夢も立派な幻覚だよ」

稔美は虹野の夢を見たことを思い出した。夢の中で虹野の顔ははっきりと知覚できた。

「でも、夢は寝ているときに見るものでしょ。今あたしは起きてるのよ」

「起きてるときに幻覚を見る人も大勢いるよ。テレビの中の藤原紀香《ふじわらのりか》が自分だけに頬笑みかけてるように見えたら、これも幻覚だよ」

「あたしはそんな事ないって言ってるでしょ」

「ボクは脳内物質を支配できるんだ」

「脳内物質を？　そんな事できるわけないでしょ」

「なんでそんなことを言った？」

「なんでって、そう思ったからよ」

「じゃあ、思ったことを口にできたのはなぜだ？」

「そんなこと誰だってできるわよ」

「脳が命令したからだよ。脳がキミに喋《しゃべ》るように命令を発した。だからキミは思考を口にすることができたんだ」

稔美は又三郎の言葉を頭の中で反芻《はんすう》する。

「右手を上げてごらん」

稔美は又三郎の真意を見抜けぬまま言われたとおり右手を上げる。

「キミの右手はどうして動いたんだ？」

「それは」

「やっぱり脳が命令したからだ。自然に動いてると感じる手の動きだって、脳が命令を発するからこそ動くんだ。条件反射による動きだって結局は脳の命令から逃れられない。自然に動いてると思われる人間の動きは、すべて脳が支配しているんだよ」

「でも」

「恐怖や怒りを感じたら副腎《ふくじん》からアドレナリンが分泌《ぶんぴつ》される。これも脳の命令なのさ」

「でも、それが何なの？」

「幻覚はその起こり方によって二種類に分類することができる。一つは、たとえば酒に酔って意識の水準が低くなることによって現われる幻覚。これをダウナー系という」

アルコール中毒患者がヘビやクモの幻覚を見ると以前聞いたことがある。

「もう一つは覚醒剤などで意識の水準が高くなることによって現われる幻覚。これをアッパー系という」

「あなたはどっち？」

「ボクはアッパー系。ダウナー系の場合、脳内にエンドルフィンという物質が分泌される。アッパー系の場合はドーパミンだ。ボクは意識的に脳内にドーパミンを分泌させることによって生み出された幻覚なんだ」

「本当なの、それ」

「ウソだった場合の方が事態は深刻だよ」

「父がそんな事をしたっていうの？」

「キミのお父さんは、脳内の使われていない部分を催眠療法によって活性化することに成功したんだ」

「信じられないわね」

「生命の誕生は神秘的なものだ。ボクも自分の誕生に神秘を感じているよ」

又三郎はまた空中で一回転した。

「幻覚を特別視しないでくれよ。幻覚って、言ってみれば最も完成されたヴァーチャル・リアリティだからね」

ヴァーチャル・リアリティ……。仮想現実。

「でも、父はなぜそんな事をしたのかしら」

「決まってるじゃないか。ダイヤモンドの在りかを隠すため、いや、残すためさ」

「ねえ、本当なの、宮沢賢治が七色のダイヤモンドを発見していたなんて」

「もちろん本当だ。だからキミと虹野君が拉致されたんだ」

「虹野は無事かしら」

「だいじょうぶ。虹野君は解放される」

「あなた知ってるの？」

「知らないけど、予測はつく」

又三郎は心の底からうれしそうな笑いを浮かべた。

「あなたの予測なんて当てにならないわよ」

「ボクを見くびってもらっちゃ困る。ボクは全知全能なんだ」

「あなたって、鼻持ちならない自信家ね」

「ボクはキミ自身だ」

稔美が又三郎を睨みつけた。

「あたしは全知全能じゃないわよ」

「それはキミが、自分の脳の十分の一しか使っていないからだ」

人間の脳は、全体の十分の一しか活動していない。そんなことを稔美は聞いたことがある。

「人間の意識なんて限りがある。でも無意識の力は無限だよ。無意識は全人生を記録できるほどの容量があるんだから」

「それがあなたなの？」

「そう。それがボク。キミは限られた意識しか使えない。ボクは無限大の無意識を自由に使える。だからキミはあのナイフを避けることもできた。あの少年の筋肉の微かな動きから、次に起こる事態を瞬時に予測できたんだ」

「そんな事ができるのかしら」

「無意識の力を使えばできる。キミのお父さんは催眠術を使って、人間の無意識を幻覚化して自由に使う方法を編み出したんだ。天才だね、キミのお父さんは」

「その天才って言葉、父自身がプログラミングしたんじゃない？」

「そうだよ。自信家というのは布施家の家系みたいだね」

「そんな事どうだっていいわよ。で、どこなの？　ダイヤの在りかは」

「それが、よく思い出せないんだ」

「口ほどにもないわね、あなた」

「ボクは全知全能だよ。思い出せないのにもそれなりの訳がある」

「どんな訳よ」

「ダイヤモンドの在りかをキミに教えたら、ボクは永久に消えなくちゃならない」

「消える？」

「そういうふうにプログラミングされているんだ。ボクはもともとキミに重大な危機が訪れたときに現われるようにプログラミングされていた」

「少し現われるのが遅すぎたようね」

「なにしろ眠りすぎていたからね」

「でも、仕方ないじゃないの。ダイヤの在りかを教えてさっさと消えなさいよ」

「冷たいな、キミは」

「こっちは命が懸かっているのよ」

「じゃあもう少し冷静に考えて見ろよ。ダイヤモンドの在りかをあいつらに教えてしまったら、キミは殺されるんだよ」

ドアが開いた。

三人が入ってきた。

三人はそれぞれ笑みを浮かべている。

「お前は長く生きすぎた」

ラルゴが稔美の背後に回り、稔美を羽交締《はがいじ》めにした。

「ちょっと、何するのよ！」

「多くの人間の幸福のために、あなたの命を犠牲として捧げます」

ビーターが言うと、ブロンドの少年の手にナイフが現われた。右手に二本、左手に二本。

「待って。あたしを殺したらダイヤの在りかは永久に判らないわよ」

「私たちはもう待ちくたびれたのです。資金調達は別の方法を考えることにします」

「ダイヤモンドをあきらめるの？　時価数百億のダイヤモンドよ。それがあればあなたたちの計画も楽になるんじゃないの」

稔美の言葉にビーターは一瞬、少年に目を向けた。だがすぐに視線を稔美に戻す。

「たしかに楽になります。日本が世界の理想郷になる日も近くなるでしょう。でも、あなたを生かしておくことの危険の方が大きいのですよ」

「虹野は？　虹野は無事なの？」

「約束は守ります。あなたのご主人はどうやら誘拐に気づいたらしい。これ以上隠しても無駄でしょうから」

「虹野に会わせて」

「それはできません」

「もう、会えないの？　このまま虹野に会えずに死んでいくの？」

ビーターは頷いた。

「そんなのいや」

「人生が自分の思いどおりになるとは限りません」

（ここは虹野君の命を助けることを最優先させなきゃ）

又三郎が稔美の心にメッセージを送ってきた。

（どうすればいいの）

（相手に逆《さか》らうな。その後で小さな要求を呑ませろ）

稔美は頷いた。

「判ったわ。虹野に会うことはあきらめる。でも、虹野に伝言を託したい」

「伝言？」

「挨拶もなしに死ぬのはいや」

「このアマ」

ラルゴが足を踏み出すのを少年が制した。

「ビーター。紙とペンを渡してあげてください」

ビーターがポケットからメモ帳を出して一枚を引きちぎる。ボールペンと一緒に稔美に渡す。

稔美は受け取ると又三郎を見た。

(好きなことを書いて。まだ生きてると知らせるだけでも貴重なメッセージになる)

稔美はしばらく考えていたが、思いつくと床を下敷きにして一気に書いてビーターに渡した。

ビーターは稔美の書いたメモをブロンドの少年に見せる。少年は一読すると「遺書ですね」と言った。

稔美は又三郎を見た。又三郎の体が消えかかっている。

(又三郎!)

(ごめん。ボクは一日に十分間しか姿を見せることはできないんだ。それが脳内物質を支配できる限界らしい)

(そんな)

又三郎が消えた。

稔美は少年を見た。

少年はメモ用紙から目を離すとナイフを投げた。

＊

「署に連絡して捜査本部を設置してもらいましょう」

久保という刑事の声が、どこか上の方からでも聞こえて来るかのように研二の耳を通りすぎる。

「久保さん。何も誘拐と決まった訳じゃない。誘拐であれば必ず犯人からの連絡があるはずですよ」

若い高島という刑事が久保の判断に異を唱えている。

（稔美がついている限り大丈夫だ）

研二は虹野の顔を思い浮かべながら漠然とそう思った。

（稔美は強い女だ。どんなことがあっても必ず虹野を守ってくれる）

「刑事さん。行方不明になったまま殺されるケースもよくあるんじゃないですか」

まゆみが高島に懇願するような口調で言っている。

「白鳥、縁起でもねえこと言うんじゃねえ」

伊佐土が貧乏揺すりをしながらまゆみをたしなめる。

「でも、この人、ぜんぜん真剣に考えてくれないから」

「考えるまでもないでしょう。中瀬さんは大きな夫婦喧嘩をした。その結果奥さんがお子さんを連れて出ていった。それだけのことです。警察を夫婦喧嘩の仲裁などというつまらないレベルのことに使ってもらっては困る」

「でも、ワープロの書き込みは？　あなたさっき、これはおかしいって認めましたよね」

「別に認めた訳じゃない。小さな疑問を感じたまでです。でも、よく考えてご覧なさい。中瀬さんはパソコンが使えない。だとしたらパソコンに書置きを残しても読んでもらえるわけがない。多少時間はかかっても、中瀬さんのワープロに書置きを残すのは当然でしょう。奥さんは慣れないひらがな変換で、時間をかけてワープロに書き込んだんですよ。これで疑問はなくなりました」

まゆみが久保を見た。久保は麦茶を飲もうとするがすでに飲み乾している。

「刑事さん。きちんとこの人に教育してください、鉄拳制裁でも何でもいいから」

久保は何と答えていいのか判らずに目をしばたたかせる。

電話が鳴った。

全員が電話を見た。

「オンフックにして話してください」

久保が研二に指示を出す。

研二はオンフックのボタンを押して通話を始める。これで通話内容を部屋の全員が聞くことができる。

相手の声を待つ。

――もしもし、中瀬さんのお宅ですか。

中年男性の、少し訛《なま》りのある声だ。聞き覚えはない。

――はい。中瀬です。

――研二さんはいらっしゃいますか。

――私です。

――中瀬研二さんですね。

――はい。

――今、虹野君を預かっています。

高島が立ち上がった。

研二は腹の内部に、圧迫されるような痛みを感じる。

――もしもし、中瀬さん？

――あなたは誰です。虹野は無事なんですか？

――無事です。無事保護しています。こちらは盛岡警察です。

――盛岡警察？

「岩手県ですよ。中瀬さん、ちょっと代わってもらえますか」

久保が研二に声をかけた。研二は呆然とした目つきで場所を久保に明け渡す。まゆみが研二に寄り添い研二の腕を摑む。

――もしもし。私は練馬西《ねりまにし》署の久保というものです。そちらは？

――これはどうも。盛岡署の大木戸《おおきど》といいます。

――大木戸さん。虹野君を保護してるという事ですが？

――今朝、小岩井農場近くの山中で独りで歩いているところを登山客に発見されました。

――独りで？　母親は？

――いません。虹野君は独りで歩いていたんです。

「虹野はそこにいますか？　父親です。いたら出してください」

少し間があって子どもの声が聞こえた。

――パパ。

――虹野か？

――うん。

久保が研二の顔を見る。

――ママは？　ママはどこにいる？

――わるい人たちにつかまってるよ。

目の前が暗くなるという表現が、決して比喩的表現ではないことを研二は知った。

研二の視野に幕が下りたように、目の前が暗くなった。

研二は気力で視界を取り戻す。

久保が場所を代わろうとする。

――虹野君。警察のおじさんに代わってくれないかな。

――ハイ。

ふたたび久保と大木戸が会話を始める。

――久保さん。中瀬稔美さんと虹野君は、数日前、自宅にいるところを何者かに拉致されたようです。

――何者かというと？

――三人組です。名前は、これは虹野君のうろおぼえですが、ラーゴ、イーターといったふうな名前です。

――外国人ですか？

――日本語を喋っているということですから、日本人でしょうなあ。ラーゴ云々《うんぬん》は、正体を悟られないための偽名でしょう。

――正体は判っているのですか？

――判りません。ただ、犯人グループは、ダイヤモンドを狙っているということなんですが。

久保が高島を振り向いた。高島は視線を逸らす。

――虹野君がそう言っているのですが、なにぶん荒唐《こうとう》無稽《むけい》な話で。

――大木戸さん。その子の言っていることは本当です。

――え？

――拉致された中瀬稔美さんは、ダイヤモンドの鉱脈の在りかを知ってるんですよ。犯人グループはそれを聞きだそうとして稔美さんをさらったんです。

――本当ですか。

――大木戸さん。虹野君は、どういう状態で発見されたんですか。

――発見されたときはごく普通の状態だったようですが、山中に置き去りにされたときには目隠しをされていたっちゅうことですな。その目隠しを虹野君は自力で外したんです。もちろん、監禁中もずっと目隠しをされていたですよ。

――虹野君は、犯人の顔を見ていないんだな。だからこそ解放されたともいえるな。稔美さんの方はどうだったんだろう。

――ママは目隠しをしていなかったよ。

虹野が会話に割り込んだ。

――ママいじわるだよ。ぼくにめかくしをとっちゃダメっていったんだ。

研二は顔を覆った。

稔美は目隠しを取らせないことで虹野を守った。だが、稔美自身は犯人グループの顔を見ている。犯人たちも稔美を生かしておくつもりはないということだ。稔美がダイヤモンドの在りかを犯人グループに告げた時点で、稔美は殺される。しかし、告げない限り、稔美は生きていられる。まだ、望みはある。

――パパ。

久保と大木戸が打ち合わせをしていたような気がする。その打ち合わせが終わったのだろう。虹野がふたたび電話口から呼びかけている。

――なんだ、虹野。

――ママをたすけて。

研二は一瞬、返事に詰まった。ママの居場所がわからない。

――ぼく、はやくママにあいたいよ。

――うん。

――ママがいなくなったらぼく、やだよ。

――心配するな。

研二は電話の向こうの虹野の顔を思い浮かべる。

――ママは必ずお父さんが助けだす。

たとえ自分の身を犠牲にしてもという言葉は虹野には言わない方がいい。

――パパならきっとママをたすけられるよ。だいじょうぶだよ。

虹野の必死な顔が目に浮かんだ。

電話の相手が大木戸に代わり、研二も久保に場所を譲った。

――それから虹野君は、奥さんからご主人宛のメモを持っていました。

――メモ?

――そちらにFAXはありますか。

――あります。

研二が番号を告げる。

久保はひと言《こと》ふた言《こと》、大木戸と言葉を交わすと、いったん通話を切った。

「奥さんは、非常に危険な状況にあります」

久保が申し訳なさそうに研二に告げた。

「ダイヤモンドの在りかを聞き出したら、犯人グループは奥さんを無事には帰さないでしょう」

「稔美は、ダイヤの在りかなんて知りませんよ」

「もしかしたら拷問《ごうもん》にかけられているかもしれない」

高島が言った。

「その結果、奥さんがダイヤモンドの在りかを知らないと判ったら、その時点で殺されるでしょう。奥さんは犯人グループの顔を知っている」

伊佐土が高島に突進して襟首を摑んだ。どんと激しい音がして高島が壁に押しつけられる。

「そうさせないのがてめえらの役目だろう！　いいか若造。もし稔美に万一のことがあったら、ただじゃおかねえぞ！」

高島は伊佐土の手を払った。

「盛岡署と合同捜査本部を設置します」

久保がうわずった声で言った。

「稔美さんと虹野君は、九月一日の日中、何者かに自宅から拉致されました。犯人は宅配便業者に偽装してこの家に侵入したようです」

「人数は？」

伊佐土が久保に質問を発する。

「判りませんが、自宅に入ったのは一人のようです。この人物に稔美さんと虹野君は暴行を受け、連れ去られた」

「どこに？」

「判りません。しかし、虹野君が小岩井農場で発見されたということは、その近辺という可能性が高くなるでしょう」

「近辺といっても、範囲が広すぎる。敵の狙いは宮沢賢治のダイヤモンドだ。だとしたら、宮沢賢治がダイヤを発見した場所、おそらく東北全土が対象になるぜ」

伊佐土の言葉に久保は顔を伏せた。

「犯人の目星はつくのか」

「今のところは、なんとも」

「頼りないな。田練会を徹底的に洗ってくれ」

「そんな根拠のない捜査ができるか」

高島が伊佐土の発言に異を唱える。

「まず見当をつけてから捜査をすれば効率がいいんだよ」

「捜査をするにはそれなりの科学的根拠が必要だと言っているのだ」

「人の命が懸かってるときにそんな悠長なことが言ってられるか。おい若造。お前は世の中の仕組みがなんにも判っちゃいねえ。お前は紙の上の計算しかできねえでくのぼうだ」

「なに！」

立ち上がりかけた高島を久保が制した。

「冷静になりなさい高島君。ここは稔美さんの命を救うために最善の行動を取らなければ」

「ぼく自身は、宮沢賢治と暴力団というつながりは、どうもそぐわないという気がする」

「中瀬」

「でも、田練会も当たってください。選択肢をこの段階で絞らない方がいい」

「そんなことは判っている」

高島がネクタイの乱れを直しながら言う。

「奥さんがすでに死んでいるという選択肢も考えなければならない」

「てめえ。そんなこと今ここで言うべきことじゃねえだろう」

ＦＡＸが振動して用紙を吐き出し始めた。

〔虹野君がポケットに携帯していた稔美さんのメモです・盛岡署、大木戸〕の太い手書きの文字の後から、ボールペンで書かれたと思われる文字が現われた。

〔　研二へ

これからもよろしく

稔美　〕

用紙がちぎれ落ちる。研二が拾って見つめる。皆も研二の周りに集まって稔美のメモを覗き込む。

「この字は？」

「稔美の字です」

「これからもよろしく、というのは」

「今日はぼくたちの結婚記念日なんです」

研二は、明るく話しかける稔美の笑顔を思い浮かべた。

「稔美は、生き延びるつもりでいます。あきらめてはいません」

まゆみがバッグからハンカチを取りだして両目を交互に押えた。

「中瀬さん。盛岡署の署員が虹野君をこの家に連れてきます。虹野君は自分で、自分の名前やこの家の住所を言えたそうですよ」

研二の脳裏に、虹野が自分の家の住所を必死に覚えている光景が浮かんだ。

幼稚園のお誕生会で発表するために虹野は自宅の住所を覚えなければならなかった。だが虹野は、お誕生会当日までついに覚えることはできなかった。虹野は〝住所〟を〝じゅうしょう〟と引き伸ばして発音していた。

〝じゅうしょうは、ねりまく、みはら、……〟

その後の番地がどうしても出なかった。お誕生会で失敗した後、虹野は家で住所をいう練習を続けていた。

〈虹野。よく言えた。えらいぞ〉

研二の心に『銀河鉄道の夜』第三次稿の一節が甦る。

〈僕もうあんな大きな暗《やみ》の中だってこわくない。きっとみんなのほんとうのさいわいをさがしに行く。どこまでもどこまでも僕たち一緒に進んで行こう。」

　ぼくは今まで何を考えていたんだ。虹野が必死になってがんばっている。ぼくがしっかりしなくてどうする。稔美はぼくを待っている。ぼくたち三人はどこまでもどこまでも一緒のはずだったじゃないか。それをぼくは勝手に別れる算段をしていた。

（許してくれ。稔美、虹野）

　ぼくは自分の命に代えてもお前たちを地獄から救い出す。

「中瀬さんは家を空けないでください。犯人からの連絡が入るかもしれない」

「その事ですが」

　研二も涙を手の甲と指で拭《ぬぐ》った。

「ぼくが盛岡署に虹野を引き取りにいきます」

「え」

「少しでも稔美のそばに近づきたいんです」

「しかし」

「中瀬さん、勝手な行動は控えてください。久保さんが言ったでしょう。この家に犯人からの連絡が入るかもしれないんだ」

「警察の方《かた》がこの家の留守番をすることはできないんですか」

「すべての判断はわれわれがします。素人は口を挟まないでもらいましょうか」

「虹野をこの家に引き取っても、面倒を見る人間がいません。ぼくだって昼間、動きたいんだ。だったら、盛岡で虹野を受け取って、そのまま花巻の稔美の実家に預けた方がいい。そこには虹野の祖母、稔美の実母がいます」

「だったら稔美さんの母親をこの家に呼んだらいいでしょう」

「鳥羽源蔵からの手紙は稔美の実家宛に投函されています。実家を留守にするというのも、連絡に隙を生じさせる危険性があります」

「中瀬さん、これは公的な警察の捜査なんですよ。あなたの個人的な気持ちを優先させるわけにはいかない。なぜ判らないんです」

「おい。なぜ個人的な気持ちを優先させちゃいけねえんだ」

伊佐土が高島に挑むように言う。

「警察は何のために動くんだ。被害者を救うためだろう。被害者の気持ちを救うためだろう。この事件の被害者は中瀬夫婦なんだよ。この中瀬のために警察は動くんだろう。警察のために犯人逮捕するんじゃねえ。被害者のための犯人逮捕だろう。そこをまちがえるな」

「おっしゃるとおりです」

久保が高島の肩に手をかけながら言う。

「久保さん」

高島が久保を振り向く。その眼には非難の気持ちが見て取れる。

「伊佐土。悪いが盛岡までの旅費を用立ててくれないか」

「それはかまわんが、お前、そんな金もないのか？」

「ああ。情けない話だが、歩く『火車《かしゃ》』と呼ばれているよ」

「しょうがねえ奴だな。稔美にいい思いを味わわせてやらねえと承知しねえぞ」

「わかってる」

久保が咳払いをした。

「また電話をお借りします。盛岡署に連絡して、あなたが着くまで虹野君を預かってもらうように言わなければ」

研二は久保に頭を下げた。

九月七日　火曜日

来た来た。さあどんな顔ぶれだか、一つ見てやろうじゃないか。
宮沢賢治『ビジテリアン大祭』より

寝台特急〈はくつる〉の車中に今朝いちばんの朝日が射した。ジーパンにポロシャツを着たままベッドに横たわっていた研二は『ポラーノの広場』を閉じて読書灯を消した。
『ポラーノの広場』には『銀河鉄道の夜』第三次稿が収められている。その中の一節が目を閉じても研二の網膜を追いかけてくる。

〔お前はもう夢《ゆめ》の鉄道の中でなしに本当の世界の火やはげしい波の中を大股《おおまた》にまっすぐに歩いて行かなければいけない。〕

人任せにはできない。現実に虹野と稔美を助け出すのはお前しかいないんだと宮沢賢治に語りかけられているように思えた。

隣席からは伊佐土の微かな寝息が聞こえる。

昨日、極秘裏に、練馬西署に特別捜査本部が設置された。

稔美と虹野が何者かに拉致され、六日間、監禁されていたことが明らかになったが、犯人グループからの連絡は一切ない。犯人グループの正体や意図がまったく不明の状況では、公開捜査は被害者の危険を増幅させる恐れがある。捜査は非公開で行なわれている。

特別捜査本部長には、警視庁の田沢《たざわ》本部長が就任した。

田沢本部長は現在四十二歳。東大法学部卒業後、内閣法制局参事官を経て、警察庁企画課長から本部長に就任したキャリア組である。

研二はまず自宅で、その後、練馬西署に移動して、合計六時間を超す事情聴取を受けた。

警察側がもっとも関心を示したのは鳥羽源蔵からの手紙である。

警察は研二が練馬西署にいる間に、鳥羽源蔵がすでに死去していることを突きとめていた。

生前の鳥羽源蔵は、宮城県仙台市の県営住宅で独り暮らしをしていた。

八月二十八日、鳥羽源蔵を訪ねた市の職員が、布団の中ですでに腐臭を漂わせていた本人の遺体を発見した。死亡日時は特定できないが、おそらく八月二十日頃、死因は急性呼吸不全と思われる。鳥羽源蔵に身寄りはなく、つきあいのある人物、団体も今のところ不明である。

「おはようございます」

白鳥まゆみが研二の座席に顔を見せた。

「おはよう」

研二は目を開けた。

「何か判りました？」

「イーハトーブの正体が判った」

「え？」

研二は体を起こした。

イーハトーブとは宮沢賢治が創《つく》りあげたファンタジーワールドである。宮沢賢治の童話は、このイーハトーブで展開されることが多く、いわば宮沢賢治の理想郷である。

「これは、ダイヤモンドの在りかとは直接関係ないかもしれないけど、判ったんだ」

「研二さん。イーハトーブはもうどこだか判っています。岩手県ですよ」

まゆみは研二の横たわるベッドに腰を下ろした。

「賢治の童話には、モリオーとか、トキオーとか、センダードとか、架空の地名が出てくるでしょ。モリオーは盛岡、トキオーは東京、センダードは仙台です。それと同じように、イーハトーブは、賢治の生まれ故郷である岩手なんです」

まゆみは文庫本を広げる。

「『注文の多い料理店』は、賢治の唯一の生前刊行童話集ですけど、その自筆広告文の中に明記されています」

〔イーハトヴは一つの地名である。強《しい》て、その地点を求むるならばそれは、大小クラウスたちの耕してゐた、野原や、少女アリスガ辿《ママ》った鏡の国と同じ世界の中、テパーンタール砂漠の遥かな北東、イヴン《ママ》王国の遠い東と考へられる。

実にこれは著者の心象中に、この様な状景をもつて実在したドリームランドとしての日本岩手県である。〕

「作品によって表記はイーハトブ、イーハトーボ、イーハトーヴォと変化していますけど、みんな同じ意味です」

「ちがう？」

「ちがう」

「イーハトーブは、賢治自身だ」

「賢治自身？　地名じゃないっていうんですか」

「もちろん、表面的には賢治の理想郷を表わした地名だよ。賢治自身が明記しているんだからまちがいはない。でも、それはあくまで表面的な意味であって、真の意味はちがう。真の意味は、イーハトーブ＝賢治自身だ。賢治は自分自身を一つの理想と考えていたんだ」

「そんな。宮沢賢治は謙虚な人ですよ」

「雨ニモマケズを読むとたしかに宮沢賢治は限りなく謙虚な人に思える。多くの人は宮沢賢治のそこに魅力を感じているんだろう。でも、『鳥の北斗七星』という作品を思い出してごらん」

「マジエル様という教祖を奉じている戦闘的宗教集団の話ですね」

「ああ。賢治はこの作品について『戦うものの内的感情です』というコメントを残している。でも、温厚な、謙虚な賢治は、いったい何と戦っていたんだろう？」

電車が大きくカーブして研二とまゆみは窓側に揺られる。

「ぼくは、父親と戦っていたんだと思う」

「父親と？」

「そう。その原因はおそらく幼児期の子育てにある。宮沢賢治の家は財閥と呼ばれるほどの金持ちだったから、近所の子どもたちとは遊ばせてもらえなかった。そういう育てられ方に賢治は反発した。そこに賢治童話を読み解くすべての鍵がある」

「すべてって……。たしかに賢治と父親の確執はいろいろな人の証言によって明らかですけど、それだけじゃないはずです」

「いや、それだけだ」

「ええ？」

「『虔十《けんじゅう》公園林《りん》』の主人公の虔十が、賢治自身だって事は認めるだろ？」

「はい」

「これは、少しぼんやりしているために近所の子どもたちからばかにされている虔十という青年が、杉を植える話だ。虔十も、無用な杉も、みんなはばかにしていたけど、二十年以上経って杉が生長すると、その杉がみんなの立派な憩いの場所になって、虔十の本当の賢さに気づくという終わり方になっている。虔十＝賢治であることは、音の類似からも確かなことだ。虔十の植えた杉が、実は賢治の書いた童話というわけだ」

「そうか。たしかに賢治は、自分が本当は賢いのだと言ってるわけですね」

「うん。そしてこれは、自分を絶えずデクノボーとばかにした父親への反発の表われだと思う」

「賢治は東京時代も定職がなくて、父親の仕送りで暮らしていたんですものね。その賢治を、やり手の父親がばかにするのも当然だと思います」

「賢治は父親に金を無心するこういう手紙を送っている」

研二は文庫本を鞄《かばん》にしまい、代わりに『宮沢賢治　幻の羅須地人協会授業／畑山博《はたやまひろし》』という本を取り出して、付箋紙を貼ったページを開く。

〔毎日図書館に午後二時頃までいて、それから神田へ帰ってタイピスト学校、数寄屋橋側の交響楽協会とまはって教はり、午後五時に丸ビルの中の旭光社といふラヂオの事務所で工学士の先生からエスペラントを教はり、夜は帰って来て次の日の分をさらひます。一時間も無効にしてはおりません。音楽まで余計な苦労をするとお考へでありませうが、これが文学ことに詩や、童話劇の詞の根底になるものでありまして、どうしても要るのであります。」

「賢治の気持ちはよく判ります。賢治はどうしてもいい童話を書きたかったんですよ。そのためにはエスペラント語や音楽や、いろいろな勉強が必要だって思い詰めていたんです」

「たしかにいい作品を書くためにはそれなりの投資、インプットは不可欠だ。でも普通は、まず自分の力で生活して、その上で作品のことを考えるんじゃないだろうか」

「ええ」

「手紙の続きだ」

〔靴が来る途中から泥がはいってゐまして修繕にやるうちどうせあとで要るし廉いと思って新らしいのを買ってしまったり、ふだん着もまたその通り、背中があちこちほころびて新らしいのを買ひました。授業料も一流の先生たちを頼んだのでことに一人で習ふので決して廉くはありませんでしたし、布団を借りるよりは得と思って毛布を二枚買ったり、心理学や科学の廉い本を見ては飛びついて買ってしまひ、おまけに芝居もいくつか見ましたし、たうたうやっぱり最初お願ひしたくらゐかかるやうになりました。どうか今年だけでも小林様に二百円おあづけをねがひます。」

「文学作品にそれなりの投資が必要なことはぼくも判る。ぼくもいろいろな音楽を聴きたいし映画も見たいし、第一、本をたくさん買いたい。でも、お金がないからそれはできない。宮沢賢治はそんなことを全部、自分は働かないで父親に無心して済まそうとしている。うらやましい身分だ。いい気なもんだとも思えてくる」

研二は揺れる窓に向かって話している。まゆみが研二の横顔を見つめる。

「おまけに二〇〇円は大金だ。当時の岩手の農民の数年分の収入にも当たる金額だよ」

「研二さんのいうとおり、宮沢賢治は少し甘いところがあるのかもしれません。でも、当時、誰しもが中央より低いとみなしていた岩手という地方都市を、ドリームランドと規定した賢治の着眼は鋭いと思います」

「賢治の天才的な発想力にはぼくも異論はない。でも岩手をドリームランドと規定したのは、それこそ当時の岩手が中央より低い位置、つまり東京に対する土地的デクノボーだと思われていたからじゃないだろうか」

「土地的デクノボー？」

「そう。おそらく賢治は父親からデクノボーと罵《ののし》られていた。それに対する〝ぼくはデクノボーじゃない、いつかぼくの書いた童話が大輪の花を咲かせて、ぼくの方こそすばらしい人間なんだと判る日が来る〟という思いが『虔十公園林』という作品を書かせた。その思いが『雨ニモマケズ』では、逆に〝ぼくはデクノボーになりたい〟という開き直りとも思える表現になっている」

まゆみは無言で頷いた。

「つまり賢治の中では〝デクノボーこそすばらしいんだ〟という価値観が育っていた」

「岩手が土地的デクノボーということは、岩手こそすばらしいんだということですか?」

「そう。さらに賢治が傾倒した法華経も、父親との確執で理解することができる」

まゆみが意外そうな顔をした。賢治が熱心な法華経信者であり、賢治の作品の多くはその信仰の芸術的表現であることは広く知られている。

だが……。

「賢治の信仰が、父親との確執だなんて、そんな話、聞いたことありません」

「でも、賢治の父親の政次郎《まさじろう》は熱心な浄土真宗の信者だろ」

「あ」

浄土真宗は、悪人正機説《あくにんしょうきせつ》の教えを説いた親鸞《しんらん》を開祖とする仏教の一大勢力で、念仏(南無阿弥陀仏)を唱え阿弥陀仏に帰依すれば、死後平等に極楽浄土に往生できると説く浄土宗の分派である。

法華経は、題目(南無妙法蓮華経)を唱えて現世で救われようと説いた日蓮宗の開祖日蓮が選んだお経である。

浄土真宗と日蓮宗（法華経）、言い換えれば念仏（南無阿弥陀仏）と題目（南無妙法蓮華経）はライバル関係にある。ちなみに南無とは帰依するという意味で、南無阿弥陀仏は阿弥陀仏に帰依すること、南無妙法蓮華経は法華経に帰依することを意味する。

「父親が熱心な浄土真宗の信者だったから、父親に反発する賢治は法華経を選んだ。そうは考えられないかな」

まゆみは少し電車の揺れに身を任せた後、口を開いた。

「言われてみれば簡単なことだったんですね。どんな本を読んでもそんなこと書いてなかったけど」

「賢治が法華経を信じるようになった動機としては充分なものだと思う。もちろんそれによってその後の賢治の真面目な信仰が汚されるものではないことは言うまでもない」

「はい」

「でも、賢治にとって法華経は、童話を書く口実になっていたことも否定はできないと思う」

「そう。賢治は父親から童話を書く行為をばかにされていたね」

「童話を書く口実？」

「はい。童話が売れてお金を稼げれば父親の承認も得られたんでしょうけど、賢治の童話はまったく売れませんでしたから」

賢治は当時父親から「唐人の寝言のようなモノを書いてお金になると思うのか。本屋へ行ってどんなものが売れているか見てこい」と自作を罵られている。

二十五歳の賢治が売れない童話を量産しだした大正十年（一九二一年）代には、谷崎潤一郎《たにざきじゅんいちろう》、武者小路実篤《むしゃのこうじさねあつ》、志賀直哉《しがなおや》、芥川龍之介《あくたがわりゅうのすけ》、横光利一《よこみつりいち》、川端康成《かわばたやすなり》、萩原朔太郎《はぎわらさくたろう》などが活躍していた。図書館では毎日大勢の人が『小説の作り方』、あるいは『創作への道』といった本に殺到する。

「当時は島田清次郎《しまだせいじろう》の『地上』が大ベストセラーになって、小説を書いて大金持ちになることも夢ではなかった。だから賢治は、書いても書いてもお金にならない自分の創作活動に、後ろめたさを感じていたはずだ」

「後ろめたさ？」

「そう。背後で睨みをきかせる父親に対して」

まゆみは頷かずに研二の顔を見つめる。

「だけど、お金にはならないけど、生来の童話作家である賢治の頭の中には、童話のアイデアが次々と浮かんでくる」

「研二さんみたい」

研二は、まゆみが隣りに坐っていることに初めて気がついたようにまゆみの顔を見つめた。思えば童話を書くという無為の行為を快く認めてくれるのは、研二の周りでは白鳥まゆみしかいないのかもしれない。

「宮沢賢治は高知尾智耀に法華経文学を書きまくれって示唆を受けたんですよね」

まゆみが言葉を続けたので研二は自分が黙ってまゆみの顔を見ていたことに気がついた。

「そう。それが賢治の爆発的創作欲の引き金になった」

「つまり、堂々と童話を書く口実、大義名分を与えられたんですね？　言われたから書いた訳じゃなくて」

「ぼくの説を鵜呑みにしないでくれよ。あくまで個人的見解なんだから」

「わたし、研二さんを全面的に信じます。研二さんに言われて初めて宮沢賢治へのわだかまりが解けました」

「わだかまり？」

「ええ。わたし、宮沢賢治フリークですけど、唯一のわだかまりが、賢治が宗教のために童話を書いていたってことなんです」

「別にそれでも構わないじゃないか」

「そうなんですけど、なんとなく、童話のために書いて欲しかったんです」

「童話のためか」

「はい。それが、今の研二さんの解釈で、わだかまりが解けたんです。宮沢賢治はやっぱり童話のために童話を書いていた」

「そうだ。賢治は体調を崩した一九三一年に、知人宛にこういう手紙を書いている」

〔こんな世の中に心象スケッチなんといふものを、大衆めあてで決して書いている次第ではありません。全くさびしくてたまらず、美しいものがほしくてたまらず、ただ幾人かの完全な同感者から「あれはさうですね。」といふやうなことを、ぽつんと言はれる位がまづのぞみといふところです。〕

「美しいものがほしくてたまらず。やっぱり賢治は生まれついての詩人、童話作家ですね」

「ぼくは賢治と父親との関係をこういうふうに図式化してみた」

研二は今度はレポート用紙を取り出す。

〈父親・浄土真宗〉	〈自分・法華経〉
=	=
〈立派〉	〈デクノボー〉
=	=
〈東京〉	〈岩手〉
=	=
〈トキオー〉	〈イーハトーブ〉

「賢治は父親からデクノボーと罵られたことで、開き直ってデクノボーこそすばらしいんだという概念を育て上げた。そして土地的デクノボーと思いこまれていた（と賢治は思っていた）岩手を自分と同化して、岩手こそドリームランド、イーハトーブなんだと世間に示した。つまり、理想郷イーハトーブは、賢治自身だ」

電車が大きく揺れてまゆみの躰が研二に倒れかかってきた。

研二の顔にまゆみの顔が近づく。研二は慌てて避けようとするが、電車の遠心力のために避けられない。まゆみは自分のくちびるを研二のくちびるに押しつけた。

まゆみに抱《いだ》きかけた好意は瞬時にして怒りに変わった。

研二はまゆみのくちびるを引き離そうとするが、まゆみはなおもくちびるを押しつける。

「中瀬、貴様、何をしているんだ！」

胴間声が聞こえた。

伊佐土が肩をいからせて立っている。まゆみが研二から離れる。

「電車が揺れて」

伊佐土はまゆみをはねのけ研二の襟首を掴み、寝台から引きずり下ろす。手を離して研二の顔を殴る。

研二は床に倒れる。まゆみが顔を蒼白にして研二に駆け寄る。『ポラーノの広場』の一節が研二の脳裏に瞬く。

〔酒を呑まなけぁ物を言えないような、そんな卑怯《ひきょう》なやつの相手は子どもでたくさんだ。〕

「ごめんなさい。わたしが、」

「伊佐土。お陰ですっきりした。頭が回転しだしたよ」

「ふざけるな。おまえ正気か。稔美がこんな時に」

「怒るな。誤解だ。ぼくのせいじゃない」

「本当なんです。伊佐土さん、ごめんなさい」

「なんと言おうが俺はおまえを許さないぞ」

「おまえが怒ってる理由がぼくには判ったよ。頭が冴えてきた」

「誰でも判るだろうが。お前は自分の女房の命が危ないときにこの女といちゃついていた」

「それをお前は嫉妬したんだ」

「なんだと」

「それがぼくには見えた。伊佐土、お前は白鳥まゆみに惚れている」

「ば、ばかやろう」

「図星だろ?」

まゆみが目を見開いて伊佐土を見る。伊佐土は何かを言おうとするが言葉が出てこない。

「ぼくは今まで言いたいことが言えない性格だった。こんなことを言ったら相手が気を悪くするんじゃないだろうかなんて考えて何も言えなくなってしまうんだ。結局それは自分が嫌われたくないだけだった。もうそんな遠慮はよすよ。稔美を無事に助け出すまでは、遠慮なんか妨げになるだけだ。だからぼくは今、思いついたことを頭の中で検閲をしないでそのまま口にした。ぼくの勘は鋭いから、たぶん当たってるだろう」

「貴様、自分のことをずっと鋭い人間だと思ってたのか？」

「ああ。もう謙遜しないで言うよ」

「呆れた奴だな」

「伊佐土。嘘やごまかしは言わない。さっきお前が見た光景はぼくのせいじゃない。誤解なんだ。信じてくれ」

伊佐土は黙っている。

「それに、今はそんな事はどうだっていい。もうすぐ電車が盛岡に着く。虹野に会いに行こう」

同じ車両にいた久保刑事と高島刑事が顔を見せる。

「中瀬さん。眠れましたか？」

久保が研二を覗き込むように言う。

「いえ。一睡もしませんでした」

「それは良くない」

「宮沢賢治の著作を調べて、ダイヤモンドの在りかの見当をつけていたんです」

「で、見当はついたんですか」

高島がネクタイのずれを直しながら質問する。

「はい」

高島の手がペイズリーの上で止まる。

「『銀河鉄道の夜』には、大変な暗号が隠されていました」

「研二さん、第五次稿を見つけたんですか？」

「いや。ぼくが見ているのは新潮文庫の『銀河鉄道の夜』。つまり第四次稿です」

「でも、暗号は第五次稿の中にあるんじゃないですか？」

「第四次稿の中には暗号を解く鍵があった」

「鍵……」

「その鍵で、別の扉を開ける必要があるんですよ」

「別の扉ってなんですか？」

〈はくつる〉が速度を落とした。

「着きました。その話は後でしましょう。早く虹野に会いたい」

食事をしていないせいか研二の頬が少し痩せてきている。だが逆に口調は以前よりも強いものになっていた。

研二の自宅では練馬西署の刑事二名と、児玉夫婦が留守番をすることになった。自宅を離れても児玉に仕事上の支障はあまりない。迷惑をかけることには違いないが、今は稔美の命が懸かっている。お詫びとお礼は稔美を救出してからたっぷりとするつもりだった。それに、好奇心の塊りのような児玉氏の奥さんは、大きな事件に関わることになって人一倍の好奇心を充分に満足させているのではないかとも研二は思う。

伊佐土と白鳥まゆみは研二と一緒に〈はくつる〉に乗った。研二の護衛と監視に久保刑事と高島刑事も同行する。

総勢五人のメンバーは盛岡駅で降りると徒歩で盛岡署に向かった。猛暑を引きずる東京とちがって盛岡は肌寒い。

七、八分もすると岩手公園の隣りの盛岡署に着く。

正面玄関を入って久保が盛岡署員と挨拶を交わしている。その話しぶりがやけにのんびりとしたものに感じられる。

盛岡署員は研二たちに「大木戸です」と自己紹介をした。四十代半ばの太り気味の男で、温和そうな笑みを浮かべている。

「行きましょう」

久保が研二を振り向いて言った。大木戸の案内で五人は歩き出す。階段で二階へ上がり、廊下の両側にいくつかある扉の一つを大木戸が開ける。

研二は大木戸よりも久保よりも早く部屋の中に体を入れた。

女性警官が立ち上がった。

部屋の中央に机があり、椅子が向かい合って置かれている。女性警官の向かい側に虹野が坐っていた。

「虹野」

「パパ」

虹野が椅子から降りた。二人は走り寄る。研二が腰を下ろし、その腕の中に虹野が飛び込む。

研二は虹野を抱き上げる。

「虹野！」

「パパ！」

「よくがんばった。よくがんばった。えらいぞ」

虹野が泣きながら「うん」と返事をする。

「こわかった。こわかったよ」

「もうだいじょうぶだ」

研二は力一杯、虹野を抱きしめる。

「ケガはないか？」

「だいじょうぶ。おねつもさがったよ」

虹野は涙で声を引きつらせながら研二に報告する。

「そうか」

研二は揺するように虹野を抱きしめ、自分の頰を虹野の頰に押しつける。

「虹野。おかあさんは？　おかあさんはどんな様子だ？」

「ママは、はだかだよ」

研二は体の動きを止める。女性警官と目が合う。女性警官は視線を外す。

「生きてるのか？」

「うん。生きてる」

「そうか。なら大丈夫だ。お父さんが絶対に助け出す」

研二は虹野を抱きながら拳《こぶし》を固めた。

*

稔美はミニ丈《たけ》のピンクのネグリジェを着てベッドに横たわっていた。下着はつけていない。

左足の膝上には包帯が巻かれている。少年の投じたナイフは六本だった。五本までは避けたが六本目を避けることができなかった。六本目は稔美の左足の膝上に刺さって大量の血を噴出させた。一種のショック療法で、稔美の記憶を掘り起こす方法だと後から説明された。だが、稔美はダイヤモンドの在りかを思い出さなかった。稔美は傷の手当てを受け、また薬物を注射されて眠りについた。

犯されている夢を見た。むりやり口の中に舌を入れられる。

稔美は目を開けた。ビーターの舌が自分の口の中で動き回っている。夢は現実だった。

ビーターが、稔美が目覚めたことにおどろいて舌を引っ込める。その間際《まぎわ》、稔美は思い切りビーターの舌を噛む。ビーターは「アウっ！」と大きな呻《うめ》き声を上げて身をかがめた。

ビーターの体が離れると、稔美はベッドの上で躰を起こして口の中の物を吐き捨てた。

ビーターの舌の一部だった。

「アウウ」

ビーターが両手で口を押えている。

「自業自得よ」

稔美の言葉にビーターは腰をかがめながら稔美を指差した。

「マジエル様に報告する。生かしちゃおかない」

ビーターは苦しそうにそういうとドアに向かってよろよろと歩き、片手でドアを開けた。

稔美がビーターの背中に飛びついた。

ビーターを仰向けに引き倒す。稔美はドアの外に飛び出した。

クリーム色の壁に、大きな牛と、のどかな牧場のポスターが貼られている。

走りだそうとした瞬間、ビーターに足を摑まれ床に叩きつけられた。手で床を叩き、顔をぶつけるのを防ぐ。

ビーターが馬乗りになる。稔美は足を後ろに蹴り上げる。ビーターが呻いて稔美から転げ落ちる。

稔美は立ち上がる。ビーターに後ろから襟首を摑まれる。稔美は躰を回転させながらビーターの手を払う。

稔美とビーターはお互いに息を弾ませながら向かい合う。

稔美が渾身《こんしん》の力を込めてビーターの急所を蹴り上げた。

ビーターは稔美の蹴りを股間で受け止め、身をかがめるが、かがめながら稔美の足を両手で摑んで、笑った顔を稔美に向けた。

「良かったですよ、ペニスがなくて」

ラルゴが現われた。

「どうしたビーター」

「獲物が暴れたんですよ」

「早く中へ入れろ。危ないぞ」

ラルゴはそう言いながら稔美を羽交締めにしてそのまま持ち上げ、部屋の中へ放り込んだ。

立ち上がりかけたところをラルゴに顔面を殴られた。頭の中をかき回されたような衝撃を感じる。

「このアマ！」

ラルゴは憎悪に満ちた眼で稔美を睨みつける。ネグリジェをはぎ取り両胸を鷲摑みにする。

「いいか。俺は機能的にはお前を犯すこともできるんだ。マジエル様にやれと言われればお前を犯す」

自分の口から血が流れ落ちるのを稔美は感じる。歯もぐらぐらしているようだ。

「行こう、ラルゴ。マジエル様に報告だ」

ビーターに促されて、ラルゴは稔美を睨みつけながら鉄の扉を閉めた。

＊

研二は虹野を稔美の実家に預けた。

四歳の虹野にとって、両親と離れて暮らすのは辛いだろうが、自分と行動を共にさせるわけにはいかないと研二は思った。

（場合によってはぼくは犯人グループのアジトへ乗り込まなくてはならない。そんな危険に虹野をさらすわけにはいかない）

幸いなことに虹野と祖母は仲がいい。女性警官一名と男性刑事二名が寝泊まりするので、自分といるより危険は軽減される。

研二はむりやり頭の中から虹野への思いを追いだし、稔美の居場所を突きとめることに神経を集中した。

花巻の稔美の実家に虹野を置くと、研二たち一行は藤崎に会いに繋《つなぎ》温泉に向かった。

東北本線を北上し、盛岡で降り、盛岡署の覆面《ふくめん》パトロールカーを借りた。ハンドルを握るのは高島だ。

白鳥まゆみは盛岡市内のホテルで待機して、車内には中瀬研二、伊佐土茂、久保刑事、高島刑事の四人が乗っている。

このメンバーに研二は藤崎優次郎《ゆうじろう》を加えようとしている。

「犯人からの接触はあると思うか？」

伊佐土の問いかけが誰に発せられたものか、一瞬、研二は判らなかった。

「ないでしょう」

高島が答えた。

「犯人グループの目的は身代金ではない。稔美さんの記憶の中にあるダイヤモンドの在りかなんだから、われわれに接触する必要は全くないんですよ」

「じゃあどうやって俺たちゃ稔美を見つけたらいいんだ？」

「確実に判っているのは、犯人グループは稔美からダイヤモンドの鉱脈の在りかを聞き出して、そこへ行くということだ」

左端に坐っている研二が答える。

「ぼくたちが先回りしてそこで待っていればいい」

「勝手な行動は慎んでもらいましょうか」

高島がハンドルの前方に広がる国道を見つめたまま言う。

「捜査はわれわれに任せてもらいましょう」

「高島の言うとおりです」

助手席の久保が振り向きながら言った。

「勝手に動いてもらっては、あなた方の身が危険にさらされるばかりか、稔美さんの安全にとっても有益とは言えません」

「第一、ダイヤモンドの鉱脈自体が幻想なんですよ。したがってあなた方がそこへ先回りするという発想も幻想にほかならない」

「おい。そりゃ、稔美が殺されると言ってるのも同じだぞ」

ダイヤモンドがなければ、犯人にとって稔美の存在価値もない。

「そうさせないためにわれわれが動くんです。あなた方も警察に全面的に協力してもらわなくては困る。藤崎という人物に会うという行動もわれわれの観点からすればまったくの無駄な行動だ。慎んでもらわなくてはいけない」

「被害者の家族の行動を制限する法的根拠はないはずだぜ」

「だったらせめて藤崎という人物には、犯人逮捕に影響する情報は極力漏らさないようにしてもらいましょう」

「それじゃ会う意味がねえ」

「藤崎には、女房がいなくなったとだけ伝えてあります」

車が忍者村の表玄関に着いた。

午後三時。

アーチ状の看板の両端に、黒装束に手裏剣《しゅりけん》を手にした忍者の絵があり、中央に〝ようこそ忍者村へ〟の文字が書かれている。

その看板の下に、薄い革ジャンに黒いシャツを着た男が立っている。

身長は一八五センチ。大男だ。天然パーマの髪を肩まで伸ばしている。目は鋭く大きなはずだが伸ばした髪に遮《さえぎ》られてよく見えない。

研二は車を降りた。

一人で男の元へ歩いていく。

「久しぶりだな、中瀬」

男が大声で叫ぶように言う。

「藤崎」

「車にいるのは伊佐土と、それに刑事だな」

「ああ」

電話で藤崎に「妻が拉致された。助け出すのに力を貸してほしい」と言ったとき、藤崎は詳細も訊かずに「判った」と答えた。

「何日かかるか判らないんだ。仕事は休めるのか」

「仕事はたった今やめた」

「やめた？」

「融通が利く職場でもないんでな」

「でも、大きな公演があるって言ってなかったか」

「公演と人の命と、どっちが大切だ？」

研二は返す言葉が見つからなかった。自分の都合で藤崎を失業させてしまった。藤崎に済まない気持ちが胸に広がる。だが、稔美の命が懸かっている。稔美の命を救うためには、どんな犠牲も厭《いと》うべきではないと研二は決めていた。

「済まない」

研二は藤崎に頭を下げた。

「気にするな」

藤崎は頭を下げる研二の横を抜けて車へ向かった。

＊

稔美は覆い被さる少年の侵入を懸命に拒んでいた。

「さあ。足を開いてボクを受け入れてください。虹野君の命が懸かっているんです」

稔美はベッドの上で少年の愛撫を受け続けていた。稔美と少年の全裸の躰は、長い間密着を続けている。

もう、拒みきれない。

稔美は心の中で又三郎に教えてもらったパスワードを唱える。

(又三郎、又三郎、どうと吹いて降りで来)

風の音とともに、又三郎が現われる。又三郎は空中から稔美と少年を見下ろす。

少年の愛撫が激しくなる。

(何でもいいから喋って)

稔美は頷いた。

「虹野は、解放されたの？」

「さあ、どうでしょう」

少年が自分の躰で稔美の秘所を探り当てたまま動きを止めて稔美を見つめる。

「教えて」

「ボクを受け入れてください。あなたの躰はすでにその準備ができているはずです」

「さっきの注射は何？」

「まず、鎮静剤です」

稔美は脱出を試みてビーターに襲いかかった後、ラルゴに手ひどく殴られて顔に傷を負った。そのあと少年がやってきて稔美に三本の注射をした。

「ビーターを襲ったことに対するお仕置きです。これで少し気分が落ち着いたでしょう」

少年の声が遠くから聞こえるような気がする。

「二本目は自白剤です。アミタールとペントサールの混合剤を使いました。これは静脈麻酔剤ですが、鎮静剤と併せて使えば相乗効果が得られるでしょう」

「強制的に自白することなんかないわ。思い出せばきちんと教えるわよ」

「思い出すための手助けですよ」

稔美の意識は朦朧としている。

「三本目は催淫剤《さいいんざい》です」

少年は稔美の口を自分の口で塞いだ。稔美の頬を両手で包み、口を離す。

「あなたの性感は極度に高められています。ほら、脇腹を軽く圧《お》しただけで、全身に今まで経験したことのないような快感がかけ巡ります」

少年が稔美の脇腹を圧すと、稔美は声をあげて躰をひねった。

「胸に触るだけで、あなたの脳髄は歓喜に震えます」

少年は稔美の胸を静かに揉んだ。稔美はさらに大きな声をあげて躰をのけ反《ぞ》らす。

薬物のせいか又三郎の像がいつもより薄く歪んでいる。

「さあ、ボクを受け入れて。これは性の実験でもあるんです。どんな不感症の人でも、今までに体験したことのない最高の快感を得ることができる」

言い終わると同時に少年が稔美の体内に侵入を開始した。

稔美は朦朧とした意識で少年を受け入れた。

稔美と少年の肉体は密着度を増す。

稔美は脳内に虹のような光の爆発を見る。躰の奥底をえぐられるような感触の後、躰全体が甘いざわめきで包まれ、海に漂っているような感覚に包まれる。

「これが、セックスの快感です」

少年の言葉がどこか遠いところで聞こえる。

稔美はセックスの海を漂っていた。気がつくと少年が稔美の胸で涙を流していた。

稔美の胸の谷間に少年の涙がつたわる。

「ママ」

少年が稔美と結合したまま囁いた。

「ママはとても優しい人だった」

「あなた、お母さんにいじめられたんじゃないの？」

児童相談所に寄せられる児童虐待の相談件数は、父親からの虐待、母親からの虐待、および両親からの虐待を合わせて年間五千件を超えると聞いたことがある。相談がなされたにも拘らず子どもが虐待死した例も十件以上ある。

「ちがう。ママはボクをいじめたんじゃない。ボクを強い男に育てたかったんだ。それなのに、ボクはママを恨んだ」

「でも」

「ボクは子どもの頃からダーツが得意だった。運動は何でもできたよ。その中でも、特にダーツが得意だったんだ。ママはその事を知らない。一人で練習したんだ」

「どうして」

「弟をやっつけるために」

少年の涙はまだ流れている。

「弟さえいなければママはボクに優しくしてくれる。ボクを殴ったり蹴ったりしなくなる」

稔美は親に虐待されたために死亡した乳幼児の事件を思い出した。

「あなたのお母さんが亡くなったって本当？」

「駅のホームから転落して電車に轢《ひ》かれて死んだ。ボクが突き落としたと思うかい？」

「いいえ。あなたはお母さんを突き落としたりしないわ」

「なぜそう思う？」

「だって、あなたにとって、お母さんは大事な人だから」

「ボクと弟は同じ顔をしている。でも怒られるのはいつもボクの方だ。ママはいつもイライラしていた」

「お父さんは？」

「いない」

この少年は母親だけが頼りだった。稔美はこの少年と虹野の境遇を知らず知らずのうちに比べていた。

「ボクは毎日のようにママに殴られた。煙草の火を押しつけられたこともよくあった。冬の寒い日に、裸で外に出されたこともあった。玄関には鍵をかけられたから家に入ることはできなかった」

「酷《ひど》い」

稔美には信じられない話だった。この少年が育った境遇は過酷なものだ。唯一甘えたい母親から拒絶された子どもは、どんなに悲しい思いをするだろう。

稔美は少年の顔を抱きしめていた。

「かわいそうなマジエル」

少年が一瞬、息を止めた。

自分の躰を稔美の体内から引き抜く。稔美は「あ」と微かな声を漏らす。

「ボクはマジエル様ではありませんよ」

「え？」

稔美は今までこの少年をマジエルと信じて疑わなかった。だが考えてみればたしかに少年が自分でマジエルと名乗ったことはない。

「ボクはファゼーロです」

「ファゼーロ？」

「本名ではありません。会の中で使われる名前です。われわれは銀河ネームと呼んでいます」

「銀河ネーム？　本名はなんていうの」

「知る必要はないでしょう」

「どうして」

「いずれはわれわれの手であなたの命を絶たなければなりません。でも、その前にダイヤモンドの在りかを思い出して、日本のために尽くしてください。それがマジエル様の願いです」

「マジエル様って誰なの？」

「強いお方《かた》です」

「あなたよりも強いの？」

「マジエル様は神にも等しいお方です。もちろん、戦闘的な意味ではボクの方が上ですよ。ボクはおそらく日本でいちばん強い」

「柔道や空手の日本チャンピオンよりもあなたの方が強いって言うの？」

「もちろんです。彼らはナイフを投げませんから」

「素手《すで》じゃラルゴにも勝てないんでしょう」

「ボクはスポーツの競技に出ているわけじゃない。武器を使ってはいけないという決まりはありません。人類はマンモスを倒すのに槍を使った。同じことですよ。結局体力では劣る人類が地球の王者になった」

「でも、人類が正しいとは限らないわ」

「そのとおりです。マジエル様はそのまちがいを正すお方なのです」

ファゼーロがふたたび稔美の体内に侵入した。稔美は抵抗する体力を奪われている。

「ボクは中学三年の時にはホストクラブで働いていたんです。手品のショーをしたこともあります」

「あなた日本人なの？」

「そうですよ」

「でも、その髪、眉、瞳の色」

「脱色した上で染めています。眉は一度すべて抜きました。瞳はコンタクトです」

「指名はあまりつきませんでした。愛想がなかったですからね。でも、そこへマジエル様がやってきた」

「もてたんでしょうね、ホストクラブでは」

「痛かったですよ。でも、弟とちがう顔になりたかったんです」

「痛くなかったの？」

「マジエルは、ゲイなの？」

稔美はファゼーロに犯されながらファゼーロの顔を見つめ返した。

「マジエル様を呼び捨てにしないでください」

ファゼーロは稔美に罰を与えるかのように稔美の体内で律動を開始した。

「マジエル様は極めてノーマルなお方です。男性にも、女性にもお優しい。あのお方はボクたちの父親です。いえ、全人類の父親なのです」

ファゼーロはゆるやかな律動を繰り返す。

「ラルゴが筋肉増強剤を欲しがっていたとき、マジエル様は安価で分け与えました」

「筋肉、増強剤？」

「ラルゴはもともとフランスの外人部隊にいたんです。そこでいろいろな薬物を覚えました。日本に帰ってからは薬物が手に入りにくくなって、インターネットの薬物系アングラサイトを利用していたんです。そこでマジエル様と運命の出会いをしたんですよ」

ファゼーロは稔美の肩を両手で押えつけた。

「ビーターには路上で声をかけたそうです。マジエル様は悩みを持つ人が直感的に判るのです」

「教えて、誰なの、マジエルって」

「あなたもよく知っている人物ですよ」

長いリズミカルな動きの後、稔美の高められた性感が、ファゼーロの放出を感じ取った。しばらく二人は結合したまま抱き合っていた。

ようやくファゼーロが稔美の躰を離れて服を着る。

稔美は我に返る。

又三郎が消えかかっているのが見える。

「待って！　一人にしないで！」

寂しさと悲しさと恐怖から稔美は又三郎に呼びかけた。

部屋を出ようとしていたファゼーロが振り返る。

「催淫剤が効いたようですね。いいでしょう。何回でもつきあいますよ」

又三郎が消えた。稔美の意識はまた朦朧とする。

九月八日　水曜日

どうか憎《にく》むことのできない敵を殺さないで
いいように早くこの世界がなりますように、
宮沢賢治『注文の多い料理店』より

「岩手にやってきて〝サムサノナツ〟の意味が初めて判ったぜ」

伊佐土が『宮沢賢治詩集』を開きながら言う。

「寒さの夏という表現には何か特別な意味が込められてるんじゃねえかって思ってたけど、こっちは夏でも寒い日があるんだな」

「『雨ニモマケズ』の中の一節だな」

「ああ。つまり〝サムサノナツ〟ってのは冷害のことだな。それと、にわか勉強だが、その一行前の〝ヒデリノトキハナミダヲナガシ〟」

「うん」

「この中の〝ヒデリ〟は賢治自筆の手帖には〝ヒドリ〟と書かれてるそうだな。これを賢治の書き間違いとして〝ヒデリ〟と書き直したわけだが、ヒドリというのは〝その日稼ぎ〟という意味だから書き直す必要はないという意見もあるそうだ」

「平成元年（一九八九年）に宮沢賢治記念会の照井謹二郎《てるいきんじろう》理事長が唱えた説ですね」

まゆみの言葉に伊佐土が頷く。

「でも、宮沢賢治はもともと〝ヒデリ〟を〝ヒドリ〟と書き間違える癖があるんです」

「本当かい」

「ええ。筑摩《ちくま》の校本全集には詩の下書きも載ってるんですけど、その中にはいくつか〝ヒデリ〟を〝ヒドリ〟と書き間違えた跡《あと》が残っています」

「なるほど。ならやっぱり〝ヒデリ〟と書きなおしていいわけか」

伊佐土は煙草の封を切り、口に銜《くわ》えて火をつける。

「〝詩人が詩集を出すなんて、死人が死臭を出すようなものだ〟。中瀬のこのフレーズが俺は気に入ってた」

伊佐土が銜え煙草を手に移して言った。

研二、伊佐土、まゆみの三人は畳の部屋の黒い木製のテーブルを囲んでいる。テーブルの上には寿司とビールが載っている。研二の前の寿司だけが減っていない。

「オレはこんな詩を思いだした」

独り洋間のソファに横になっていた藤崎が体を起こして、ジーパンからしわくちゃの紙を出した。

「電話をもらった後、中瀬に昔もらった詩を思いだして古いノートから引っぱり出したんだ」

藤崎が紙の皺を伸ばして皆に見せる。

詩の
色り
どみ
るくてえ生が詩らか下の面地
も誰
なか
いなわ

「何ですか、これ」

「草というタイトルの詩だ」

「覚えてるぜ。字を下から読むのがミソだ」

「地面の、下から、詩が生えてくる」

まゆみが音読する。

「文章の形も草に見えますね。研二さん、こんな詩を書いてたんだ」

「俺たちゃ中瀬の詩のファンだった。俺も藤崎も文学青年だったのさ」

「ホントですか？」

「今じゃ信じられんだろ。だがな、俺も中瀬の影響を受けて詩を書いたことがあった」

「たしか、読むに堪えない詩だったってことは覚えてるぜ」

藤崎が伊佐土をからかう。

「そんなことまで思い出さなくてもいい。とにかく、俺たち三人の中じゃ中瀬の才能がずば抜けていた」

「中瀬。もう詩は書いてないのか？」

「書いてない。今は童話一本だ」

「知らなかったな」

「童話を書いていることは恥ずかしいから誰にも言ってない」

研二一行は盛岡市内のホテルに部屋を取った。

二〇一号室にまゆみ、二〇二号室に研二、伊佐土、藤崎、二〇三号室に久保、高島と続き部屋を確保した。今は二〇二号室にまゆみが合流している。

「中瀬、寿司を食えよ」

「ぼくはいい。もしかしたら稔美も食事ができないでいるかもしれないんだ」

「気持ちは判るが、体に毒だ。体力を確保しておかないと稔美を救い出すこともできねえぜ」

「いいったらいいんだ」

研二の頭の中には裸で陵辱《りょうじょく》されている稔美の姿があった。自分だけ腹を満たすわけにはいかない。

「お前、いつからそんなに強情になった」

「昨日からだ」

研二は自分の寿司を押しもどす。

「伊佐土、寿司はお前が食えよ」

「伊佐土さん。お茶淹《い》れますね」

まゆみが立ち上がる。

(今まで稔美に苦労をかけ通しだった)

研二の脳裏に稔美の泣きそうな顔が浮かぶ。

結婚して子どもまでもうけたのに、研二は自分の夢ばかり追いかけて仕事をやめてしまった。これは妻と子どもに対する責任放棄といえないだろうか。

収入が減り、生活は苦しく、子どもを塾にも行かせられず、習い事も我慢させ、高価な電子遊具も与えられない。だがまだ虹野の場合は、自分で事情も把握できない分だけ苦労を感じる度合いも少ないと言える。

稔美は辛い思いをしつづけていたはずだ。

米も満足に買えず、玄米、餅米を混ぜて炊いて節約する。当然、食事以外の衣服、贅沢品などはさらに節約を強いられる。稔美の下着はぼろぼろだ。

そんな苦しい状況の中で、稔美は一生懸命やっている。家事も子育ても、稔美はがんばっている。虹野の幼稚園への送り迎えも稔美の役割だ。送迎バス代を節約するために、遠い道のりを自転車で通う。猛暑の日も、雨の日も、冬の寒い日も虹野を乗せて。

それに引き替え、ぼくはまさにデクノボーだった。自分が会社を辞めずに働き続けていれば、稔美に辛い思いをさせずに済んでいたのだ。その稔美が、今度は狂信者たちに拉致され監禁されている。稔美の恐怖、哀しみを思うと、研二は胸の内側を掻きむしられるような焦燥感を覚えた。

(このまま稔美を死なすわけにはいかない)

どんなことをしても助け出す。

「犯人グループがダイヤモンドの鉱脈の所在地に現われるという推測は、鳥羽源蔵の手紙が基《もと》になっているな」

すでに経緯を聞き終えている藤崎が研二の思いをかき消した。

「ああ」

「だけどな、あの手紙の内容は本当のことなのか?」

藤崎が大きな声で言う。

「具体的にはだな、『銀河鉄道の夜』の第五次稿なんて物が存在したのか」

藤崎は長い脚を開き、その両膝に手をがっしりとつきながら言う。

「宮沢賢治は『銀河鉄道の夜』を四度まで書き直している。五回目があってもおかしくない」

「だけどな、それを鳥羽源蔵、いや、布施獅子雄が見つけたなんてことがあるか？」

「松尾《まつお》芭蕉《ばしょう》や川端康成の未発表原稿が見つかったことだってある」

「『梁塵秘抄《りょうじんひしょう》』の文書の切れはしが見つかったこともありますしね」

『梁塵秘抄』は平安時代の流行歌を集めた歌謡集でその中の〈遊びをせんとや生れけむ〉という一節はよく知られている。

「宮沢賢治は原稿を無造作に黒いトランクに放り込んでいたから、それほど自作の管理に厳重だった訳じゃない。あるいは遺族の元に管理されていた原稿が、空襲で雲散霧消した可能性もある。どさくさに紛れて誰かが持ち去ったとか」

「空襲？」

「ああ」

「宮沢賢治が死んだのは昭和八年だぞ」

伊佐土が文庫の巻末の年譜をめくりながら言う。

宮沢賢治は昭和六年（一九三一年）、その農業および鉱石に関する知識を買われて東北採石《とうほくさいせき》工場技師嘱託となる。そこで賢治は猛烈なセールス活動を展開する。宣伝文を東北四県下の組合へ送るのである。県庁へ行って組合のアドレスを写し、五〇〇〇通も宛名を書き、宣伝文と見本をトランクに詰めて組合を歩いて回る。この賢治の痛ましいほどの努力の甲斐あって売り上げは伸びた。しかし、おそらくこういう激務のせいで賢治は体を壊し、咳をし喀血《かっけつ》するようになる。賢治の死因は病死という漠然としたものしか判っていないが、このときの激務がなかったら寿命はもう少し延びていたのではないか。命日は昭和八年(一九三三年)九月二十一日である。

「日本に空襲があったのは昭和二十年だ。それも空襲の標的は東京だろう」

「空襲は花巻にもあったよ。昭和二十年八月十日。この時に宮沢家周辺が空襲に見舞われたことが記録に残っている。宮沢賢治の未発表原稿を遺族の方が保管していたとしたら、この時に消滅した可能性もある」

「消滅したら発見もできねえだろうが」

「形見分けのように、原稿を少しずつ分散して知人たちが持っていたとしたら? その内のどれかが『銀河鉄道の夜』の第五次稿で、空襲からも逃れていたら」

「宮沢賢治の研究者、つまり布施獅子雄が丹念に捜し歩けば、それを発見する可能性もある訳か」

納得したのか伊佐土が寿司を頬張った。

「だが中瀬」

伊佐土が寿司を頬張ったまま言う。

「第五次稿の秘密に布施獅子雄が気づいたとして、それを稔美の脳内に隠蔽《いんぺい》するなんてことがあり得るのか」

「『銀河鉄道の夜』の主人公はジョバンニという少年だけど、第三次稿までのジョバンニの入眠場面は、ブルカニロ博士による一種の催眠実験だといえる」

「催眠実験……」

「第三次稿の中にこういう描写がある」

〔私はこんなしずかな場所で遠くから私の考を人に伝える実験をしたいとさっき考えていた。〕

「もしかしたら宮沢賢治は、ダイヤモンドの在りかを、時を隔てた誰かに伝えたいと考えていたのかもしれない。宮沢賢治の研究者だった布施獅子雄さんはその事に気づいて、なおかつダイヤモンドの在りかの隠蔽に催眠術を使うことを思いつく」

「実の娘を使ってか？」

「ダイヤモンドの在りかを知っていれば娘にとって大変な財産になる。獅子雄さんは稔美に財宝を残したんだ」

「獅子雄は催眠術を使えたのか？」

「獅子雄さんは宮沢賢治の研究家でもあるし、催眠術師でもあった。それに東北民俗学も研究していた」

「幅広いとも言えるし、長続きしないともいえるな」

「そういえば、稔美も獅子雄さんの影響を受けたのか、自分のホームページにオシラサマのお告げという欄を設けていた」

「なんだい、オシラサマって」

「東北の民俗神だ。陰陽呪術によって、形なき彼岸から人間の形を絞り出す力がある」

「それが催眠術と関係があるのか？」

「もしかしたら獅子雄さんは、オシラサマのように潜在意識を何かの形にして露わそうとしたのかもしれない。稔美が自分のホームページにオシラサマという名前をつけたのも、その事を潜在意識が感じ取っていたんだ。そしてぼくが考えた童話のアイデア」

研二は忘れかけた童話のアイデアを思い出した。

「童話？」

「ああ。『幻覚ペット』っていうんだけど、これも獅子雄さんと稔美のオシラサマへのこだわりを、ぼくの潜在意識がキャッチした結果かもしれない」

研二は皆を見まわした。

まゆみが口を開く。

「第三次稿では、ブルカニロ博士は不思議な〝地理と歴史の辞典〟を持ってますね」

「そう。その辞典でジョバンニに、物の見方を教えるんだ」

「やっぱり賢治は、『銀河鉄道の夜』を使って読者の誰かにダイヤモンドの在りかを伝えようとしていたのかな」

「不思議なことに第四次稿では、ブルカニロ博士の描写は一切削られている」

「なぜだ」

「賢治自身が迷っていたんだと思う。ダイヤモンドの在りかを書き残すかどうかを。ブルカニロ博士は読者にダイヤモンドの在りかを伝える人物だ。その博士を削除したということは、第四次を書いた時点では、やっぱりダイヤモンドの在りかは自分の胸にしまっておこうと思ったんじゃないか」

「獅子雄さんが発見した第五次稿では、ブルカニロ博士が復活していたんでしょうか？」

お茶を配り終えたまゆみが話に加わる。

「たぶん」

「そしてその第五次稿は、獅子雄によって焼かれてしまったか」

「そう。現在、宮沢賢治が発見したレインボー・ダイヤモンドの在りかを知る者は、稔美しかいない」

「それは判るがな、中瀬。ダイヤの鉱脈を捜す前に田練会をまず先に当たってみちゃどうだい。田練会の本部か、会長宅を」

「どうやって?」

「藤崎にやってもらおうじゃないか。これこそまさに忍びの仕事だろう」

「藤崎さん、忍術を使えるんですか?」

まゆみが心持ち声を大きくして尋ねる。

藤崎は声をだして笑った。

「オレはたぶん、現在では日本最高の忍者だ」

「ほかに忍者なんていないからな」

「ばか言え。忍者の修行している人間は大勢いるよ」

「でも、藤崎さんは俳優だってお聞きしましたけど」

「昔から忍者は宴席に呼ばれて忍術ショーを演じていたのさ。『甲子夜話《かっしやわ》』にそのことが記されている」

『甲子夜話』は九州平戸《ひらど》の大名であった松浦《まつら》清《きよし》が文政四年（一八二一年）に書き起こした風聞記である。

「そういえばお前の得意技は手裏剣だったな。俺もお前の演技を見たことがあるぜ」

「藤崎さん、強そうですね」

「柔道剣道空手と、格闘技なら何でもござれだ。だがぜんぶ初段というところがご愛敬だな」

「あえて昇段試験を受けなかっただけだ。実力はもっとある」

「たしかに素人でお前にかなう奴はいないだろうぜ。まずそのばかでかい図体を見ただけでびびっちまう」

「でも、相手がヤクザだったら、拳銃が相手になるかもしれませんね」

「関係ないね」

藤崎がせせら笑うように言う。

「相手の武器がなんであろうと、忍術は世界でもっとも発達した武術だ。要は相手が動くより速くこちらが動けばいい」

藤崎はそう言うと笑った。藤崎の自信にまゆみは呆気に取られている。

「ヤクザではないような気がする」

研二がまゆみの視線を引き戻す。

「当たるんなら、〈十新星の会〉が先だ」

「〈十新星の会〉だと。あそこは文芸サークルに毛の生えたような団体だ。とてもじゃないが白昼堂々、大人を拉致《らち》するだけの実行力はない。当たるんなら田練会だ」

「ぼくはちがうような気がする」

「中瀬、お前らしくもないぜ。これは凶悪犯罪だ。それをやってのけるとしたら、ヤクザしかねえだろう」

「田練会は、それに北守会も、宮沢賢治とは関係がない」

「それがどうした」

「この事件は宮沢賢治抜きには考えられない」

「それはそうだが、百億円もの金が絡んでいりゃあ、宮沢賢治と関係ない組織が動いたって不思議はねえ」

「でも、宮沢賢治と関係ない組織は、宮沢賢治の秘密を探り当てることはできないんじゃないか？」

伊佐土が返答に窮した。

「そういえば研二さん、第四次稿の中にダイヤの秘密の鍵があるって言ってませんでした？それは何ですか。ダイヤの在りかが判ってるんですか？」

「ヒントは摑んでいる。でもそれは後でいい。今は〈十新星の会〉を当たるのが先だ」

「中瀬、本当に〈十新星の会〉が怪しいと思うのか」

研二は伊佐土への答えを考えている。藤崎が伊佐土に視線を移す。

「伊佐土。百億もの金が絡めば、それこそ文芸サークルの人間だって、目が眩《くら》むことはありえる。オレやお前のような人間も元は文学かぶれだったことを思い出せ」

伊佐土は舌打ちをした。

「宮沢賢治の秘密を知ることができるのは、宮沢賢治の研究グループだという可能性がいちばん高い。その中でも布施獅子雄が絡んでいた〈十力の金剛石の会〉とのつながりを感じさせる

〈十新星の会〉をやっぱり当たってみたい」

「両者につながりはないぜ」

「でも、なんだか縁を感じるんだ」

伊佐土は首を横に振る。

「伊佐土、〈十新星の会〉の住所は？」

藤崎が伊佐土に顔を向ける。

「盛岡だ」

藤崎が目にかかった髪をかきあげた。

「今から行こう」

「今から？」

「伊佐土、俺は何としても中瀬の力になりたい」

「藤崎」

「中瀬、俺はお前のために働きたいんだよ。誰かの役にたつっていうのはいいもんだからな」

藤崎がソファから立ち上がった。

＊

どっど　どどうど　どどうど　どどう

又三郎が空中で輪《わ》を描いて壁の架空の椅子に坐った。

「呼んだ？」

「今までどこ行ってたの」

稔美がベッドに横たわったまま訊く。下着を剝奪され、ピンク色の半透明のミニのネグリジェだけを身にまとっている。ファゼーロに犯された苦い思いが甦る。

「言っただろ。ボクは一日一回現われるのが限度なんだ」

「頼りにならないわね。あたしはずっと一人でほっとかれたのよ」

「キミの不安感を増して秘密を喋らせようとする作戦だよ。乗っちゃダメだ」

稔美は頬に手を当てた。ラルゴに殴られた跡がひりひりと痛む。

（またラルゴに殴られるかもしれない）

しかも今度は顔の原形がなくなるほど徹底的に。ラルゴは暴力に飢えている。この密室の中ではどんな残忍な暴力を振るおうと誰にも咎《とが》められることはない。

「キミのご主人は頼りになるよ。きっとキミを迎えに来る」

「ダメよ、あの人は。あたしのことなんか何にも思っちゃいない」

研二は虹野のことには夢中になるけど、あたしのことは非難ばかりしていた。

（でも、あたしも研二のことを非難ばかりしていたからおあいこかな）

よく考えてみれば研二は家事もよく手伝ってくれた。

「やるときはやるよ、あの人は」

「ねえ、バカみたいな会話ね。あたし結局、自分と話してるんでしょ？」

「自分の知らない自分とね」

あたしの知らない自分。

あたしは本当はどういう女なのだろう。

こんなことになるなら虹野にもっともっと優しくしてあげれば良かった。研二の言うとおり、勉強などどうだってよかった。

研二にも、どうしてもっと穏やかな気持ちで接してあげられなかったのだろう。

「あたし、殺されるの？」

「さあ」

「あたしもう疲れた。このまま死ぬのかもしれない」

稔美は目を瞑った。あたしは充分がんばった。地獄行きのマラソン競走を、もう止めることはできないのかもしれない。

「キミのご主人と虹野君はあきらめてはいないよ」

稔美は躰を起こした。

「あの二人だけはキミの帰還を信じてる」

ドアが開いた。

ファゼーロが笑いを含んだ顔を見せる。その表情から稔美への憐憫《れんびん》は感じられない。

「さあ、お楽しみの時間です」

「もういやよ！」

稔美は瞬間的に叫んでいた。

「心と体の良いリフレッシュになりますよ。ダイヤモンドの在りかを思い出しやすくなるかもしれない」

「虹野は無事に解放してくれたの？」

「まだです。あなたは虹野君を救うためにもボクの命令に逆らえない」

ファゼーロが上着のボタンに手をかける。稔美は又三郎を見る。

（虹野君は解放されたよ）

（本当？）

（まちがいない。解放されてないのならまだこの部屋にいるはずだよ）

（まさか殺されたなんてことは……）

（ない。殺すならキミと一緒に殺すよ。虹野君だけ先に殺す理由は全くない）

（信じていいのね？）

（ボクは全知全能だよ）

稔美は頷くとファゼーロを睨みつけた。

「もうあなたとはセックスしない」

「虹野君がどうなってもいいのですか」

「虹野は解放されたわ」

ファゼーロは稔美を見つめた後、笑いながら視線を落とした。

「あなたほど洞察力と胆力に恵まれた女性を初めて見ました」

稔美は指示を仰ぐように又三郎を見る。

(研二さんは必ず助けに来る。それを信じて、その時のために、こいつらの事をなるべく多く聞きだしておこう)

稔美は頷いた。

「あたし、また少しダイヤモンドの在りかを思い出した」

「本当ですか?」

ファゼーロはからかうような口調で訊く。

「ええ。でも脅迫されたって言わないわよ。代わりにあなた方のことを少し教えてちょうだい。交換条件よ」

稔美は又三郎を見る。又三郎は頷いている。

「強気ですね」

ファゼーロの手にナイフが現われた。稔美の肩が跳ねたように震える。

「われわれはあなたを自由に拷問にかけることができる。二十四時間犯し続けることもできる。殴り続けることもできる。ナイフでそのきれいな瞳をえぐり出すことだってできる」

稔美はまた又三郎を見る。

（それは最終手段だよ。キミがすんなり喋ればこいつらもその方がいいんだ。拷問なんて要《い》らなくなる）

稔美は頷いた。

「怖くないわ。どうせ生きては帰れないんでしょ。その代わりあなた方も永久にダイヤモンドの在りかを知ることはできなくなるのよ」

ファゼーロは稔美を見つめたまま答えない。

「さあどうするの。あたしと少しおしゃべりする？　それとも拷問なんて愚かな手に走ってダイヤモンドの在りかを永久にあきらめる？」

いきなりナイフが飛んでくるかもしれない。稔美は言い終わった後、自分の心臓が激しく波打つのを感じた。

ファゼーロの手が動いた。稔美は目を瞑った。

（又三郎のバカ！）

稔美の脳裏に虹野が一生懸命縄跳びの練習をしている姿が浮かんだ。それから、研二と手をつないで代々木《よよぎ》公園を歩いた結婚前のデート。

ナイフは飛んでこない。

稔美はおそるおそる目を開ける。

「何が知りたいんです？」

ファゼーロはナイフをしまっていた。稔美は安堵のあまり膝をつきそうになる。

「あなた方は〈十新星の会〉のメンバーね」

「それはビーターがすでに教えたはずですよ」

「あなた方の目的は？」

「、、、、、、、、、、、日本をイーハトーブ化することです」

「イーハトーブ？」

「つまり理想郷という意味です」

「あなたたちは宮沢賢治と関係があるの？」

「〈十新星の会〉はもともと宮沢賢治の作品、あるいは彼自身を研究する文芸サークルだったんですよ。でも、あのお方が入会してから会の性質が変わった」

「マジエルね」

「マジエル様です。マジエル様は宮沢賢治の願いである世界平和を会の目的に据えた崇高なお方です」

「世界平和？」
「宮沢賢治は『春と修羅』の中でこう言っています」
〔この不可思議な大きな心象宙宇のなかで
もしも正しいねがひに燃えて
じぶんとひとと万象《ばんしょう》といっしょに
至上福祉《ふくし》にいたらうとする〕
「宮沢賢治の全作品が〈十新星の会〉の聖典です。マジエル様は〝神〟である宮沢賢治の意思を、聖典から正しく受け継ぎました。マジエル様はイエスにも匹敵する現代の預言者なのです」
稔美は又三郎を見た。又三郎は空中を漂いながら肩をすくめている。
「宮沢賢治が岩手を理想郷としたように、マジエル様はまず日本を世界の理想郷として作り直そうと考えたのです。あのお方は一つの国を作り直そうと考えているのですよ」
「それが〈オペレーション・ノヴァ〉ね」
「そのとおりです」
「ねえ、何なの、〈オペレーション・ノヴァ〉って」
「具体的には、日本人のすべてをアルツハイマー病にすることです」

又三郎が動きを止めた。

「なんですって」

「部分的には実験も成功しているんですよ。雫石でアルツハイマー病が異常発生していることを知っていますか？」

そういえばそんなニュースを見たような気がする。

「われわれの実験の成果です。われわれはダムにアルミ化合物を流したんです」

「アルミ……」

「アルツハイマー病の原因はアルミニウムの摂取なんですよ。もちろん仮説ですけどね。カルシウムとマグネシウムの不足が原因であると唱える学者もいます。しかしマジエル様はアルミニウム説を採りました。アルミニウムはもともと生物に対して強い毒性を持っているんです。だから、アルミの鍋などは使わない方がいいですよ。水分に溶けたアルミニウムは、微量ながら脳まで届きますからね。いったん脳内に侵入したアルミニウムは、排出されにくいから溜まる一方なんです。長い年月をかけてアルミが飽和量まで溜まるとアルツハイマー病が発生する。老人に発生率が高いのはそのためです。アルミ食器を長いこと使い続けている老人は、それだけ脳内に毒素を溜め込んでいるんですよ。もちろん、小さな子どもも抵抗力が弱いから危険です」

又三郎が頷いている。

「マジエル様は電解アルカリイオン整水器の製造にも着手しています。電解によるアルカリ水にはアルミニウムが濃縮されますからね。百億円の資金があれば、政治家を何人も国会に送り込んで、全家庭にアルカリイオン整水器の設置を法的に義務づけることも可能かもしれない」

「あんた、なにバカみたいなこと言ってるのよ。日本人を全員アルツハイマー病にしちゃったら、理想郷どころか日本の破滅じゃないの！」

「そうでしょうか」

「決まってるでしょう。アルツハイマー病に罹《かか》ったら、知能が退化して、物忘れがひどくなって、動作がのろくなって、仕事も何もできなくなるのよ」

「そのとおりです。でも考えてみてください稔美さん。世の中を悪くしたのは、頭の良い、生活力のある、実務能力に長《た》けた人たちだと思いませんか」

ファゼーロはソファに腰を下ろした。

「ダイオキシン入り生活用品を開発したのは誰ですか？　排ガスを撒《ま》き散らす自動車を発明したのは？　猛毒の汚水を垂れ流す化学工場を造ったのはどういう人種です？　みんな頭の良い人間たちですよ。そして、それを許しているのは、私腹を肥やすことしか考えていない政治家たちです。押しの強い、生活力のある人種です。また、政治家たちに無用な法案を押しつけているのは、やはり天下りのことしか頭にない官僚です。この人たちは実務能力に長けています」

稔美はファゼーロの口調が、どこかよそよそしいものに思えた。この人は、あたしにではなく、自分自身に話している。

「一番のろまが一番えらい。〃神〃である宮沢賢治はその事に気づいていました」

「『雨ニモマケズ』のこと?」

「そうです。宮沢賢治はデクノボーの姿を美しく描写して、最後に、〃サウイフモノニワタシハナリタイ〃と締めくくっています」

稔美は〈オペレーション・ノヴァ〉の概要がぼんやりと判りかけてきた。

「つまり、〈オペレーション・ノヴァ〉って、日本人を全員、白痴化しようってことなのね」

「マジエル様は、一億総デクノボー化と呼んでいます」

「一億総デクノボー化……」

「それが日本を理想郷にする、唯一の方法なのです。すべての人の速度がのろまに、いえ、緩《ゆる》やかになります。新幹線は必要なくなります。なぜ急ぐ必要がありますか? 人々はゆとりを、自然を取り戻します。化学工場はなくなり、豊かな海岸線が甦り、自動車の総台数も半減されます。日本全体が江戸時代に戻るのです。木と紙の文明を取り戻すのです。そうすれば、もちろんダイオキシンを撒き散らすプラスティックもなくなります。人々は優しさを取り戻します。もう、親が子供を殴る世の中はなくなるのです」

稔美の脳裏に昨日のファゼーロの姿が甦った。

(あたしの胸で涙を流したファゼーロ)

でも……。

「いまさら江戸時代には戻れないわよ」

「戻らなければならないのです」

「やり方がまちがってるわ」

「そうでしょうか」

「あなたたちだけデクノボーになったらどう？　宮沢賢治は〝そういう者に私はなりたい〟って言ったんでしょ。ほかの者を巻き込むことはないわ」

「マジエル様は宮沢賢治の思想を正しく読みとりました。たしかに『雨ニモマケズ』には〝サウイフモノニワタシハナリタイ〟と書かれています。これは個人的な希望と読みとれます。だけど、宮沢賢治が『雨ニモマケズ』を書いた同じ手帳に、この詩の創作準備メモも書かれているのです」

「創作準備メモ？」

「そうです。そこには漢字で〝土偶坊〟と書かれた後に、〝ワ、ワレワレハカウイフモノニナリタイ〟と書かれているのです」

「ワレワレハ……」

「われわれは全員、デクノボーにならなければならない。これが神である宮沢賢治の〝意思〟です」

又三郎は腕を組んで考え込んでいる。

「〈十新星の会〉はもともと〈十力の金剛石の会〉という名称だったんです」

「賢治の作品から取ったのね」

「そうです。しかし、マジエル様が入会されてから会の名称を〈十新星の会〉と改めました」

「どうして？」

「〝十〟は英語の dec を表わしています」

「dec？」

「十、あるいは十倍のことですよ。英語で十年間のことを decade といいますね。一リットルの十分の一は一デシリットルです。十四世紀のイタリアの作家・ボッカチオの書いた『デカメロン』とは〝十日物語〟のことです」

「あたし、語学は得意だったのよ」

「では、新星を英語で何というかご存じですね」

「ノヴァよ。〈オペレーション・ノヴァ〉のノヴァって、会の名前からきていたのね。でもなんでそこに dec がくっつくの？」

「判りませんか？」

「もしかしたら、マジエルが入会したときのメンバーが十人だったんじゃない？　キリスト教団の十二使徒になぞらえて〈十新星〉としたんじゃないかしら」

「〈十新星〉は英語で言えば dec nova です」

「デク・ノヴァ?」

「そう。つまり、デク・ノボーです」

「デクノボー……」

「稔美さん。あなたもそろそろ薬が効いてデクノボーになってきたのかもしれない」

ファゼーロの視線が又三郎を指していることに稔美は気づいた。又三郎は考え事をしていて
ファゼーロの視線に気づいていない。

(でも、おかしい)

又三郎はあたしだけに見える幻覚だ。ファゼーロが又三郎を見ることはできないはず……。

ファゼーロの腕がしなってナイフが飛び出した。ナイフは又三郎に向かって一直線に進む。

(危ない!)

稔美の声に気づいたのか又三郎が飛んでくるナイフに気がついた。危うく一回転してナイフ
を避ける。だが、ナイフは又三郎の腕をわずかにかすめ、又三郎の腕から血が噴き出る。

(血? どうして?)

ファゼーロが次のナイフを投じる。又三郎が避ける。ファゼーロが飛んだ。壁を蹴り、又三
郎に向かってムササビのように腕を広げる。

又三郎が空中でファゼーロに追いつかれる。ファゼーロの手にナイフが現われる。又三郎は

壁に追いつめられたところで壁を蹴り向きを変える。ファゼーロが後を追う。又三郎がファゼーロから逃れるように空中で蛇行する。ファゼーロは一回転して着地し、両腕を縮める。

(ナイフよ!)

経験的に稔美は、ファゼーロの両腕から複数のナイフが飛び出すことを知っていた。

稔美の言葉に又三郎は頷く。

(あ!)

ファゼーロの腕から五本のナイフが飛び出し、そのうちの一本が又三郎の心臓を貫いた。

(又三郎!)

又三郎はファゼーロが投じたナイフによってベッドの柱に磔《はりつけ》になった。

ファゼーロが狂喜した顔で稔美を見る。

「さあ! 約束です! ダイヤモンドの在りかを教えてください!」

首を横に振るだけの稔美の耳に、苦しそうな又三郎の声が届いた。

(北上……)

稔美が又三郎を見ると、又三郎はすでに目を閉じていた。

＊

駅前のレンタカーでカローラを借り、市内にある〈十新星の会〉本部に向かった。

研二がハンドルを握り、助手席に藤崎が坐る。

伊佐土とまゆみはホテルで待機する。

研二たちの車を盛岡署の覆面パトカーが追走する。久保と高島は東京に戻り、引き継ぎを受けた盛岡署の刑事が研二たちに護衛を兼ねて張りついている。

研二は背中の下部、腰の辺りに手裏剣をしまうポケットを取り付けてもらった。手裏剣はナイフのような形状の物で、香取神道流《かとりしんとうりゅう》の流れを汲む、日本最古の物だ。

研二は以前、忍者村に藤崎を訪ねた際、藤崎がナイフのような手裏剣を立ち木に向かって投げているのを見物したことがある。藤崎の投げる手裏剣はすべて、立ち木に印された的を正確に貫いた。

その時まで、研二は手裏剣といえば十字形や星形の小さな物だと思っていた。藤崎によればそれらは八方手裏剣、あるいは十方手裏剣と呼ばれる柳生《やぎゅう》流の物らしい。この手の手裏剣は、どこに当たっても刺さるから刺中率は高いが、風の抵抗を受けやすいので命中率は高くない。

「この手裏剣を使うようなことになっても、ぼくには当てる自信がないよ」

「投げるな。まず相手に体当たりを喰らわせる」

「体当たり？」

「そう。そして相手がお前の体を受け止めている隙に背中の手裏剣で刺すんだ」

「刺すか」

「それをやられたらどんな体術の持ち主でも避けられない」

「わかった」

研二は藤崎の言葉を頭の中で反芻《はんすう》する。

「着いたらどうする、藤崎。忍び込むのか？」

研二は藤崎の巨体を横目で見た。武闘には向いているが、建物に忍び込むには不向きな体だ。

「建物を見てから決めよう」

藤崎が腕組みをしたまま答える。

研二は頷いた。

伊佐土に教えられた住所には部屋番号もビル名も付いていなかった。つまり〈十新星の会〉本部は一戸建てということになる。

東北本線の線路を越えるとビルが姿を消し、民家の数が増える。やがて畑や田んぼが見えてくる。

国道から田んぼの中の一本道に入り、しばらく行くと民家が途絶《とだ》えた。国道の支流らしき立体交差が建設途中で放り出されている。立体交差の下の道は土の道だ。車も、通行人も、工事人夫もいない。道路の周りは雑草が伸び放題に伸びた草原だ。

「あそこに止めるんだ」

藤崎に指示され、研二はハンドルを切り工事中の立体交差の下に車を止めた。

「この先に一軒家が見える。住所から判断してそこが〈十新星の会〉の本部だろう」

藤崎の言葉を聞いて研二の手のひらに汗が滲《にじ》み出た。

「ここからは歩いていこう」

藤崎はそう言いながら車を降りた。研二もエンジンを止め車を降りる。背中の手裏剣に手を当てる。

「手裏剣には触るなよ」

「わかった」

研二は唾《つば》を飲み込む。

「俺たちはあくまで宮沢賢治ファンの旅行者だ」

「そうは見えないな」

研二は、藤崎の肩まで伸びた縮れ髪を見ながら言う。

「そう自分で思いこめばいいんだよ」

「わかった」

ドアを開けた瞬間、椅子に縛られた稔美が見えたら、周囲にいる人間にすべて体当たりをして、後頭部を打ちつけ、気絶させる。気絶しなかったら手裏剣で刺す。たとえ相手が何人いようとできる。こちらには藤崎もいる。研二はそう覚悟を決めた。

「灯《あか》りがついている。誰かいるぞ」

藤崎が研二に確認させるように言う。

二人は一軒家の玄関先までやってきた。〈真鍋《まなべ》〉という個人名の表札の横に、縦五十センチほどの木製の表札が掛かっている。研二はその表札の文字を確認した。

〈十新星の会〉

研二は手のひらの汗をジーパンで拭った。藤崎が両腕を軽く振る。

二人は顔を見合わせる。

藤崎は頷いて〈真鍋〉の表札の下にある呼鈴を押した。

電車が通過する微かな音が遠くで聞こえる。

突然、犬に吠えたてられた。玄関の脇に犬小屋があったのだ。日本犬の雑種らしい中型の犬が犬小屋から姿を現わして、鎖を引きちぎりそうな勢いで二人に吠えたてる。

引き戸ががらがらと開いた。研二は思わず手裏剣に手をやりそうになる。藤崎がさりげなく研二の手を押え、体を半歩前進させる。

引き戸の向こうから顔を見せたのは、五十代後半と思われる痩せた背の高い男である。くすんだ色のズボンと長袖のシャツを着ている。目だけはやけに丸く大きい。

男が姿を現わすと犬はぴたりと吠えるのをやめた。

「どなたですか」

男は主《おも》に藤崎を見ながら、戸惑いを相手に伝えるような口調で訊いた。

「私は藤崎といいます。こちらで宮沢賢治の研究をしていると聞いて伺ったのですが」

「東京の方ですか？」

言葉のアクセントから判断したのか、痩せた男は藤崎の出身地を言い当てた。

「はい」

「ここを誰に聞いてきたのですか。私どもはあまり活動を知られる機会はありませんが」

痩せた男はわずかに引き戸の開け幅を縮めた。

「ジャーナリストの知人に聞いたんです」

「ほう」

男が大きな目を細めた。

「しかし、せっかく訪ねてこられてお生憎《あいにく》ですが、私どもは旅行者の方にお見せするようなものは何もありませんのでねえ」

「今、何をやってらしたんですか」

「今？」

「ええ。いろいろなサイズの靴が四足、玄関に置いてあります」

痩せた男は足下に視線を落とした。

「少なくとも三人の方が、今このお宅にみえていると思いますが」

男は藤崎に視線を戻して言った。

「ちょうど〈十新星の会〉のメンバーが集まっていました」

「よかったら見学させてもらえませんか」

研二が藤崎の後方から声をかける。なんとしてもこの家の中に入らなければならない。

「しかし、そういう事はしていませんのでねえ」

「今日のテーマは何ですか」

「今日は、羅須地人協会の名前の由来についてですよ」

「あれは、ラスキンからきていますね」

「ラスキン？」

「イギリスの批評家です」

「それは、初めて聞いた説ですなあ」

「よかったらお話ししますよ」

研二は痩せた男を見つめた。

痩せた男は口を尖《とが》らせるようにして研二を見つめ返す。

「せっかく東京からいらしたんだ。お茶でも飲んでいってください」

男は締めかけた引き戸を大きく開いた。

痩せた男は研二と藤崎を案内しながら、自分の名を真鍋だと告げた。

研二はなにものも見逃すまいと視線を上下左右に動かしながら廊下を進んだ。

突き当たりの障子戸を開けると、十畳ほどの畳の部屋に、焦茶色《こげちゃ》のテーブルを囲んで三人の男が坐っていた。

いずれも真鍋と同年代と思われる風貌だ。肌寒い日で、部屋の隅には丸い石油ストーブに火が入っている。九月にストーブとは東京では考えられない。

真鍋がメンバーと研二たちを引き合わせる。

背は低いが太り気味の男が谷崎《たにざき》。

谷崎よりも一回り小さな男が梅田《うめだ》。

背が高く、太い黒縁の眼鏡をかけた陰気そうな男が石井《いしい》と名乗った。

「ほかに会員の方はいらっしゃいますか？」

「いえ。これで全員です。こぢんまりとやっております」

「奥様はお留守ですか？」

「家内は亡くなりましてね。子どもたちは大阪と博多《はかた》にいますから、この家には普段は私一人なんです」

「そうですか。立ち入ったことをお訊きして申し訳ありませんでした」

（この男たちが稔美と虹野を拉致したのだろうか？）

穏やかそうな顔立ちをしている人たちだと研二は感じた。だが、疑おうと思えば梅田の笑顔と石井の後ろめたそうな表情が、何かを隠しているようにも思える。

お互いの紹介が終わると研二と藤崎はテーブルの空《あ》いている場所に席を取り、やかんから温いお茶を淹れてもらう。

「羅須地人協会は〈十新星の会〉の原点ともいえるものなんですよ。私らは宮沢賢治の意思である羅須地人協会を、現在にも復活させようという大それた目論見も持っとるんです」

真鍋が藤崎に向かって言う。

「羅須地人協会は宮沢賢治が近所の農民を集めて催していた勉強会で、まあ、今で言えば生涯教育の走りでしょうなあ。宮沢賢治はこの試みに人生を賭けていました」

「羅須という語の由来は判ってないんですか」

「判っていません」

藤崎の大声での質問に真鍋が答える。

「羅須地人協会のメンバーだった菊池信一《きくちしんいち》という人が、直接、賢治に由来を尋ねているんです」

「賢治はなんと答えたんですか」

藤崎が率直に質問を発する。人並みはずれた背の高さが初対面の相手に威圧感を与えるが、率直な話しぶりは好感を持たれるはずだ。

「花巻の町がハナマキというようなものだ。つまり特別な意味はないといっています」

「そうですか」

「でも、伊藤忠一《いとうちゅういち》、瀬川哲男《せがわてつお》といった当時の人たちがいろいろな説を出していましてね、私らもその説に則《のっと》って推理しているんですわ」

「私は、アイヌ語の〈ラス〉からきていると思うんですよ」

小太りの谷崎が陽気な声を出す。

「アイヌ語ですか？」

「ええ。賢治は羅須地人協会でエスペラント語の講義もしていましたからね。アイヌ語にも造詣《ぞうけい》が深かったでしょう」

「どういう意味ですか、アイヌ語でラスというのは」

「松です。花巻の賢治の生家の近くには松があるんですよ」

「しかし、松なんてどこにもあるでしょう。ことさら賢治が松を選んだ理由が判りませんね」

研二の反論に谷崎は口をつぐんだ。

「僕は、ロシア（Russia）から取ったんじゃないかと」

小柄な梅田が顔中皺だらけにして笑顔を作る。

「なぜロシアなんです？」

「賢治はね、トルストイに大きな影響を受けているんです」

梅田はテーブルに両肘をついて手を組み、その上に顎を載せた。

「賢治は盛岡高等農林学校時代に、同人誌『アザリア』を発行しているんですがね、この雑誌の同人の保阪嘉内《ほさかかない》という人がトルストイの熱心な信奉者なんです。賢治も保阪の影響でトルストイをかなり読んでいるんですよ」

梅田はうれしそうに語っている。

「トルストイが『イワンの馬鹿』で描いたような、賢人のいない世界、競争のない、争いのない理想郷が、賢治にイーハトーブを書かせたんです」

「賢人のいない世界ですか」

「ええ、そうです」

梅田と真鍋が目配せをした。

「賢治は『注文の多い料理店』の広告文に、イーハトーブは〝イヴン王国の遠い東と考へられる〟と書いてます。これは日本のイワンということでしょう？　それに別の文には、〝旅人はある時、『戦争と平和』と云ふ国へ遊びに参りました〟と書いています。自分がトルストイの影響下にあることを隠していないんです」

梅田は自信ありげな笑顔を崩さない。

「それ、正解かもしれないですね」

「そうですか？」

研二の言葉に梅田はうれしそうに大きな声を出した。

「でも、ひとつ引っかかるのは、賢治は実際の地名を架空地名に変移させるときに、最初の一字は変えていないんです」

「どういうことです？」

「岩手はイーハトーブ、仙台はセンダード、花巻はハーナムキヤ、またはハームキヤ、東京はトキオと、最初の一字は変えていません。となると、ラスがロシアの変移だとすると、最初の一字はラではなくロでなくてはならないはずです」

梅田は腕を組んだ。

「そう言われると少し変ですね」

「ええ。賢治がイーハトーブ童話を書いていた時期と、羅須地人協会の活動期間は重なっていますから、地名でいくならやはり最初の一字を揃えるという整合性を持たせると思います」

梅田が頷く。

「石井さんは、何かご意見をお持ちですか」

研二は黙っている石井の声や考えも聞いておきたいと思った。話を聞くことができれば、人物を判断する手がかりが増える。だが研二が尋ねても石井は言いあぐねている。黒縁の眼鏡の奥に困惑したような目が覗く。

「石井さんは、漆喰《しっくい》説ですな」

真鍋の言葉に石井は「はあ」と頷いた。

「漆喰説？」

「漆喰壁の下地になっている木舞《こまい》のことをラスというんですよ」

「へえ。そうなんですか」

研二の相槌に石井は弱々しい笑みを返す。

「縁の下の力持ちになろうということでしょうかね」

真鍋が石井の説を補足するように言う。

「でも、宮沢賢治とのつながりは希薄だと思いますね」

藤崎が「失礼」と断わってトイレに立った。頭が天井に届きそうに見える。

研二は藤崎を抜きにして会話を進める。

「真鍋さんのお考えは？」

「羅は密教では盛んな火、太陽を意味します。そして須は悟り。地人は菩薩《ぼさつ》のことです。つまり太陽のように悟った菩薩になろうという願いが込められているんですな。宮沢賢治は仏教に造詣の深い人でしたから、羅須地人という言葉は仏教用語で説明するのが妥当のような気がするのですがね」

「なるほど。深い読みですね」

「おはずかしい」

「しかし、ラとスに別々の意味があると考えるのはどうもすっきりしないような気がするんですが。宮沢賢治の造語で、ひとつの言葉を切り離して作ったものはありますが、くっつけて作ったものはありませんよ、ラとスをくっつけたというような。これはやはりラスというひとまとまりの言葉ですよ」

「はあ」

研二は真鍋の顔を見た。研二の反論に少し不満があるようだ。その表情から推測される真鍋の人物像は、きまじめな文学愛好家の域を出ないように思われる。

「では、あなたのラスキン説をお伺いしましょうか」

真鍋が言うと梅田もうれしそうに研二を見た。

「羅須地人協会は、言ってみれば芸術と労働が目的だといえます」

研二の言葉に皆は一瞬、虚をつかれたような顔をした。

「たしかに、賢治は絵が得意でしたからね」

「そうです。『月夜の電信柱』とか『竜巻あるいは兎』といったプロ級の絵が何枚も残ってますよね。羅須地人協会で賢治は、自作の絵を見せたり、クラシックのレコード鑑賞をしたり、童話を読む会を催したりしています」

「賢治は作曲の才能もありましたからな」

現在でも宮沢賢治作詞作曲の『星めぐりの歌』が、裕木奈江《ゆうきなえ》と細野晴臣《ほそのはるおみ》によってCD化されている。

「ええ。そしてこれらの芸術活動と並んで、もう一つの柱は、農業や衣服、楽器制作などの労働です」

「それは間違いありませんが、それがラスキンという人物とどうつながるのです？」

「ラスキンはもともと美術評論家だったんです。そしてその後、労働者の生活に関心を移していきました」

「美術と労働者ですか。たしかに羅須地人協会の活動内容と重なりますがね、単なる偶然ではないですか」

「そうかもしれませんが、ラスキンは資産家の家に生まれながら、労働者の生活に心を寄せました。そこに、やはり資産家の家に生まれて農民の味方になった賢治が共鳴した可能性もあります」

「時代はどうです？　賢治はラスキンの著作を読むことができたのですか」

「ラスキンは一八一九年生まれですから、賢治より八十年近くも先に生まれています。賢治がラスキンの著作を目にすることは充分にありますよ」

谷崎は腕を組んだ。

「おもしろい説ですね」

梅田が笑顔を崩さずに言う。

「しかし、やはり賢治との関係は希薄なような気がしますがね」

「たしかに、賢治がいうとおり、羅須という言葉にはたいした意味はないのかもしれない」

「いや、意味はあります」

真鍋が真剣な表情で言う。

「宮沢賢治は、無意味な名付け方はしない人です」

研二も真鍋の言葉に異存はない。

『銀河鉄道の夜』の主人公、ジョバンニとカムパネルラも無意味に名付けられたわけではない。カムパネルラはイタリアの哲学者トマーゾ・カンパネルラから取ったものと思われるし、そのトマーゾの幼名がジョバンニなのである。外国人名からの引用は賢治の得意とするところだった。

「ところで、そろそろお開きの時間ですね」

藤崎が戻ってきたところで梅田が言った。石井が腕時計を確認する。谷崎がお茶を飲み乾す。

「中瀬さん、藤崎さん。わざわざ東京からおいでいただいたのにたいしたおもてなしもできないですまんこってす」

「いえ。こちらが勝手に押し掛けてご迷惑をお掛けしました」

「迷惑だなんてとんでもない。楽しいお話を聞けて私らも有益でしたわ」

「そう言っていただけるとありがたいですが」

研二はまだ何か訊き足りない気がして真鍋を見つめた。

「あなた方の目的は何なんです？」

「何か？」

「目的ですか。さっきも言いましたように羅須地人協会の復活ということでしょうかな」

「それは具体的にはどういうことですか？」

「世界平和です」

真鍋の目つきが鋭くなる。谷崎、梅田、石井の顔も引きしまる。

「私ら今はここでおとなしくしとりますが、崇高な目的のために、」

「真鍋さん」

谷崎が笑顔で真鍋の言葉を止めた。

「悪いんですが、もう時間が」

真鍋が頷いた。

研二は藤崎の顔を見る。「このまま帰るしかなさそうだ」。藤崎の顔はそう言っている。だが、研二は自分の目でこの家の中を見なくては帰ることはできないと思った。

「トイレをお借りしたいのですが」

真鍋に場所を聞いて研二は廊下に出た。隣りにも部屋がある。ゆっくり調べ回る時間はない。研二はためらわずにドアを開けた。テレビとテーブルが置いてある。研二は注意深く部屋中を見まわして誰もいないことを確認すると部屋を出た。

この家は二階建てである。

一階には二部屋しかない。研二は階段を上った。ドアが二つ見える。

一つ目のドアを開けると、がらんとした畳部屋である。

押入れがあるからこの部屋に布団を敷いて寝ているのだろう。研二は部屋に入り込み押入れを開けた。布団が詰め込まれていて人が入る余地はない。研二は寝室を出て次の部屋のドアを開ける。

ここは書斎のようである。机が一つと、大きめの本棚が二つ。研二はざっと本棚に目を通す。やはり宮沢賢治関連の本が多い。

「何をお探しですか」

研二は飛び退《との》いた。

「驚かしてしまいましたか？」

「いえ、すいません」

「トイレは一階だと教えたはずですが」

「すいません。聞き間違えたようです」

真鍋は顔をしかめて研二を見つめる。

「さあ、降りてください」

研二は真鍋に従って階段を下りた。

「突き当たりの右側ですよ」

「はい」

研二は廊下を進む。正面のドアを開ける。

「そこは風呂ですよ！」

研二は構わずに中のガラス戸を開ける。

風呂場には誰もいない。

「何をやってるんですか、あなた」

「すいません」

研二は残された唯一の場所、トイレのドアを開けた。

稔美はいなかった。

「帰ってください。さあ、早く」

真鍋の怒気《どき》を含んだ声に促されて研二はトイレのドアを閉めた。

九月九日　木曜日

こいつはよほど弱いんだ。わたくしは心のなかでそっとわらいました。

宮沢賢治『ポラーノの広場』より

稔美は性の実験台にされた。又三郎が消滅した後、ファゼーロはまた稔美の腕に三本の注射をした。

マジエルが開発したという究極の催淫剤。

注射をされてからしばらくすると、稔美から抵抗しようとする気持ちが消えていった。

ファゼーロの静かな、そして執拗な愛撫が行なわれた。

稔美の触覚は以前にも増して感度を高め、ファゼーロの愛撫の一挙手一投足に強い反応を示した。稔美は官能のうねりに溺れ、ファゼーロが放出を終えると痙攣《けいれん》と共に気を失った。

夢の中で稔美は又三郎に助けを求めた。

(又三郎、又三郎、どうと吹いて降りで来《こ》)

風の音がする。

どっど　どどうど　どどうど　どどう

目を覚ましたとき、又三郎が空中で稔美を見ていた。

「又三郎！」

「やあ。起きたかい」

「起きたかいじゃないわよ。あなた、生きてたの？」

「キミが生きてる限りボクも生きてるよ」

「だってあなた、ファゼーロにナイフで串刺しにされて、」

「ボクはキミの幻覚に過ぎないんだよ。幻覚を他人が串刺しにすることなんかできるわけないだろ」

「でも、あなたファゼーロと戦ってたじゃない。ファゼーロにはあなたが見えたんでしょ？」

「まさか。他人の幻覚を見ることはできないよ」

「ファゼーロは絶対あなたを見てたわよ」

「ファゼーロが見てたのは、キミの目だよ」

「目？」

「キミはファゼーロに悟られないようにボクを見ていた。でも、ファゼーロはキミの怪しげな視線に気がついたんだ。ファゼーロはあの時キミにこう言っただろ。〝あなたもデクノボーになったのかもしれない〟」

「そうだったかしら」

「うん。ファゼーロはキミの不可思議な目の動きを見て、キミが精神に異常を来《きた》し始めたと思ったんだ。だから、キミを少しからかった」

「からかったですって」

「だと思う。キミの絶望感を増すために」

「ちょっと待ってよ。あなたはどうなのよ。あなたもファゼーロと戦って血まで流したのよ」

「ねえ。キミに欠けてるものは何だと思う？」

「あたしに欠けてるもの？」

「うん」

「判らないわよ、突然そんなこと言われたって」

「ユーモアのセンスだよ。キミは少し一生懸命すぎて余裕がないんだ」

「この状況で余裕を持てっていうの」

「やればできる」

「ナイフを投げるわよ」

「その調子」

「ふざけないでよ。血を流して死んだ振りをするのがあなたのユーモア感覚だっていうの」

「平たく言えばそうなるかな」

「でこぼこに言ったってそういう事でしょ。だとしたら最低ね、そのセンス。あたしは殺されるかもしれないのよ。ラルゴの暴力の恐怖があなたには判らないの？　それに、あの注射。何度も何度も得体の知れない薬物を注射されて、あたしの躰はぼろぼろよ。そんなときに死ぬ真似をしてあたしをからかうなんて」

「悪かったよ。でも、そう怒らないで。ボクはあの場面では消えるしかなかった。いつまでもキミの視線に不自然な動きはさせられないし、それにキミだってファゼーロとセックスしているところを人に見られたくはないだろ」

又三郎の言葉が稔美の羞恥心《しゅうちしん》を呼び覚ました。意識が朦朧としていたが、やはりあれは現実のことだったのだ。

ドアが開いて三人が入ってきた。

ラルゴ、ビーター、ファゼーロ。

三人の緑色の服は、毎日アイロンをあてられているのか皺が見当たらない。稔美のネグリジェは洗濯さえしてもらえない。下着はつけていないから洗う必要もない。

「腕を出してください」

ビーターが稔美に言う。その手に注射器が握られているのを稔美は見た。

「また注射?」

「ええ。それとも催淫剤なしでしますか」

「もうやめて。なんでマジエルは催淫剤なんて作ってるのよ」

「それが〝神〟の意志だからです」

「あなたたちの〝神〟って宮沢賢治でしょ。彼は禁欲主義者のはずよ」

又三郎が宮沢賢治に関する知識を稔美に送ってくる。

宮沢賢治は、性欲のためにエネルギーを消耗することは最もつまらないことだと考えていた。学校の同僚に(ニュートンは生涯一滴もスペルマを体外にもらさなかった)という話もしている。

中公文庫の『年譜 宮澤賢治伝』には次のような記述がある。

〔ある朝、関登久也は旅すがたの賢治とばったり出あった。

「どちらへおいでになったのですか?」

ときくと、賢治は紅潮した潑剌たる顔で、

「岩手郡の外山牧場へいって一と晩じゅう牧場を歩き、いま帰ったところです。性慾の苦しみはなみたいていではありませんね。」

とこたえた。夜を徹して闘ったのである。

藤原嘉藤治にはこう言っている。

——性慾の乱費は、君自殺だよ。いい仕事はできないよ。瞳だけでいいじゃないか、触れてみなくったっていいよ。——

——おれは、たまらなくなると野原へ飛び出すよ。雲にだって女性はいるよ。——

——花は折るもんじゃないよ。そのものをにぎらないうちは承知しないようでは、芸術家の部類へ入らないよ。」

また、賢治は二十五歳の時、花巻の稗貫《ひえぬき》農学校で、英語、代数、化学、土壌、肥料などの教師になったが（なぜか国語は教えていない）、その時も生徒たちの自慰行為を厳しく諌《いさ》めている。

「宮沢賢治はたしかに初めは禁欲主義者でした。しかし晩年、病いに倒れて床に臥《ふ》しがちになってから、こんな事を言っているのです」

——禁慾は、けつきよく何にもなりませんでしたよ。その大きな反動がきて病気になつたのです。

「マジエル様はこの宮沢賢治の〝悟り〟を大衆に広く浸透させ、深める方法を考え出したのです」

「あたしはごめんよ。あたしで実験するのはやめて」

「実験は成功しています。あなたの反応は被験者の中で最高値を記録しています」

ビーターの言葉に稔美は怒り、耳たぶを赤くした。

「しかもマジェル様の偉大なところは、この催淫剤には持続性があるということです」

「持続性？」

「おそらくもう二、三回の注入で、あなたの性感は永久に最高感度を保ち続けるはずです」

「どうせあたしは死ぬんでしょ」

「そういえば、あなたのご主人があなたを捜して動き回っているようです」

「研二が？　研二は無事なのね。虹野は？」

「虹野君はあなたのお母さんの元にいます」

ビーターの言葉に稔美は全身の力が抜け落ちるような安堵《あんど》を覚えた。虹野は助かった。虹野の命を助けてくれたのなら、この男たちの実験台になった屈辱も報われる。よかった、虹野が助かって。でも、この男たちは、なぜ虹野を助けてくれたのだろう？

「あなたのご主人は〈十新星の会〉に疑いを持たれたようです」

「やっぱり。研二はぼうっとしてるようだけど頭は鋭いのよ。研二はこの場所もきっと見つけてくれるわ」

「それはどうでしょうか」

ファゼーロが中央のソファに坐った。ビーターとラルゴは立ったままだ。

「この場所は表向きは普通の民家です」

「ここ、地下ね。そうでしょ。窓がないもの」

「そのとおりです。民家に地下があるとは普通は思わないものです」

「どうかしら。あの人は普通の人間には思いもよらない突飛《とっぴ》な考えができるのよ」

又三郎が（その調子だ）と言っている。

「研二は絶対〈十新星の会〉の正体を暴くわよ」

「無理でしょう。われわれはダミーを使っていますから」

「ダミー？」

「そうです。〈十新星の会〉は表と裏の二つありましてね。表の〈十新星の会〉はごく普通の文学愛好会です。世界平和を目的に掲げていますがそれはご愛敬で、お茶を飲みながら空想話に花を咲かせるだけの他愛のない会を装っています。真の〈十新星の会〉は裏の方なのですよ」

「それがあなたたちね」

「そうです。われわれは地下に潜りました」

「あなたたちは何人いるの？」

「変動はありますが、裏のメンバーは五、六人と考えて差し支えないでしょう。女性もいますよ」

「ねえ。あなたたちたった五、六人で〈オペレーション・ノヴァ〉を遂行しようとしてるの？」

「充分、可能ですよ。雫石でのアルツハイマー病増加のニュースを見たでしょう？　マジエル様に不可能はありません。それに、われわれの賛同者は今後、飛躍的に増えるでしょう。表の活動も活発にする計画があるのです。そのためにも資金が必要なのです」

「宮沢賢治はあなたたちになんかダイヤを使って欲しくないはずだわ」

「宮沢賢治もあるいは自ら岩手ドリームランド化を目論んでいたのかもしれない。そのためにダイヤを一時的に隠蔽したのかもしれないのです」

「宮沢賢治がダイヤを隠した理由はほかにあるわ」

「どうでしょうか。宮沢賢治がもしわれわれの理想を聞いたら、よろこんで賛同してくれるはずです」

「あなたたちに賛同する人間なんているわけないわ。あなたたちは特殊な存在なのよ。癌細胞《がんさいぼう》と一緒よ」

ファゼーロの目が細くなった。稔美は言いすぎたことに気づいた。

「さあ、あなたはダイヤモンドの在りかを北上とまで思い出しましたよ。しかしこの北上は何を意味しているんですか。北上市ですか。それとも北上高地、北上盆地。あるいは北上川」

稔美は又三郎を見た。

（宮沢賢治は、そしてキミのお父さんは、山でダイヤモンドを見つけたんだ）

（父は本当に七色のダイヤモンドを見たの？）

（うん。綺麗《きれい》だった）

又三郎が思い出すように目を瞑る。

（あなたは見てないんでしょ）

（でも、キミのお父さんが教えてくれた。あの眩《まばゆ》い輝き。そしてキミのお父さんは、その輝きに蓋をした）

（蓋？）

「さあ、思い出してください。北上とは何ですか」

「川だわ。その近くに山がある」

「やはり山ですね」

ビーターの問いかけに稔美は頷いた。

「しかし北上川流域の山といっても範囲が広すぎます。岩手山《いわてさん》ですか。姫神山《ひめかみさん》ですか。それとも駒ケ岳《こまがだけ》ですか」

「ダイヤモンドが見つかったらあたしを殺すの？」

「それは相談です。殺さなくても、あなたの記憶を奪うということで手を打ってもいい」

「記憶を奪う？」

「マジエル様はどんな事でもできるのです」

（希望を持たない方がいいよ。こいつらはキミを殺す方が手っ取り早いんだ）

「判ってるわよ！」

「ほう。やっとマジエル様のお力を認めたようですね」

又三郎に向けた言葉をビーターはマジエルに向けた言葉と勘違いをしている。

「さあ、どの山です。思い出してください」

（猫が守ってる）

（猫？）

（うん。レインボー・ダイヤモンドは猫が守っているよ）

又三郎は山の様子を視覚化して稔美の網膜に送り込んだ。

（これが、ダイヤモンドのある山？）

稔美の脳内で、暗い藪《やぶ》が視覚化した。木が一面に繁っている。ところどころに、大型の猫が徘徊《はいかい》している。

（山猫？）

一匹の猫が稔美を誘導するように、森の中、山の上方に歩き出した。稔美の意識は猫の後を追う。暗闇の中に、ぼんやりと七色の光が見える。

「どうです？　思い出しましたか」

「猫よ」

「猫？」

「山猫のいる場所にレインボー・ダイヤモンドはあるわ」

「山猫がいるのは沖縄だろうが！」

ラルゴが壁を叩いた。

「このアマ、実験が速く効きすぎたんじゃねえのか」

「実験？　なんの実験？」

「〈オペレーション・ノヴァ〉ですよ」

ビーターが注射器を逆さに立て、その先から液を一滴噴射した。

「〈オペレーション・ノヴァ〉をあたしに？」

「はい。マジエル様のお造りになったアルミ溶解水はまだ完成したわけではありません。雫石のアルツハイマー病発生にしても実験段階なのですよ。実は雫石ではほぼ六十歳以上の者にしか液は作用していないのです。だから、あなたにもアルミ溶解水を注入して実験していたのです」

「やめて。それ、毒なんでしょ」

「そうです。大量に摂取しすぎたら死んでしまいます。だからといって少量ずつ摂取していたのでは短期間でアルツハイマー病になることはできません。そのかね合いが難しいのです」

「あたしはまだ三十二歳よ。痴呆症《ちほうしょう》になるには早すぎるわ」

「いやですか？」

ファゼーロが稔美に言った。

「いやよ」

「だったらひと思いに殺してあげましょうか」

ファゼーロが澄んだ目で稔美を見つめた。またナイフが飛んできそうな気がして、稔美は唾を飲み込んでから首を横に振った。

＊

練馬西交番の谷巡査のもたらした情報により、稔美と虹野が拉致された九月一日の午前中に、中瀬家の前に〈やまねこ便〉というロゴの入ったトラックが停車していた事が判明した。目撃したのは、練馬区三原《みはら》に住む一人暮らしの七十二歳の男性である。谷巡査はこの男性と地元の居酒屋で顔見知りだった。久保刑事から「飲みに行くのなら地元の飲み屋へ行くことだ。それが地域情報を収集する地味だが確実な方法だ」と言われて実行していたことが一つの実を結んだ。

この男性は駅前の薬局までティッシュペーパーを買いに行く途中で、中瀬家の前から走り去るトラックを目撃した。その時には「あまり聞かない宅配便業者だな」という感想を持ったものの、運転者の顔を見るでもなく、さして気にも留めずにやり過ごし、そのまま〈やまねこ便〉のロゴは記憶の底に押し込められた。その記憶が谷巡査の情報収集活動によって呼び覚まされたのだ。

担当刑事はすぐにこの情報を捜査本部に報告し、〈やまねこ便〉トラックの割り出し特別班が編成された。

トラックは九月九日木曜日、盛岡署に設置された捜査本部分離支部の刑事たちによって発見された。岩手県雫石の小岩井農場の駐車場に乗り捨てられていたのである。車体は盗難車だった。

捜査本部は直ちにトラック内部の遺留品、指紋の採取、あるいはロゴ塗料の成分特定などを鑑識、科学警察研究所に依頼したが、現在までのところ、犯人グループに近づく手掛かりは得られていない。

また、布施ハルの留守中に、自宅が何者かによって探索を受けた迹《あと》が認められた。金銭を含み紛失したものはなかったので、おそらく中瀬稔美、およびダイヤモンドに関する証拠物品を犯人グループが探索したものと思われた。また、布施ハルが懸賞で当選した旅行券は、何者かによって作為的に布施ハルに送られたものであることが判明した。偽の懸賞によって布施ハルは伊豆に旅行に行き、その足で東京の中瀬家に寄ったのである。

まゆみが新潮文庫『新編　宮沢賢治詩集』を広げる。

「ここ見てください。『春と修羅』の中の『小岩井農場』という詩の一節です」

〔さうです　農場のこのへんは
まつたく不思議におもはれます
どうしてかわたくしはここらを
der heilige Punkt と
呼びたいやうな気がします〕

「なんだい、この英語は」

「ドイツ語です。〝聖なる地点〟という意味です。つまり宮沢賢治は小岩井農場を、聖なる地点と見ていたんです」

「虹野君が発見されたのも小岩井農場の近く、〈やまねこ便〉のトラックが発見されたのも小岩井農場だな。これは単なる偶然か？　中瀬よ」

研二はうつろな目を伊佐土に向ける。

「おい中瀬、頼むからなんか食ってくれ。お前、もう何日、食ってないんだ」

テーブルの上にはルームサービスの四人分のサンドウィッチとオレンジジュース、コーヒーが並んでいる。

「判らない。四日ぐらいかな」

「お前の顔、痩せ細って幽霊みたいだぞ。このままじゃ稔美を助け出す前に死んじまうぞ」

「伊佐土。四日や五日ものを食わなくたって死にはしないぞ」

「お前は鍛えてるからな、藤崎」

「ぼくも平気だ」

研二は四日間、水、お茶以外のものを口にしていない。腹が減ってしょうがない。目の前のサンドウィッチにむしゃぶりつきたい。だが、稔美はきちんと食事ができているのだろうか。もし稔美が食事も与えられずに監禁されているのなら、自分だけ食べるわけにはいかない。

「飢渇丸《きかつがん》でも口に入れるか？」

藤崎が研二に声をかける。

「なんだいそりゃ」

「人参《にんじん》や蕎麦《そば》を粉にして丸めた非常食だ。少量で体力の維持に役立つ」

「いらないよ。それを食べたら食事と同じことになる」

稔美を助け出すという一点に精神を集中させていることによって研二の体力は維持されてい

る。裸に剝かれ、男たちに監禁されている稔美。その地獄から必ず助け出す。

「修羅のようですね」

まゆみが呟《つぶや》いた。

「修羅？」

「インドの鬼神。阿修羅《あしゅら》ともいいます。帝釈天《たいしゃくてん》に対して闘いを挑んだ神。闘いの神です」

ソファに坐っていた藤崎が顔を上げる。

「宮沢賢治も修羅だったんです」

「宮沢賢治が？」

「はい」

「宮沢賢治が何と闘ってたっちゅうんだ？」

「人間の存在とです。いえ、生物全体の存在と闘っていたと言った方がいいかもしれません。一つの生命が存続するには、別の命を食糧として摂《と》らなければなりません。その生命の大前提と、賢治は闘っていたんです」

「何のことだい、そりゃ」

「賢治が菜食主義者だということはご存じですか」

「そうだったな。俺も昨日、『ビジテリアン大祭』を読んだよ」

『ビジテリアン大祭』は、菜食主義者と肉食主義者が、どちらも自分たちの主張の正しさを証明しようとして徹底的な討論を繰り広げる論証劇である。賢治はこの作品で自分の菜食主義の立脚点を余すところなく開陳している。

賢治によれば、菜食主義者の拠《よ》って立つ根拠は二つに分かれる。

一つは予防派、もう一つは同情派である。

予防派というのは、主に健康的観点から肉食を控えようという趣旨であり、同情派というのは、動物を殺すのはかわいそうだという、いわば精神的観点から肉食を控えようという一派である。

賢治は同情派だった。

「賢治は同情を突き詰めて、自分が犠牲になる道を選んだんです。『グスコーブドリの伝記』を思い出してください。あの話は、グスコーブドリという青年が、飢饉《ききん》で苦しむ民を救うために気象変化を起こそうと、火山の爆発の中に身を投じる話でしたね」

「なんだかアトムの最終回のようだな」

「そういえば『山男の四月』に出てくる小岩井農場近くの〝七《なな》つ森《もり》〟も、トトロの森の七国山《しちこくやま》に似ていますね。『銀河鉄道の夜』でカムパネルラが水に落ちるところもトトロと似ていますし」

「賢治の天才的イマジネーションは、後のアニメ作家たちに多大な影響を与えてるのかもしれんな。『銀河鉄道999』にしても」

「はい。そして私が言いたかったのは、賢治は動物を食べるくらいなら、自分が犠牲になった方がましだと考えていたことなんです」

「それがグスコーブドリ、自己犠牲精神か」

「賢治の作品の中でいちばん美しい『よだかの星』も、最後は自己犠牲です」

まゆみは別のページを広げる。


〔ああ、かぶとむしや、たくさんの羽虫が、毎晩僕に殺される。そしてそのただ一つの僕がこんどは鷹に殺される。それがこんなにつらいのだ。ああ、つらい、つらい。僕はもう虫をたべないで餓《う》えて死のう。〕

「虫を食べることを辛く思うよだかという鳥は、最後には自ら命を絶ちます。『なめとこ山の熊』にしてもそうですし、賢治には、自分の命を永らえるためにほかの動物の命を奪うことの葛藤をテーマにした作品が多いんです」

「しかしな、それが何で修羅なんだ？」

「賢治は、肉を食べるわれわれ全員を敵にまわして闘うことを決意していたからです」

「闘う？」

「そうです。〝肉を食べないようにしよう〟という闘いです。闘うから〝修羅〟なんです」

まゆみが本を閉じた。

「なるほど。お前さん、なかなか勉強してるじゃねえか」

「ちがう」

「え？」

「ちがうよ。『春と修羅』の修羅は」

「なんだよ中瀬。このお嬢さんの説で不都合なかろう」

「まゆみと呼んでください」

まゆみが無表情に伊佐土を見つめる。地顔であるその目は潤んでいるように見える。

「たしかに賢治はいろいろなものと闘っていた。自分を認めてくれない中央文壇に決別文を書いたり、肉食人種に対して宣戦布告をしたのも確かだろう。でもこの『春と修羅』だけは違うんだ」

「なぜそう言える？」

「この〝修羅〟は〝春〟と対《つい》になっているから」

まゆみが小さな声で「あ」と呟いた。

「回春、売春、春をひさぐなんて言葉を持ち出すまでもなく〝春〟が性欲を表わすことは昔からの約束事だ。賢治はその春と闘っていた。だから〝修羅〟」

「おいおい、本当かい」

「たぶん、本当ですね」

「『兄のトランク』っていう本によると、賢治は自分の童話を〝童児《わらし》こさえる代わりに書いたのだもや〟と言っている。直接的に解釈すれば、賢治は自分の性エネルギーを童話につぎ込んだとも考えられる。賢治は性欲と闘っていたんだ」

「だとしたら違う意味で驚かされるな。大変なエネルギーだぜ、あの童話の量」

「それが心配なんだ。賢治は晩年には自分の禁欲主義は間違いだったと認めている」

「だからといってお前が心配することじゃねえだろう」

「キリスト系や仏教系、あるいは神道系のカルト教団で、聖典を曲解しているケースはよくあるよ。稔美を拉致した犯人グループも、宮沢賢治の思想を曲解していたらどうなる」

「稔美が性欲の対象になるっちゅうのか。考えすぎだ」

「虹野が〝ママは裸だった〟って言ってる」

まゆみが無意識のうちに右手で口を押えた。

「しかし、ヤクザと宮沢賢治は何の関係もねえって言っただろ」

「ぼくも言ったはずだ。犯人グループがヤクザなら、ダイヤモンドの秘密を探り出すことはできなかっただろう。虹野を解放する場所に〝聖なる地点〟である小岩井農場を選ぶなんて、どうしても宮沢賢治との関連を考えざるを得ない」

四人は押し黙った。

「だがな、〈十新星の会〉はシロだったぜ」

「ほかにないか？　盛岡を中心にして、宮沢賢治と関連した、思想集団のようなもの」

「ねえよ。思いあたらねえ」

「中瀬、お前の方こそどうなんだ。ダイヤモンドの在りかに見当はついたのか」

藤崎が大声で言う。

「俺たちでダイヤモンドの在りかに先回りしてみてもいいんじゃないか」

「稔美は、そこに来るだろうか」

「少なくとも、犯人は来るぞ」

藤崎は研二の顔を見ずに言う。

「判った」

研二が坐り直す。

「賢治が小岩井農場を〝聖なる地点〟と呼んでいることは無視できない」

「おい、ダイヤは小岩井農場にあるってのか」

「そして詩集『春と修羅』の中の〈小岩井農場〉には、どうしてパート五、パート六、パート八が消えているのか」

研二は伊佐土の問いに答えずに話を進める。

「なんだい、そりゃ」

「〈小岩井農場〉はパート一からパート九までの節で構成されている。ところが」

研二は烏龍茶《ウーロンちゃ》のペットボトルに手を伸ばして、少しためらって手を戻す。

「パート五、パート六、パート八が抜け落ちている」

「そりゃ、編集の段階で紛失でもしたんだろう」

「ちがうんだ。原稿には、パート五、パート六、パート八という文字はちゃんと書き込まれている。本文だけが作者の意図で省略されているんだ」

「なぜだ?」

「もしかしたら、ダイヤの在りかが記されていたのかもしれない」

「なんだと」

「別に意識して書いた訳じゃなくても、それと判る描写をしてしまったのかもしれない。推敲《すいこう》の段階でそのことに気づいた賢治が、あわてて削除した」

研二の言葉を咀嚼《そしゃく》するように皆は口をつぐんだ。

伊佐土が自分のバッグの中をごそごそと探っている。

「どうした」

「モバイルだ。お前にやろうと思って買ったんだ」

「モバイル?」

「携帯用パソコンだよ。稔美は自分のホームページを持ってたんだろ。だったらそれを見るのに必要じゃねえかと思ってな」

「それ、高いんだろ」

「今はそんなことを言ってる場合じゃねえだろ。悪いと思ったら後で返してくれればいい」

「判った」

「宮沢賢治の暗号とか何とか、そんな書き込みがなかったか」

伊佐土はB5判のノートパソコンにコンセントを繋《つな》ぎながら訊く。

「稔美宛に来たEメールに暗号のことが書いてあったよ」

研二は伊佐土が起《た》ち上げたパソコンでEメールを確認する。

「たぶん、これだ」

〝星羅〟名義で稔美宛にEメールが二通、届いている。

最初の一通は〈稔美さんのお父さんは宮沢賢治の研究家だったんですってね。宮沢賢治が残した暗号をご存じ？〉という短い文。

次の一通は、その暗号の具体的な説明。


〈宮沢賢治は花壇の設計図を何十枚も書いてるんだけど、その花壇を実際に作ってみると、花が暗号になってるんだな。たとえば瞳はパンジーで睫毛《まつげ》が糸杉、その近くの池が涙を表わしている設計図があるんだけど、花壇全体で仏教の須弥山《しゅみせん》を表現したものだって、宮沢賢治研究家

の畑山博さんが言ってるよ〕

文が途中で画面から切れたので研二はスクロールする。

文全体が現われる。

研二はその画面を凝視する。

「どうした？」

伊佐土の問いかけに研二は気づかない。

「おい」

「あ？　ああ」

「何か判ったのか」

「いや。ちょっと」

「なんだよ」

「いや。今はまだ何ともいえないが」

「何でもいいから言ってみろよ」

「考えがまとまらないな。その前に、賢治の遺言に触れておこうか」

「遺言だと？　賢治は遺言を書いているのか」

「ああ。〝雨ニモマケズ手帳〟と呼ばれてる手帳があることは知ってるか？」

「賢治が『雨ニモマケズ』を書き遺《のこ》した黒革の手帳です」

まゆみが伊佐土に向かって注釈を入れる。

「その手帳の最終ページ近くに残されている書き込みだ」

「岩手山とか、姫神山とか、三十二の山の名称を記して、三十二個の法華経を納めた筒、経筒を、その山に埋めてくれと賢治は書いているんです」

「それが、賢治の遺言か？」

「はい」

「じゃあ、今でも岩手山なり姫神山なりを掘れば、賢治の経筒が埋まってるのか？」

「そういうことです」

伊佐土は唸《うな》り声《ごえ》のようなため息をもらした。

「それだよ。その山のどこかにダイヤはあるぜ」

ドアがノックされた。まゆみがすばやく立ち上がってドアを開ける。

盛岡署の刑事がふたり立っている。臼《うす》のような顔をした背の低い年輩の刑事が大木戸、スポーツ刈りの背の高い若い刑事が織原《おりはら》という名であることを研二は覚えている。

「中瀬さん」

織原刑事が若さに似合わぬゆっくりとした口調で口を開いた。

「犯人グループから電話がありました」

研二と伊佐土が立ち上がった。

痩せた織原に続いて、小太りの大木戸がのっそりと部屋に入ってくる。

「東京のご自宅に、先ほど電話がありまして、練馬西署の刑事が対応しました。もちろん、刑事ということは伏せてあります」

「稔美は？　稔美は無事ですか？」

「無事のようです。犯人グループは身代金を要求してきましたです」

織原に代わって大木戸が答える。

「いくらです」

一億円だったらどうする？　研二にはどうやってもそんな大金を集める力はない。

「二十万七〇〇〇円です」

「二十万……」

「七〇〇〇円だと？」

伊佐土が頓狂《とんきょう》な声を上げる。

「それだけで、いいんですか？」

「なしてそんな中途半端な額を要求してきたのか、犯人グループの意図は判りません。しかしですな、すでに脅迫電話の逆探知に成功しておるのですよ」

「本当ですか」

「ええ。一刻を争う事態ですから、もう東京の刑事たちが現場に踏み込んでいるはずです」

大木戸が織原にも増してゆっくりとした口調で答える。

「どこですか、稔美が監禁されている場所は」

「暴力団の事務所ですよ。田練会っちゅう」

「田練会……」

研二は伊佐土と顔を見合わせた。

九月十日　金曜日

ああ全くたれがかしこくたれが賢《かしこ》くないかはわかりません。

宮沢賢治『虔十公園林』より

睡眠薬が切れかかっている。

稔美は薄目を開ける。だがすぐにまた目を閉じる。

夢か現実か判然としない意識の中で、稔美は数人の人の影を認識する。

中央にいるのはマジエルだ。だが顔の部分は黒い陰になって判らない。

マジエルの周りにはラルゴ、ビーター、ファゼーロがいる。

「私を殴れ」

マジエルがビーターに向かって言う。ビーターは戸惑っている。

「逡巡《しゅんじゅん》するな。お前の心の中にはどす黒い破壊願望が巣くっている。それを解放するのだ」

「はい」

「さあ。私の顔を殴れ。お前の暴力願望を満たしてやるのだ」

ビーターは頷くと叫び声をあげてマジエルの顔を殴った。

マジエルは激しく床に倒れる。

ビーターは肩で息をしている。マジエルがゆらりと起きあがる。

ビーターは怯《おび》えたように後ずさりする。

「さあもう一度、殴るんだ。お前は田練会に怨みを抱いている。いや、田練会ばかりじゃない。お前を拒み続けた家も、学校も、社会も、お前は怨んでいる」

ビーターは拳を固める。

「さあ。殴ることは決して悪いことじゃない。思い切り殴っていいのだ。破壊しろ、すべてを」

ビーターはまたマジエルを殴った。マジエルは倒れるがゆっくりと起きあがる。

顔は見えないが、稔美はその光景をうっすらと視野に捉《とら》えて、マジエルが自分の姿をキリストの復活になぞらえていることを感じた。

「ビーター。お前は選ばれた民だ。お前は私と一緒にニポーネの十人の選ばれた使徒となるのだ」

ニポーネ?

部屋の中には軟らかい光が満ち、幽《かす》かな音楽が聞こえ、ほのかな香りが漂う。

稔美の瞼《まぶた》はふたたび重くなり、意識は完全に途絶える。

稔美は目を開けた。

夢の続きを思い出せない。

マジエルが殴られていたように思える。それともあれは現実のことだったのか？

判らない。

稔美の胸に不安感が広がる。

「又三郎、又三郎、どうと吹いて降りで来」

稔美がパスワードを唱えると、風の音とともに又三郎が現われた。

「あたし死ぬの？」

稔美が又三郎に尋ねた。

「あたしはアルミ溶液を注射されているんでしょ？」

「アルミ溶液、自白剤、催淫剤」

「疲れた。もう生きてなくていい」

「弱音を吐いちゃだめだよ」

「怖いのよ。いつ殺されるか。いつ犯されるか。いつ殴られるか。いつ痴呆になるか。ねえ、あたしはいつ痴呆になるの？」

「それは……」

又三郎が口淀《くちよど》んだ。

「教えて。あなたは全知全能なんでしょ」

「独自の自白剤や催淫剤を開発しているマジエルの能力や、ビーターの口振りからして、たぶん、今日か明日には君の知能は急速に退化する」

「なんですって」

胸に粘土を呑んだような重苦しさに襲われる。あまりにも早すぎる。

「退化って、どうなるの?」

「ご主人や、虹野くんの顔も判らなくなる」

「いやよ、そんなの。研二に会いたい、虹野に会いたい」

稔美の顔が歪む。涙が溢れそうになる。

「あいつらに、ダイヤモンドの在りかを教えようか」

稔美は又三郎を見上げる。

「ダイヤの在りかを教えたら、あたしは殺されるのよ」

「教えてすぐに殺されるわけじゃない。ダイヤモンドが本当にあるかどうか確認するまでは殺されないよ」

「同じことでしょ。いずれは殺されるわ」

「でも、ご主人が、警察を連れてダイヤモンドの場所に先回りしているかもしれない」

又三郎は稔美を見つめる。

「キミのご主人は鋭い人だ、キミがどう思おうと」

「判ってるわよ、あたしだって」

「虹野君はもうご主人の元に戻っているはずだ。虹野君の話から、キミのご主人は、事態の大枠を摑むことになる」

「ダイヤモンドの話を虹野はするかしら」

「虹野君もキミが思っている以上にしっかりした子だよ」

「判ってるって！」

「キミのご主人は、きっとダイヤモンドの在りかを探し出すよ」

「それは無理よ。ダイヤモンドの在りかはあたしの頭の中、つまりあなたしか知らないのよ」

「ヒントはあるはずだ。銀鉄の第五次稿は失われたけど、第四次稿にだってヒントは隠されてる」

「『銀河鉄道の夜』を変に略さないで」

稔美はため息をついた。

「研二がそれに気がつくというの？」

「その可能性に賭けてみよう。もしご主人がダイヤの在りかを解き明かしていれば、そこで〈十新星の会〉のメンバーと遭遇することができる」

「お断わりよ」

「どうして」

「考えてもごらんなさいよ。もし研二が、のこのこダイヤモンドの場所に現われてあいつらに遭遇したら、どうなる？　ラルゴやファゼーロに殺されるだけよ」

「ご主人は警察を連れていくよ」

「警察だって勝てるかしら、ファゼーロに」

「警察は拳銃を持ってる」

「発砲するのって勇気がいるわよ。一瞬でも躊躇したらファゼーロのナイフの餌食になるわ。ファゼーロは躊躇しないもの」

「でもこのまま手をこまねいていたら、キミは確実に死ぬ。その前に、今日明日にも痴呆になるかもしれないんだ」

「でも、研二だけでも確実に生きていた方がいい」

「ダイヤの場所を教えれば、二人とも助かるチャンスが出てくるんだよ」

「二人とも死ぬ可能性だって出てくるわ。そうしたら、虹野はどうなる？」

又三郎は口をつぐんだ。

「だいたいあなた、ダイヤモンドの在りかを思い出したの？」

「いや、まだだ」

「ほらね。それ、ダイヤモンドの在りかをあいつらに教えてはいけないっていうあたしの意思の表われよ」

「思い出そうとすればすぐ思い出せるよ。まず、キミのお父さんは銀鉄第五次稿をどこで見つけたか、それを思い出す」

「どこなの？」

又三郎が空中でぐるぐる回りだした。人差し指を額に当てて停《と》まる。

「うん。思い出したよ。獅子雄さんは〈十力の金剛石の会〉っていう宗教団体に入っていた。この団体は、羅須地人協会や、法華経や、賢治と関わりのある人たちの何人かが寄り集まって発足した会だ」

「宗教団体なの？」

「うん。ご本尊は、〈幻の銀河鉄道〉、つまり失われた『銀河鉄道の夜』第五次稿そのものだった」

稔美は奇妙な感覚に囚《とら》われた。宗教法人は、具体的な信仰対象、すなわち〝ご本尊〟の届出をして初めて法的な宗教組織と見なされる。しかしご本尊といえば仏像などの神像が一般的だ。原稿をご本尊とする教団は珍しい。

「発起人の一人が賢治から遺稿を預かっていた。その人は、賢治から預かったその遺稿を、賢治が遺した大切な遺言と思って祭り上げた。でも、その真の価値には気づいていなかった」

「父は気がついたっていうの？」

「そうだよ。〈十力の金剛石の会〉はあまり活発な活動をしないままに自然消滅してしまった。獅子雄さんはそのあとがまに坐るような形でご本尊、つまり『銀河鉄道の夜』第五次稿を受け継いだんだ」

稔美は肌寒さを覚えた。

「獅子雄さんは潔癖な人だったんだね。ダイヤモンドを放棄するなんて」

「お金には潔癖だった。でも母に暴力を振るったわ」

「それは仕方がなかった」

「仕方ない？　どうして暴力を振るうことが仕方ないのよ」

「知りたい？」

「教えてよ。たとえどんな理由があったって、自分の妻を殴るなんて許せることじゃないわよ」

「キミのお母さんは、浮気をしたんだ」

「なんですって」

信じられない言葉だ。

（あの母が浮気？）

そんな事がある訳がない。

「何かのまちがいよ」

「まちがいじゃないよ」

「あなたの記憶ってけっきょく父に吹き込まれた記憶でしょ。父が勘違いしてるのよ。母は浮気なんかできる人じゃないもの」

「そう言い切れる？」

「言い切れるわよ」

答えた後で稔美は考えた。母は父を好きだったのだろうか？　横暴で、自分勝手だった父を。

「獅子雄さんは変わった人だったけど、キミのお母さんと鳥羽源蔵さんの浮気を見逃すほど鈍い人でもなかった」

「鳥羽源蔵？　だれよ、それ」

「キミのお父さんの相棒だよ」

「知らないわね」

「獅子雄さんと〈十力の金剛石の会〉に入って宮沢賢治の研究に没頭した人だ。でも、キミのお母さんとの浮気が原因で獅子雄さんと袂《たもと》を分かった。獅子雄さんはそのことに気づいて以来、宮沢賢治の研究から手を引いた」

父はなぜ宮沢賢治の研究を突然やめてしまったのか。稔美が長い間抱き続けてきた疑問が又三郎の言葉を信じれば解決される。

「鳥羽源蔵さんはもともと資産家でね。不動産投資に手を出してその資産をさらに増やそうとした。岩手にも東京にもずいぶん土地を持ってたんだ。キミの今の家も元はといえば鳥羽源蔵さんの持ち物だった」

「本当なの？」

「ああ。あのへん一帯はみんなそうだよ。でも、先物取引に手を染めて莫大な損をした。それから没落したんだ」

「信じられないわ」

「キミのお母さんも鳥羽源蔵のお金に目が眩んだのかもしれない」

「やめてよ。知りもしないくせに」

「でも、獅子雄さんが、キミのお母さんを殴るようになったのはそれからだ」

　又三郎が話を終えた。

「ほんとなの」

「本当だ」

「だとしたら、弱い人ね、父って」

　変わってはいたけど、とても強かった父。あれは虚像だったのだろうか。そして、父の暴力に耐えるしかなかった母には、耐えなければならない理由があった。もしかしたら母は、それほど弱い人ではないのかもしれない。

「獅子雄さんはダイヤの在りかを、自分の妻にも教えなかった。キミの記憶の中にだけしまい込んだんだ。そしてそのことを、最後には共同研究者だった鳥羽源蔵に伝えたんだ。心のどこかにキミに伝えてほしいっていう気持ちがあったのかもしれないね」

「じゃあ、その鳥羽源蔵って人も、ダイヤモンドの在りかを知ってるの？」

「いや。キミの脳内にダイヤの在りかが印されているということを知っているだけだ」

「もしかしたらあいつら、鳥羽源蔵から聞いたんじゃない？　あたしのこと」

ドアが開いてビーターが顔を見せた。サンドウィッチとコップに入った牛乳をトレイに載せている。

「前々回の日本の総理大臣は？」

ビーターはトレイを床に置きながら稔美に尋ねる。

「稔美さん。前々回の日本の総理大臣は誰ですか。答えてください」

前回の総理大臣は覚えているが、その前は思い出せない。稔美は又三郎を見る。又三郎は肩をすくめた。教えないつもりらしい。

「判らないわ。なんでそんなこと訊くの」

「痴呆の度合いを確かめるためです。稔美さん、あなたの痴呆は進みつつある」

「こんなに速く？」

「アルミ溶液のほかに、鍋や食器から吸収蓄積された分が効いているのですよ。マジェル様はそこまで計算されています」

「なんとかしてよ。あたしが痴呆になったらダイヤの在りかまで思い出せなくなるわよ」

「マジエル様は痴呆になることによって記憶の制約が取り除かれるとお考えです」

「そんなこと、判らないじゃないの」

「マジエル様に判らないことはないのです。あの方は全知全能です。たとえば」

ビーターは稔美を見ながら、口を大きく開けて笑みを作った。

「あの方は電波の魔術師でもあります。警察の逆探知だって自由に操ることができる」

「そんなことできる訳ないでしょ」

「できるのですよ。今回も、私のささやかな復讐《ふくしゅう》にお力を貸していただきました。あの方は、大いなる慈悲と、軽やかなユーモア精神をお持ちなのです」

「なんなの？　あなたが誰に復讐したの？」

「田練会ですよ」

「田練会って、あなたが恨んでるヤクザの組織ね」

「そうです。マジエル様はヤクザや警察でさえ手玉に取れるのですよ」

「ねえ、誰なの、マジエルって」

「あなたは知らないままに死んでください」

「じゃあ、これだけは教えて。マジエルって、男なの、女なの」

ビーターは稔美の問いかけに答えずに、笑みを浮かべたまま部屋を出ていった。

＊

昨日から警察の情報に振り回されている。

警察は中瀬家にかかった犯人からの電話の逆探知に成功した。

電話は、暴力団田練会本部から発信されていた。


――中瀬稔美の身柄を拘束している。返してほしければ明日の午後八時までに二十万七〇〇円用意しろ。


声は俳優の菅原文太《すがわらぶんた》のものと断定されたが、後に、極めて高度な性能を持つ周波数生成機による合成音であると訂正された。

捜査本部はその日のうちに練馬区田柄《たがら》の田練会本部を強制調査した。だが、稔美を発見することができなかったばかりでなく、脅迫電話そのものが何者かによる逆探知攪乱《かくらん》操作であることが判明した。翌日、捜査本部は事件と田練会とは無関係であると発表した。

身代金として指定された二十万七〇〇円という金額は、宮沢賢治の童話『毒もみのすきな署長さん』の中で、悪徳警察署長があげた不正利益の額、二十両《テール》七十銭《メース》のことではないかと中瀬研二が指摘した。

捜査は再び膠着状態に入ろうとしている。

「おい中瀬、ダイヤの在りかはどこだ。俺たちでそこへ先回りするしかもう手はねえぜ」

カツ丼を食べ終えた伊佐土が研二に持ちかけた。

午後四時。今まで研二に遠慮してサンドウィッチしか食べていなかった伊佐土だったが、体が保《も》たないらしい。

「山の中にダイヤはある」

「三十二の経筒を埋めた山だろ。その中のどれかって事は判ってるんだよ」

「いや、その中のどれでもないんだ」

「なんだと」

「どういうことだ、中瀬」

ソファに横たわっていた藤崎が顔を上げる。

「これを見てくれ。経筒が埋められている三十二の山だ」

研二はコピーした紙を配る。

〈沼森《ぬまもり》、篠木《しのぎ》峠《とうげ》、

岩山《いわやま》、愛宕山《あたごやま》、蝶ヶ森《ちようがもり》、
毒ヶ森《どくがもり》、鬼越山《おにこしやま》、
黒森山《くろもりやま》、上ン平《かみひら》、東根山《あずまねやま》、南昌山《なんしようやま》、
大森山《おおもりやま》、八方山《はつぽうやま》、松倉山《まつくらやま》、
江釣子森山《えづりこしんざん》、堂ヶ沢山《どうがさわやま》、
仙人峠《せんにんとうげ》、束稲山《たばしねやま》、駒形山《こまがたやま》、
岩手山《いわてさん》、駒ヶ岳《こまがだけ》、姫神山《ひめかみさん》、六角牛山《ろつかくうしやま》、
早池峯山《はやちねさん》、鶏頭山《けいとうざん》、権現堂山《ごんげんどうやま》、種山《たねやま》、
物見崎《ものみざき》、
旧天山《きゆうてんざん》、胡四王《こしおう》、観音山《かんのんやま》、飯豊森《いいとよもり》」

続いて各山の所在地を印した地図。

「経筒はかなり広い範囲にわたって埋められてるな。ほとんど岩手県の北半分だ。この中からダイヤを見つけだすのは骨だぜ」

「賢治は暗号好きだった。遺言の中にも何らかのヒントがあるはずだ」

「だから、この三十二の山に絞ることができるんじゃねえのか」

「もしこの山のどれかにダイヤがあるのなら、経筒を埋めた時点で見つかってしまう可能性が

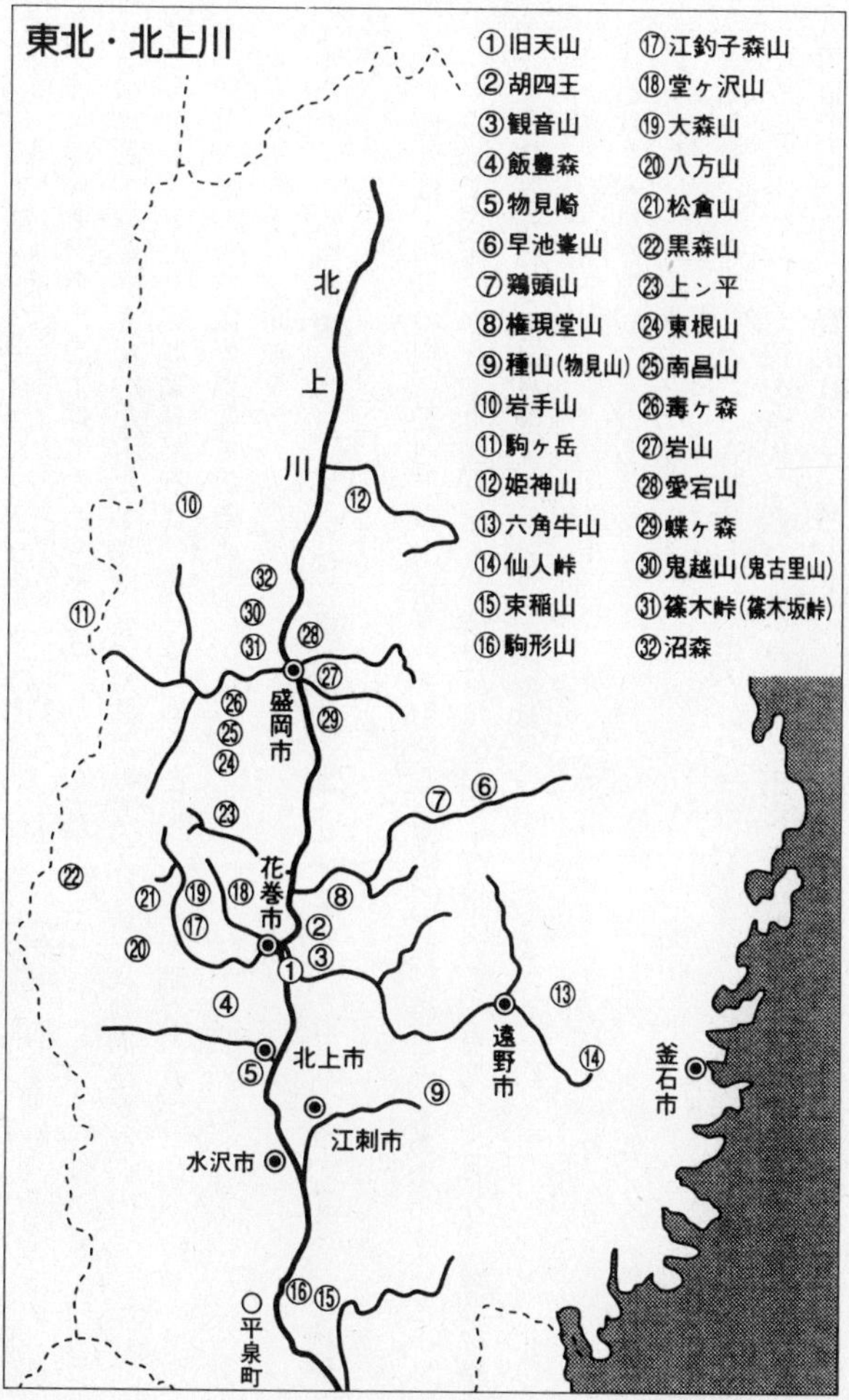
東北・北上川
①旧天山
②胡四王
③観音山
④飯豊森
⑤物見崎
⑥早池峯山
⑦鶏頭山
⑧権現堂山
⑨種山(物見山)
⑩岩手山
⑪駒ヶ岳
⑫姫神山
⑬六角牛山
⑭仙人峠
⑮束稲山
⑯駒形山
⑰江釣子森山
⑱堂ヶ沢山
⑲大森山
⑳八方山
㉑松倉山
㉒黒森山
㉓上ン平
㉔東根山
㉕南昌山
㉖毒ヶ森
㉗岩山
㉘愛宕山
㉙蝶ヶ森
㉚鬼越山(鬼古里山)
㉛篠木峠(篠木坂峠)
㉜沼森
北上川
盛岡市
花巻市
北上市
江刺市
水沢市
遠野市
釜石市
平泉町

出てくるじゃないか」

伊佐土は「あ」と声を上げてから「そうか」と呟いた。

「賢治は隠すのが好きだった。たとえば『銀河鉄道の夜』には、星の描写がない」

「なんだと。そんな訳はないだろう。あれは星の中を走る汽車の話だろう」

「ウソだと思ったら読み返してみろよ」

研二は伊佐土に文庫本を放った。

「銀河を走る汽車の窓から見えるのは、星じゃなくて、すすきや、りんどうの花や、三角標だ」

三角標とは、測量の際に三角点の上に置いて用いる角錐形の標識のことである。

「ここで描写されているすすきやりんどうや三角標が、実は星のことなんだろうな。賢治は星をすすきやりんどうに置き換えた。つまり賢治は星を隠してしまった」

「知らなかったな」

「賢治はなぜ星を隠したんだろうか？」

「判らんよ」

「ダイヤモンドを隠したことを暗示したかったんじゃないかな」

伊佐土の湯飲みにお茶を淹れていたまゆみの手が止まる。

「遺言でも、きっと賢治はダイヤモンドの在りかを隠したんだ。そのものずばりを伝えるんじやなくて、暗示する形にとどめたんだと思う。だから賢治は『銀河鉄道の夜』の第五次稿もけっきょく発表しなかった」

伊佐土は手にしたコピーを振りながら研二に示した。

「じゃあ中瀬、宮沢賢治はこの遺言でどんな風《ふう》に暗示してるんだ？　ダイヤの在りかを」

「簡単なことだ。三十二の山の中にはダイヤモンドはないということを暗示してるんだよ」

伊佐土は手の動きを止める。

「しかし、それじゃけっきょく範囲が無限に広がっただけだろ」

「岩手山、駒ヶ岳、黒森山、駒形山、仙人峠、姫神山を線で結んで見ろよ。ダイヤモンドはこの線の中にある。この遺言は、ダイヤモンドの在りかの範囲を示したものなんだ。どこかに範囲を示さないと、伊佐土の言ったように無限大に広がるだけで探しようがなくなるから」

研二は伊佐土を見つめた。研二は、なぜか伊佐土が少し焦《あせ》っているように思えた。

「しかし中瀬、この遺言からは、それ以上のことは判らんだろ」

「『春と修羅』の中の〈小岩井農場〉を思い出してみるんだ」

「パート五、六、八にダイヤの在りかが記されていたんじゃないかってお前は言ったな。しかしその部分が抜け落ちていたんじゃ話にならねえ」

「それは仕方がない。問題はなぜ賢治が小岩井農場を〝聖なる地点〟と呼んだかだ」

「もしかしたら、小岩井農場そのものにダイヤはあるのか？」

「小岩井農場は観光施設にもなってる。とても隠す場所はないはずだ」

「じゃあ、どうして小岩井農場が〝聖なる地点〟なんだよ」

「たぶん、レインボー・ダイヤモンドが眠っている山が、小岩井農場から見えるんだ」

「なんだと」

「小岩井農場から見えて、しかも賢治が示した三十二の山以外の山。そこにレインボー・ダイヤモンドは眠っている」

研二はしゃべり疲れたのか言葉を切った。

「どこなんだ、その山って」

まゆみがバッグから地図を出してページをめくる。

「小岩井農場から見えて、三十二以外の山って、狼森《おいのもり》とか、割田山《わりたやま》とか、高倉山《たかくらやま》とか、鬼ヶ城《おにがじょう》とか、いくつかありますね」

「どの山なんだ、中瀬。見当はついてるんだろ」

「いま何時だ、伊佐土」

「もうすぐ五時だ」

「そうか。じゃあ、もうそろそろ判るころだ」

「もうそろそろ判る？　どういうことだ」

「今から小岩井農場に行ってみよう」

研二は立ち上がった。

「白鳥さん、悪いが留守番をしていてくれ」

「わたしも一緒に行きます」

まゆみが研二を睨みつけるように言う。

「この部屋を空けるのはまずい。いつ重大な連絡が入るかもしれないんだ」

「でも、携帯を持ってるから連絡はどこからでもつきますよ」

「ぼくたちはこれから山の中へ行こうとしている。電波が通じないかもしれない。それに、犯人グループが直接この部屋にやってくるかもしれない」

「そんなところにわたし一人を残して行くんですか」

「すまない。でも稔美の命がかかっているんだ」

「わたしの命は？」

「まゆみ」

伊佐土がまゆみに呼びかける。呼びかけた後、指で額の脇を掻く。

「この部屋は刑事たちが監視している。滅多《めった》なことはねえよ。それより山へ行く方がよっぽど危ねえ」

「体力には自信があります。わたしこう見えても高校時代、ソフトボール部のピッチャーだったんです」

「あんたは残っていた方がいいな」

藤崎が断を下すように言う。

まゆみは抗議の余韻を残したまま口をつぐむ。

「刑事に伝えてくる」

「待て」

立ち上がりかけた研二を伊佐土が引き留めた。

「警察には言うな」

藤崎の眉が動いた。研二は伊佐土の顔を凝視する。

「俺たちだけで行くんだ」

「どうして。警察に協力してもらった方がぼくたちだって心強いだろう」

「警察は当てにならねえ」

「そんな事はない。もし犯人グループに遭遇して襲われたら、拳銃を持っている警官がいてくれた方がいいに決まってる」

「こっちには藤崎がいる」

「だけど、相手が何人いるか判らないんだぞ」

「だからこそこっちは少人数で行くのがいいんだ。警官を引き連れてのこのこ大勢で行ってみろ、向こうは気づいて姿を現わさねえぞ。そうしたら、稔美にも辿りつけねえんだ」

研二は伊佐土の言葉を検討する。

「それにな、警察は法に縛られて融通が利かねえ。犯人グループの逮捕を見逃すかわりに稔美を解放しろなんて裏取引はできねえんだぜ。いいか。俺たちの目的は犯人逮捕じゃねえ。あくまで稔美の解放だ。そのためには犯人と裏取引しようがかまうこたあねえんだ」

伊佐土は忙《せわ》しなく煙草を吹かした。

研二は藤崎を見た。

藤崎はスポーツバッグを手にして立ち上がった。

「まず伊佐土が玄関から外に出ろ。その後でオレと中瀬が刑事たちに見つからないように裏口から外に出る」

「藤崎」

「中瀬、後はお前の役目だ。ダイヤの在りかは見つかるんだろうな」

「見つかるはずだ。ぼくの考えが正しければ、宮沢賢治はぼくたちに大きな目印を残してくれているんだ」

「大きな目印？　なんだいそりゃ」

「とにかく行ってみよう。白鳥さん、場所は後から携帯で連絡する。そのときには警察に伝えてください。そしてぼくたちに何かあったら、警察に協力して稔美を救出してください」

「藤崎さん」

まゆみは研二の言葉には答えずに藤崎を見た。

「研二さんと、伊佐土さんを守ってください」

藤崎の手が一瞬、動いたように見えた。研二にはその動きがよく見えなかった。

伊佐土が自分の両手を見つめる。今まで伊佐土の手の中にあったコピー用紙が消えている。

研二は自分の背後を振り向いた。

伊佐土が手にしていたコピー用紙が、壁に掛かった山の絵に手裏剣で留められていた。


部屋を出ると廊下には誰もいなかった。盛岡署の刑事たちは隣りの部屋で待機しているはずだ。研二と藤崎はそのまま階段で一階へ下りた。ロビーと逆方向へ歩くと、娯楽室の脇に細い通路があり、右に曲がると従業員用の出入り口がある。

研二の足は自然に速くなる。藤崎を追い越して突き当たりを右に曲がる。

警官が二人、丸イスに坐っていた。一人が立ち上がる。

「中瀬さん、どちらへ行くんですか」

藤崎が、声をかけた警官に当て身を喰らわせた。立ち上がった警官は再び腰を下ろす。向かい側に坐っていた警官が拳銃を抜く。藤崎が右手で警官の額に触れると警官の目が閉じた。藤崎は左手で、抜かれた拳銃をホルダーに戻す。

二人の警官は椅子に坐って気を失った。端《はた》からは目をつぶって休息している程度にしか見えない。

「行こう」

藤崎が従業員用のドアを開けた。白いカローラが停まっていて、運転席に伊佐土が坐っている。

研二が助手席に、藤崎が後部座席に乗り込んだ。

「行き先は？」

「小岩井農場だ」

研二の答えを聞くと伊佐土は無言でカローラをスタートさせた。

東北自動車道盛岡インターから国道、県道で秋田方面に二十分ほど走ると、二六〇〇万平方メートルという広大な面積を有する小岩井農場が見えてくる。

すでに陽《ひ》は沈み、星が姿を見せ始めている。

伊佐土が小岩井農場駐車場の入口で車を停めた。

「どうする。門が閉まってるぜ。営業時間が過ぎたようだ」

「これに着替えろ」

藤崎がスポーツバッグから黒いジャケットとジャージを三人分、取り出す。

「黒装束は忍者の正規の服装だったな」

「夜は保護色になる。それに、黒い軍手と登山靴だ」

「俺の足のサイズや服のサイズを知ってるのか」

「中瀬の分も伊佐土の分も寝ている間に測らせてもらった。靴の内側に蠟を塗っておいたから靴擦れはしないはずだ。心配ならあらかじめ靴擦れしそうな場所にバンドエイドを貼っておけばいい。それから伊佐土、お前はもう少し痩せた方がいい」

説明しながら藤崎は車の中で器用に着替えを済ませた。

伊佐土はカローラを静かに発進させた。人影の最も少なそうな場所を探して停める。

着替えを済ませると三人はカローラを降りた。

二メートルぐらいの高さの白い柵が小岩井農場を囲んでいる。

まず、研二が柵を越える。続いて藤崎が柵の上に立ち、伊佐土を引っ張り上げる。

伊佐土が土の上に墜《お》ちて音をたてる。

「痛てえ」

伊佐土が腰をさすりながら立ち上がる。

陽は完全に沈んでいるが、研二の目の前に広大な草地が広がっているのが判る。その彼方に、山々の黒い影がそびえ立っている。

頭上には満天の星。

「中瀬、どの山だ。ヒントはどこにある。お前はたしか、『銀河鉄道の夜』の中に、暗号を解く鍵があるって言ってたな」

「三角標だ」

「え？」

「『銀河鉄道の夜』では三角標が繰り返し出てくるんだ。三角標というのはもともと測量で使う道標のようなものだよ。『銀河鉄道の夜』の中では、たとえばこんな風に三角標は出てくる」

研二は『銀河鉄道の夜』の一節を暗唱する。

〔そしてジョバンニはすぐうしろの天気輪の柱がいつかぼんやりした三角標の形になって、しばらく蛍《ほたる》のように、ぺかぺか消えたりともったりしているのを見ました。〕

「それのどこが鍵なんだ？」

「伊佐土。お前が買ってくれたノートパソコン、あの中のメールを見たとき、ぼくには判ったんだ」

「花か。賢治は花壇の中に暗号を隠していたんだったな」

藤崎が伊佐土に代わって言う。

「しかし、この暝《くら》さじゃ花を見分けるのは骨だぜ」

「ぼくが注目したのは花じゃない。スクロール記号なんだ」

「スクロール記号？　なんだいそりゃ」

「画面を高速移動するときに、三角の黒い矢印記号をクリックするだろ」

「ああ」

「あの形を見て、判ったんだ」

「なにが判ったんだよ」

「賢治はぼくたちに大きな矢印を遺してくれたんだよ」

「大きな矢印？　どこにある。見えるのか、こんな暝くても」

「ああ。暝い方がよく見える」

賢治は夜空を見上げた。

「『銀河鉄道の夜』の中にこういう一節がある」

〔そしてジョバンニは青い琴《こと》の星が、三つにも四つにもなって、ちらちら瞬《またた》き、脚が何べんも出たり引っ込《こ》んだりして、とうとう蕈《きのこ》のように長く延びるのを見ました。〕

「お次はこれだ」

〔ぼく、水筒《すいとう》を忘れてきた。スケッチ帳も忘れてきた。けれど構わない。もうじき白鳥の停車

場だから。ぼく、白鳥を見るなら、ほんとうにすきだ。川の遠くを飛んでいたって、ぼくはきっと見える。〕

「そして最後」

〔もうじき鷲《わし》の停車場だよ。〕

「それが何だってんだ？」

「そうか」

藤崎が呟いた。

「夏の大三角形……」

藤崎の言葉に研二は頷いた。

「青い琴の星。これは琴座のベガのことだ。中国では織女星と呼ばれている。つまり織姫《おりひめ》様だ。鷲の停車場は鷲座を表わしている」

「鷲座のアルタイルは牽牛星《けんぎゅうせい》。つまり彦星《ひこぼし》か」

「そう。そして白鳥は白鳥座のデネブ。この三つの星を結ぶと、ちょうどスクロールの三角形の形になる」

「それが、夏の大三角形か」

伊佐土が北の空を見上げる。

「天の川が見えるな」

「あれは北上川を表わしている」

夜空に現われた、宮沢賢治が仕組んだ壮大な地図……。

「中瀬。星の位置は季節や時間によって違うぞ。宮沢賢治が意図した大三角形は、いつの星の位置か判らない」

藤崎が研二に言う。

「九月上旬。そう考えて間違いない」

「今日は九月十日だな。ちょうどいい季節か。しかしなぜそう言える」

「『銀河鉄道の夜』の季節ははっきりしないんだ。たとえば新潮文庫版の一九六ページにこういう描写がある」

〔氷山にぶっつかって船が沈《しず》みましてね、〕

「これは一九一二年のタイタニック号の遭難のことなんだ」

「本当かい」

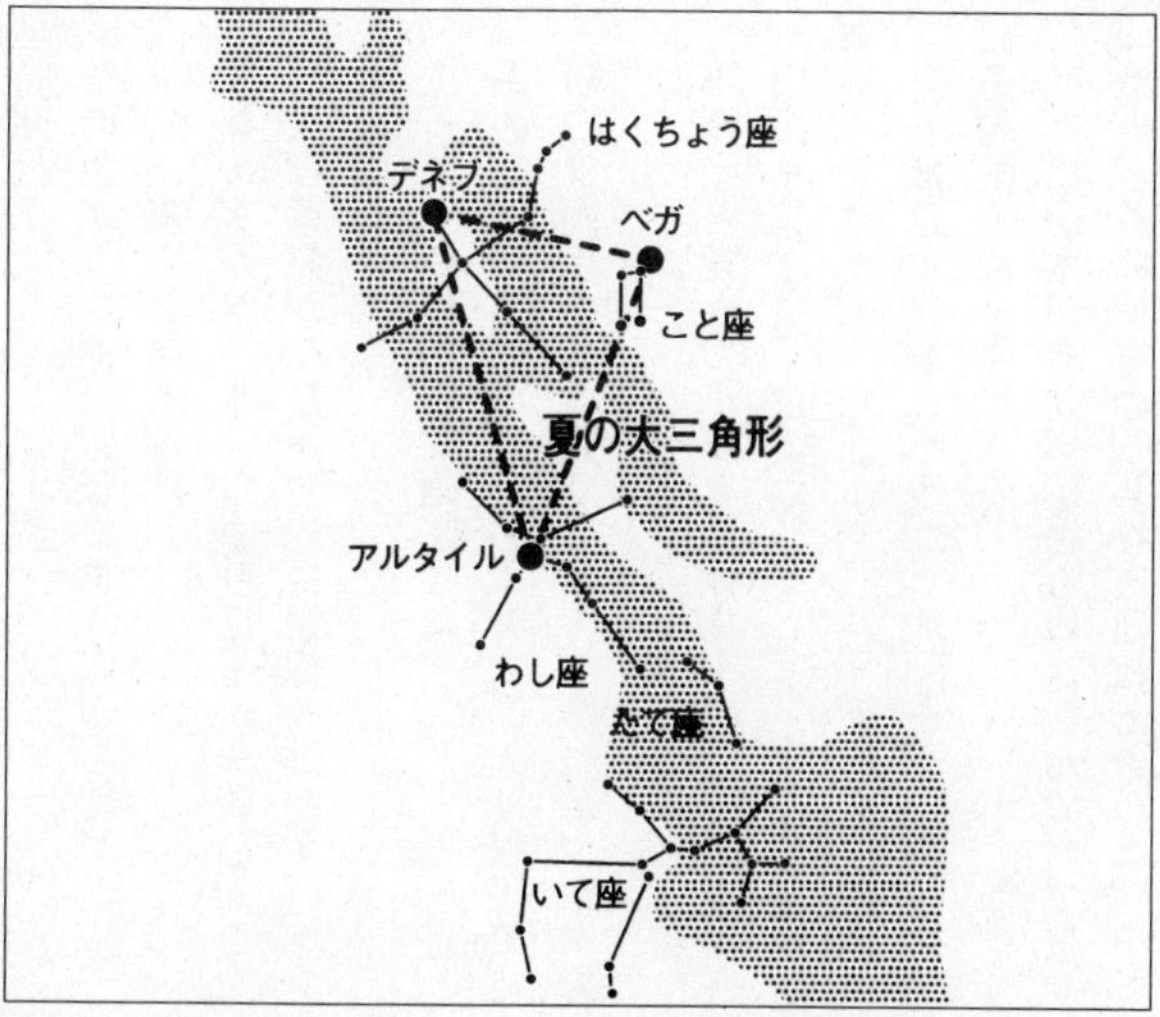

「ああ。そしてタイタニックが遭難した日時は四月十四日の午後十一時四十分だ」

「ちゅうことは、季節は四月かい」

「ところが、一七五ページには、カムパネルラが『もうすっかり秋だねえ』と言っている」

「どっちが本当なんだ？」

「夏の大三角形が出てくる以上、季節は夏だよ。でも、かなり秋より、つまり九月に入っているということだ」

「夏休みの出来事っちゅうことはないのか？」

「ジョバンニやカムパネルラは授業を受けているから夏休みではない」

「じゃあ逆に十月かもしれねえ」

「東北地方の秋は早い。十月だと逆に冬に近い印象だ」

「時間は？」

「空の色が〝桔梗色《ききよう》〟、つまり青から紫だから、日没後間もないはずだ」

研二は夜空を見上げた。

「鷲座のアルタイル、つまり彦星が矢印の向きを表わしている」

三人は彦星が指し示す先に視線を動かす。

「あの山だよ」

三人は一つの山影を確認した。

「あの山にレインボー・ダイヤモンドは眠っている」

研二は両手の拳を握りしめて、覆いかぶさってくるような山影を見つめた。

小倉山《こくらやま》と並んでそびえる標高一〇〇〇メートルを越す大倉山《おおくらやま》。

山の麓《ふもと》でカローラを停めると、山を囲む古びたロープが張り巡らされていた。この山は私有地のようだ。

三人はロープをくぐった。地図を懐中電灯で照らして、山道を登り始める。登山口からすぐに急勾配の樹林帯に入る。

所々に倒木があり、足場もぬかるんでいて登りにくい。

「おい、藤崎、もっと楽な道はねえのかよ。小学校の遠足で歩いた山道はもっと平坦で気持ちよかったぜ」

「伊佐土。登山コースの平坦な林道にダイヤがある可能性はないだろ」

藤崎の言葉に研二が頷く。

三十分近く登ったところで、藤崎が足を止めた。

「どうした」

研二も伊佐土も立ち止まる。

「草を踏む音がした」

「俺だよ。さっきから草や枯れ木や小石を何度も踏みつけてる」

「オレたち三人以外の音だ」

藤崎の言葉に研二の背中が軽く震える。

「やつらか？」

「判らん。音は消えた」

藤崎がまた歩き出した。

しばらくすると、研二にもはっきりと判る物音がした。

猫が山道を横切った。都会で見かける野良猫より、二回りは大きな猫だ。

「猫だよ。この山には猫がいるんだ。さっきのは猫の足音だぜ」

手と足を使った全身運動で登山を続けると、また猫が現われた。先ほど見かけた猫よりさらに大きな猫。

「この山には猫が多いな」

研二が呟く。

「賢治の童話に山猫の話がなかったか？」

伊佐土が荒い息を吐きながら言う。

「『どんぐりと山猫』という作品がある。『注文の多い料理店』のレストランの名前も〈山猫軒〉だよ」

「こいつらも山猫か？」

「ああ」

藤崎が頷いた。

「学術的にいえば山猫と呼べるのは日本ではイリオモテヤマネコとツシマヤマネコしかいない。だけど一般的には、イエネコ以外の野生の猫を山猫と呼んで差し支えないだろうな」

宮沢賢治もこの山を登ったのだろうか。この山で山猫に出会って、それで山猫の話を書いたのだろうか。

「おい、石に印が書いてあるぜ」

伊佐土が携帯用豆電灯の灯りを頼りに足元を見る。

人が坐れるほどの石に、矢印が書かれている。

「道に迷うのを防ぐために先人が書き残してくれたものだ。このへんもまだ人が通るんだよ」

「こんな道をね」

伊佐土が倒れ込むように石に手をつく。

「もっと道を外れよう。こんなところにダイヤはない」

藤崎がさらに原生林に足を踏み入れる。

「おい中瀬、何かヒントはねえのか。こうやたらに歩き回るにはこの山は広すぎる」

どれぐらい歩き回っているのだろう。三十分か、あるいは二時間ぐらい過ぎたのかもしれない。研二は時間の感覚を失いつつある。

「何か目印があるはずなんだ。『銀河鉄道の夜』にはこういう描写がある」

〈向うとこっちの岸に星のかたちとつるはしを書いた旗がたっていました。〉

「それか？　星の形とつるはしが書かれた目印があるってのか？」

「それは判らないけど、何らかの目印はあるはずだ」

「しかしなあ、」

「広かろうが何だろうが探すしかない」

研二が先頭に立って歩き出した。

藤崎が続く。伊佐土も腰を上げる。

微かに人の匂いのする小道や、人跡《じんせき》未踏《みとう》と思われる原始林が交互に現われる。

矢印のある石や、小さな祠《ほこら》、あるいは〈小倉山↓〉と書かれた指道標などを過ぎると、ハイマツ帯が現われる。

「このあたりが森林の限界点だろう。この上は岩肌だ」

藤崎の言葉に伊佐土がばたりと倒れ込んだ。

「疲れた。いま何時だ？」

研二は腕時計を見る。

「八時半だ」

そう言ってから自分の言葉に違和感を覚える。

「八時半だと？　そんな訳はないだろう。俺たちゃ七時近くにこの山に入って、もう三、四時間は歩き回ってるはずだ」

伊佐土がポケットから懐中時計を取り出す。

「何時になってる？」

伊佐土が懐中時計を研二に見せる。

八時三十分。

「藤崎。お前の時計は？」

「八時二十六分だ」

数匹の猫が三人を取り囲んでいる。

「どういうことだ。どうして全員の時計が狂っちまったんだ？」

「どうして時計が狂ったって判る」

研二が星灯りの下で静かに言う。

「狂ったのはぼくたちの方かもしれない」

星灯りだけが頼りの暗い山の中での彷徨《ほうこう》。すでに電波も通じない。時間の感覚が麻痺したとしても不思議ではない。三、四時間も歩き回ったと思っていたものが、実は二時間も歩いていなかったということはあり得るのだ。

「いま何時なんだ。狂ったのは、時計なのか、俺たちなのか、どっちなんだ」

「午後十一時を過ぎている」

藤崎が答える。

「なぜ判る」

「猫の眼だ」

「猫の眼？」

研二は自分たちを取り囲んでいる猫たちの眼を見つめた。

「忍者は猫の眼の瞳孔の開き具合によって時間を知ることができる。瞳孔が細く見えるとき、楕円形に見えるとき、丸く見えるとき」

「ほんとかい」

「忍術はもともと山の中で発達した総合武術だ。実戦に即している」

「だとすると、やっぱり時計が狂ってるってことだな」

「ああ」

「なぜ狂ったんだ」

「強力な磁場《じば》に踏み込んだらしいな」

「おい、時計を狂わすほどの強力な磁場なんて」

「たぶん、隕石から発せられている磁力の結界だ」

「隕石……。賢治のダイヤがこの辺りにあるっちゅうことか」

「そうなる」

猫たちが歩き出した。

いちばん大きな猫を先頭に、同じ方向に歩き始めている。

「猫たちが歩き出したぜ」

「どうしたんだろうな」

「猫は磁場に敏感なんだ。そのことと何か関係があるのかもしれない」

「ついて行こう」

研二は猫たちの後を追って足を踏み出した。

伊佐土が立ち上がる。藤崎は二人が歩くのを待って歩を進めた。

三人は無言で猫たちの後を追っている。

宮沢賢治が見つけたという七色のダイヤモンド。そのダイヤモンドが、近くにあるのか。

風が研二の頬をたたいた。

枯れ葉が舞う。夜の山の寒さを思い知らされる。

ジャケットの襟口の隙間を両手で合わせながら研二は進んだ。

伊佐土が木の根に躓《つまず》いて転倒した。その響きに驚いて、いままで同じ方向に歩いていた猫たちが、四方に散らばった。

三人は動きを止める。

「すまん」

伊佐土が立ち上がって謝る。

「どうする。どっちに進む？」

伊佐土が藤崎を見た。藤崎は答えない。

「研二、目印は？　何か目印はないのか」

あるような気がする。それも、すでに眼にしている……。

「宮沢賢治はダイヤモンドを隠したはずだ。誰の目にも触れないように」

「だから、それをどうやって見つけるんだよ」

何かが記憶に引っかかる。すでに見た何か。見たときに覚えた違和感。

「宮沢賢治はどうやってダイヤを隠したんだよ」

伊佐土の声は苛立《いらだ》っている。

違和感。あるべきではない場所にある物。

隠す……。被せる……。

「そうか。判ったぞ」

「判った？　何が判ったんだ」

「祠だよ」

「祠？」

「そうだ。登山道もない場所に、どうして祠なんかあるんだ？」

研二の言葉を聞いて伊佐土が走り出した。

「どうした伊佐土」

研二と藤崎が伊佐土の後を追う。

「祠かよ。気がつかなかったぜ」

伊佐土の独り言が聞こえる。

祠が見えたと思ったとき、研二は足を滑らせて転んだ。研二は藤崎に抱きかかえられる。

「ごめん。だいじょうぶだ」

伊佐土が祠にたどり着いた。祠の周りには猫がたむろしていた。研二が後ろから声をかける。

「猫がいるぞ。もしかしたら隕石の中に猫を引き寄せるマタタビに似た成分があるのかもしれない」

伊佐土は研二の言葉に答えずに、祠の扉を開けてすぐに閉める。猫が逃げる。

伊佐土が振り返る。

「伊佐土、ダイヤモンドは?」

伊佐土が屈託のない笑顔を見せる。

「なかったよ」

「そうか」

研二は立ち上がる気も起きなかった。絶対にここしかないと思ったダイヤモンドの在りか。

その祠にも、ダイヤモンドはなかった。

研二の脳裏に、七色の光が射し込んだ。

(この光は、すでに見た光だ)

レインボー・ダイヤモンドの光。

(どこで見た?)

すでに見たものが、わずかな時間遅れて研二の脳に再現された。ほんのわずかな時間、遅れて……。

（いま見たばかりだ）

この光を見たのは、伊佐土が祠をあけたとき……。

「伊佐土」

研二は立ち上がり、伊佐土の顔を見つめた。伊佐土の顔が幽かに強《こわ》ばる。

「ダイヤはその祠の中にあるはずだ。光が漏れた」

伊佐土が祠を隠すように後ずさる。

「なぜ隠す」

伊佐土が全身の力を抜く。

「お前だったのか」

伊佐土の顔から表情が消える。研二の後ろで、藤崎が手裏剣を手にした。

九月十一日　土曜日

小十郎は熊どもは殺してはいても決してそれを憎んではいなかったのだ。

宮沢賢治『なめとこ山の熊』より

夜中の十二時を過ぎていた。

稔美は不安感からパスワードを唱えて又三郎を呼び出した。

「もうじきあいつらが来るわ」

稔美の躰の細かい震えが止まらない。昼夜を問わず三時間ごとに〈十新星の会〉メンバーの尋問を受けていた。空調設備は稼働しているが、薄く短いネグリジェ一枚の稔美には充分な温度ではない。

足の傷の出血も止まらない。包帯が血で染まっている。

(たぶん薬物のせいで止血機能が低下してるんだわ)

三時間ごとに三本の注射を射たれていた。このところ全く眠くならないところをみると、薬物の中に覚醒剤が加えられたのかもしれない。意識が混濁したり興奮状態になったり、精神に異常を来《きた》し始めていると自分でも感じる。

「もう、教えようよ、ダイヤモンドの在りかを」

又三郎の言葉に稔美は首を横に振った。

「それだけはダメ」

稔美は荒い息をしながら言う。

「でも、このままじゃ死ぬのを待つばかりだよ」

「しょうがないわ。あたしは充分がんばったのよ」

これ以上がんばれない。稔美はそう思い始めている。

「まだやるべき事はあるよ」

「何をやっても無駄よ。あたしは監禁されているのよ」

「あいつらの崇拝するマジエルの化《ば》けの皮を剝いだらどうなる？」

「マジエルの？」

又三郎は空中で頷いた。

「どうやって？　あたしたちはマジエルが誰かも知らないのよ」

「でもその思想は知っている。その矛盾点をあいつらに提示すれば」

「無駄よ。あいつらに何を言っても無駄。あいつらはマジエルに騙《だま》されてるのよ。ほかの人間の言うことなんか聞こうともしないわ」

「でも、何もしないよりはいい」

稔美は又三郎の顔を見つめた。又三郎は笑顔を見せた。

「少しでもあいつらの頭の中に疑問符を植えつけられれば、それはきっと無駄にはならないと思う。警官が踏み込んできたときに、ファゼーロが一瞬ナイフを投げるのを躊躇する原因になりうるかもしれない」

「又三郎、あなたって、まだ諦《あきら》めてないのね」

「ボクはキミのご主人を信じてるからね」

「あんなデクノボーを信じてるの？」

「答えはキミがよく知ってる。ボクはキミ自身なんだから」

ドアが開いて三人が入ってきた。

ファゼーロ、ビーター、ラルゴ。

「マジエル様があなたと結合をしたいとおっしゃってます」

ビーターが口を開く。又三郎が眉間《みけん》に皺を寄せる。

「あなたの準備はいいですか？」

稔美は首を左右に力無く振る。

「いけません。マジエル様には最高のおもてなしをしなければ」

「抵抗するわ。マジエルはそれでもあたしを力ずくで犯すつもり？」

「マジエル様は、長い間あなたを所望しておられたのです」

「長い間？」

ビーターは頷いた。

「誰なの、マジエルって。あたしの知ってる人間なの？」

「マジエル様を気持ちよく受け入れる準備をしてください。マジエル様に悲しい思いをさせてはいけません。これは宮沢賢治の思想の実践なのです。マジエル様を、快くその躰でお迎えするのです」

「ただやりたいだけなのね。マジエルって、それだけの奴なのよ」

「いけませんか？　宮沢賢治は性欲を抑えてはいけないという悟りに達したのです」

「いやがる相手をむりやり犯すのが宮沢賢治の悟りだっていうの？　マジエルはただの犯罪者よ」

「決して理解できないでしょうね、あのお方の思想は」

（本名で呼ばせるんだ）

又三郎が稔美に思念を送る。

（マジエルの本名をこいつらに思い出させること。それが〝マジエル〟という言葉の呪縛《じゅばく》を解く鍵になる）

稔美は頷いた。

「マジエルの本名は？　マジエルにも戸籍上の名前があるんでしょ。教えてよ」

「あのお方はマジエル様です。それ以外のものではありません」

「あなたたち判らないのよ。狭い世界に閉じこもってるから。マジエルに呪縛されてるんだわ」

「マジエル様といえ！」

ラルゴが稔美の首を右手で絞めた。息ができない。

「殺すなよ。マジエル様が思いを遂げるまでは」

ビーターの言葉にラルゴは手を離した。

稔美はむせ返る。

「マジエルは暴力の好きなテロリストよ。そのことが判らないの？」

「マジエル様は優しいお方です」

「あたしと虹野を暴力で拉致したじゃないの」

「マジエル様の目的は日本を理想郷にすることです。そしてその姿を世界の人たちが眼にすれば、世界平和への緒《いとぐち》になります。その崇高な目的のためには、あらゆる犠牲が許されます」

（『雨ニモマケズ』を思い出させるんだ）

又三郎が空中を漂いながら言う。

「宮沢賢治だったら人を犠牲にしないで自分が犠牲になるはずだわ。『雨ニモマケズ』を読めば判るでしょ」

「『春と修羅』はどうです？　修羅は闘いの神です。宮沢賢治は自ら修羅になっているのですよ」

（『春と修羅』は平和の詩《うた》だよ）

又三郎が送ってくる思念を稔美は読みとってゆく。

「『春と修羅』にはこう書かれているわ」

〔じぶんとひとと万象《ばんしょう》といっしょに
至上福祉《ふくし》にいたらうとする〕

「宮沢賢治は人間の深淵に潜む本質を隠そうとはしていません。マジエル様はそのことにお気づきになりました」

ビーターの視線は定まっていない。どこを見るともなく歩き回って喋っている。ラルゴは腕を組んで足を開いて立っている。ソファに坐っているのはファゼーロだけだ。

「深淵をのぞきこむとき、その深淵もこちらを見つめているのだ。ニーチェが『ツァラトゥストラかく語りき』で語っている言葉です。『セロ弾きのゴーシュ』にはこういう描写があります」

〔猫はばかにしたように尖《とが》った長い舌をベロリと出しました。

「ははあ、すこし荒《あ》れたね。」セロ弾きは云いながらいきなりマッチを舌でシュッとすってじぶんのたばこへつけました。さあ猫は愕《おどろ》いたの何の舌を風車のようにふりまわしながら入口の扉《と》へ行って頭でどんとぶっつかってはよろよろとしてまた戻《もど》って来てどんとぶっつかってはよろよろまた戻って来てまたぶっつかってはよろよろにげみちをこさえようとしました。

ゴーシュはしばらく面白そうに見ていましたが
「出してやるよ。もう来るなよ。ばか。」

セロ弾きは扉をあけて猫が風のように萱《かや》のなかを走って行くのを見てちょっとわらいました。」


「人間とは本来このように残酷なものなのです」

稔美は答えるすべが判らず又三郎を見た。

又三郎が稔美に思念を送る。稔美は頷いて又三郎から送られた思念を言葉にする。

「人間の道徳規範も時代によって変わるものよ。今から百年前のベストセラーの『ソロモン王の洞窟』にこんな一節があるわ」

稔美はハガードの冒険小説の一節を暗唱する。

「これだけの象の大群を、一発の射撃も加えずにやりすごすのは、私の良心が許さなかった。……私たちは起きて狩りの準備をととのえた」

「宮沢賢治が残酷だった訳じゃないわ。当時では普通の感覚だったのよ」

「かもしれませんが、それは人間がもともとは残酷なものだという証拠にもなりますね。だとしたらわれわれは、その残酷さを見つめる勇気を持たなければ至上幸福は得られません」

「だったら見つめるだけにしたら？　実行することないでしょ」

「あなたは世の中がこのままでいいと思っているのですか。ダイオキシンのような環境汚染や、未だに戦争で使用されている地雷や銃などの武器、あるいは戦争もしていないのに、細菌兵器の開発に余念のない優秀な国家」

「そして、あなたたちのような愚かなテロリスト」

「なんだと」

ビーターが手でラルゴを制する。

「そんな悲劇が、マジエル様の指導によって一瞬のうちに消え失せるのなら、多少の殉教者は必要なのではありませんか？」

「あなたも痴呆になるのよ。その若さで、あなたも痴呆になってもいいの？」

「われわれは指導層です。痴呆にはなりません」

「なんですって」

「われわれは指導層として、痴呆になった民を見守ります」

「それがマジエルがあなたたちにまいた餌なのね。自分たちだけが地獄を見物しようってわけ？」

「今が地獄なのです。われわれが見物するのは天国ですよ」

ビーターが緑色の服のポケットからロープを取り出した。

稔美は又三郎の顔を見た。又三郎は空中で動きを止めている。

「手足をベッドに縛らせてもらいます。マジエル様に嫌な思いをしてほしくありませんから」

「やめて」

ビーターがロープをラルゴに渡す。ロープを受け取るとラルゴは輝くような笑みを浮かべた。

「横になれ」

「ダイヤの在りかを思い出したわ。聞きたくないの？」

「それは聞きたいですね。しかしすべてはマジエル様にお任せしましょう。われわれではあなたの言葉が真実か虚偽かを見分けることはできませんから」

稔美が動いた。走ってベッドから離れようとする。ベッドの柱にナイフが突き刺さって稔美の動きを止めた。

ラルゴが稔美の腕を摑む。稔美はラルゴを思い切り蹴るが、ラルゴは動じない。

「おとなしくしろ、このアマ」

ラルゴは稔美のネグリジェを剝ぎ取った。稔美は小さな叫び声をあげたが、三人の男たちのほかにその声を聞く者はいない。全裸になった稔美は、ラルゴに片手でベッドに引き倒された。仰向けになった稔美の上にラルゴが跨《また》がり、両手をロープでベッドに固定される。次に両足を固定され、あっという間に稔美はベッドに大の字にくくりつけられた。

「注射を」

ファゼーロの言葉にビーターが頷いた。

「この注射で残念ながら致死量を超えます」

稔美の躰がぶるんと震えた。

「死ぬ直前の交わりが良いそうですね。マジエル様はそれをお望みなのですよ。今日の昼過ぎにはマジエル様が訪れます。そのときまでに、心も躰も従順になっておいてください」

稔美は又三郎を探した。

(やっぱりダイヤモンドの在りかを教える)

稔美は泣きながら又三郎に訴えた。

(それはできない)

(どうして?)

(ボクはダイヤモンドの在りかを知らないんだ)

(なんですって)

(キミの脳に封印されているのはダイヤモンドの在りかなんかじゃない)

(え?)

(もっと大事なものだ)

もっと大事なもの? 何なの、それは?

稔美が訊く前に、又三郎の姿が消えた。

*

山の容赦ない風が研二の黒いジャケットから侵入する。

すでに夜中の十二時を過ぎて日が変わっている。

「お前だったのか、稔美を拉致したのは」

研二の言葉に伊佐土は顔を歪めた。

「稔美は、どこにいるんだ」

研二の体の中の闘志が膨《ふく》れ上がった。稔美を長いあいだ監禁した罪は許されない。しかし、ここで詰めを誤ってはいけない。追いつめすぎて、伊佐土に口を閉じられたらいけない。

「ちがう」

伊佐土の声が震えている。

「俺じゃない。俺がそんな馬鹿なことをするか」

「じゃあなぜダイヤを隠す」

伊佐土は口を開けたまま答えをしまい込む。

「そのダイヤは大事なダイヤだ。そのダイヤに稔美の命が懸かっているんだ」

「悪かった」

「悪かっただと？　お前、稔美の命をなんだと思っている」

「許してくれ。金が、欲しかったんだ、どうしても」

「お前は別に金に困ってはいないはずだ」

「借金がある」

「借金だと」

「ああ」

伊佐土の小刻みな震えはまだ止まらない。

「友人と金券ショップを共同経営する話があってな。四〇〇〇万ばかりつぎ込んだんだ」

「四〇〇〇万……」

「自己資金は五〇〇〇万。あとは借金してつぎ込んだ。ところが、相手の男は金を持ったままドロンだ」

研二は伊佐土の目を意識して見つめた。伊佐土が目を逸《そ》らす。研二の目を見返すことができないのはなぜだろう。嘘をついているからか。研二を裏切ったからか。それとも、多額の借金を背負っていることを恥じているのか。

「その野郎は最初から計画的だったんだよ。俺は騙されたんだ」

「世事に長《た》けたお前が騙されたのか」

「俺だけは騙されないっちゅう思いが落とし穴だった。それに、メンバーは三人いた。まさかそいつまでグルとは思わなかったんだ」

伊佐土は山の斜面に視線を落とした。

「開店の準備中は楽しかったよ。だがな、そいつが見せてくれた事務所は短期契約だった。俺が調べに行ったときにはとっくに解約されてたよ」

研二は注意深く伊佐土の表情をのぞき込んだ。嘘を言っているようには見えない。

「だけど、お前はぼくに旅費を用立ててくれたじゃないか。携帯用パソコンまで買ってくれた」

「あれっぽっちの金は街金《まちきん》でいくらでも借りられるさ。一〇〇〇万単位の借金があれば、少々上乗せしたところで何とも思わなくなっちまう」

「絶対にお前は犯人グループの仲間じゃないんだな」

「ちがう。それだけは誓って言う」

「もしぼくが宮沢賢治のダイヤモンドを狙う犯人グループだったら、ぼくたちの中にスパイを送り込んでおくかもしれない」

「俺はそんなんじゃない。もしかしたら」

伊佐土の白い咽《のど》から血が噴き出した。伊佐土が声にならない叫びをあげて咽を押える。伊佐土の手から懐中電灯が放り投げられる。揺れる光の中で、伊佐土の咽に白井流《しらいりゅう》手裏剣が刺さっているのが見える。

「伊佐土！」

研二は叫んでから後ろを振り向いた。

「藤崎、お前」

伊佐土が喘《あえ》ぎながら駆け出した。山を下りて手当てを受けるつもりらしい。

「待て」

「追うな」

伊佐土に向けて踏み出した研二の足が止まった。藤崎の言葉を聞いて、伊佐土について山を下りている間に、犯人グループが現われるかもしれないことに思い至ったからだ。

必死に咽を押えながら山を駆け下りる伊佐土を研二は呆然《ぼうぜん》と見送った。

伊佐土の姿が視界から消えると、研二は藤崎に視線を移した。

暗闇の中で、巨人のような藤崎の影が研二の視界を塞ぐ。

「なぜだ。伊佐土は死ぬかもしれないんだぞ」

「あいつは裏切った」

「一時の気の迷いだ。悪い奴じゃない」

「甘いことを言うな。それより、ダイヤを確かめてみようぜ」

藤崎が足を踏み出した。

「待て。伊佐土についていってくれ。あの出血で山を下りるのは無理だ」

「自業自得だ」

藤崎の目から憐憫は読みとれない。

藤崎は祠まで歩いていくと観音開きの扉に手をかけた。研二は祠を見つめる。

扉が開く。

星灯りの森の中に、七色の光が浮かび上がる。

祠の中に小さな洞窟があり、簡単な木の蓋がしてある。光はその中から洩れてくる。藤崎は木の蓋をどけた。

「見てみろよ、中瀬」

研二は藤崎と位置を代わった。

祠の中に洞窟があり、その洞窟の底に、七色に輝く綺麗な石の塊りが見えた。

「レインボー・ダイヤモンドだ」

研二は呟いた。

「見つけたな」

「ああ」

「おそらく宮沢賢治が蓋をして、布施獅子雄が祠を被せたダイヤモンドを」

その光は、夜空の星のひとつひとつ、温度の違う恒星のひとつひとつ、青い星や赤い星や白い星ひとつひとつをすべて一カ所に集めたような、目の眩む、それでいて優しい波長を漂わせていた。

「見つけたよ。宮沢賢治が隠したレインボー・ダイヤモンドを、ついにぼくが見つけたんだ」

「まったく、たいした奴だよ、お前は」

「奴らはきっとここに来る。ここで待っていればきっと」

「悪いが、お前の夢はここで終わりだ」

藤崎の気配が消えた。研二は背後を振り返る。

藤崎は五メートルほど研二から離れていた。その手に白井流手裏剣が握られている。

「少しでも遠くから投げる方が罪悪感を感じないで済むからな」

藤崎の言葉が研二には理解できなかった。

「何を言ってるんだ、藤崎」

「俺だったんだよ、〈十新星の会〉から送り込まれたスッパは」

「なんだと」

「スッパというのは忍者の起源だよ。本来の役目は諜報活動だ。秘密を漏らすことをスッパ抜くと言うだろ、中瀬。あれは忍者の起源であるスッパが語源なんだ」

忍者である藤崎は、忍者本来の役目を遂行していたというのか。

「たしかにお前にも誰か一人、会のメンバーを張りつかせておく方がいい。マジエル様はそうお考えになった」

「ちょっと待て。お前は正気なのか？〈十新星の会〉がやっぱり犯人グループだったのか？それに、マジエル様って何だ」

「オレの雇い主だ」

「雇い主だと」

「そうだ」

藤崎は両手を下げた。

「中瀬。オレはケンカじゃ負けたことがない。武術の修練も好きだ。忍術という世界最高の武術にも巡り会えた。だがな、それでもオレはどこか空虚だったんだ」

藤崎は本気だ。

（奴から逃れる術《すべ》は？）

研二は頭を巡らすが思い浮かばない。

「オレはこんなにも忍術に長けているのになぜ空虚なんだ。その答えがオレ自身判らなかった。そんなときだよ、マジエル様がオレに連絡をくれたのは」

〈十新星の会〉は犯人グループではない。あの人たちを思い浮かべると研二にはそうとしか思えない。

（もう一つ別の〈十新星の会〉があるのか？）

研二はその可能性を検討し始める。

「マジエル様はオレの忍者村のPR誌を見てオレに興味を持ってくださったんだ。もちろん、オレの武術の腕も認めてくださった。そこでオレは自分の空虚のわけを初めて知ったんだ」

藤崎は言葉を切った。研二は時間を稼ぐつもりで質問をする。

「何だったんだ？」

「オレは現代の忍者だよ。だけどオレは、誰に仕えていいのか判らなかったんだ」

「仕える？」

「そうだ。忍者というものは自分の技術を誰かに使ってもらうものだ。だが、現代では忍術を実戦で使うことはあり得ない。それなのに修行を続けていることがオレの空虚の原因だったんだ。オレは誰かに仕えたかったんだよ」

「じゃあお前のグループは、忍術を実戦で使っているのか？」

「使ってるだろ、こうやって」

藤崎は手裏剣を研二に示した。さっきは伊佐土がその手にかかって咽を刺された。

「マジエル様からオレは命令を受けた。お前に張りつくようにな。だから伊佐土に連絡を取って、伊佐土からお前に話が繋がるように持っていったんだ」

「お前がぼくたちと行動を共にしていたのは、最初からの計画だったというのか」

「そのとおりだよ」

研二はゆっくりと立ち上がった。

「お前たちが稔美を隠しているのか」

「そうだ」

「稔美は無事なのか」

「まだ生きている」

研二の胸に、束《つか》の間《ま》の安堵《あんど》が広がる。

「なぜお前たちはこんな凶悪なことをしてるんだ」

「オレたちはダイヤが欲しい。時価数百億というその価格が欲しいんだ」

「お前たちは宮沢賢治の研究会じゃないのか」

「オレたちの目標は世界平和だ」

「世界平和？」

「そのためには資金がいるんだよ」

「稔美を誘拐して何が世界平和だ！」

研二は思わず叫んでいた。

「お前はマジエル様を知らない。あの方の崇高な理想のためには、数人の犠牲はやむを得ないんだ。判ってくれ」

藤崎が手裏剣を握る手を振り上げた。

（どちらかへ飛んで逃げなければ）

だが、体が動かない。逃げても無駄だと判っている。藤崎の手裏剣から逃げることはできない。

「ぼくを、殺すのか」

藤崎は手を振り上げたまま動きを止めている。

「そのダイヤを独り占めするにはそれしかないだろう？」

「ダイヤならお前にやる。稔美を取り戻したらいくらだって」

「その時にはそのダイヤは政府の物になっているだろう。それを手に入れるためには、今ここでお前を殺すしかない」

「待ってくれ」

今ここで殺されるわけにはいかない、稔美を助け出すまでは。だが、藤崎の手裏剣を逃れるすべが研二にはなかった。

藤崎が手裏剣を握る手を振りかぶった。藤崎の顔を強い光が襲う。藤崎のたてがみのような髪が光で白く見える。

藤崎が両手で目をかばう。

「研二さん！」

白鳥まゆみの叫び声が夜の山に響いた。

カシャカシャという機械音がして次々にライトが照らされる。すべての猫が藪に姿を隠す。

「藤崎優次郎。ナイフを捨てろ。殺人未遂現行犯で逮捕する」

研二が振り向くと制服警官が多数詰めかけていた。

「咽にナイフを刺された伊佐土茂さんを保護したところだ。やったのはお前だな、藤崎」

叫んでいるのは盛岡署の大木戸だ。

「ナイフじゃない。手裏剣だ」

藤崎が手裏剣を投げた。手裏剣は祠の扉に刺さり扉を閉めた。

「ごめんなさい。わたし心配で、大木戸さんに話してしまったんです」

まゆみが泣きながら叫んでいる。

「それが、正しかったんだ」

研二は呟くと緊張と疲労のために意識を失った。

研二は警察の車の中で意識を取り戻すと、病院での検査を勧める警察の意向を押しとどめてホテルに戻った。

*

大倉山の現場には数人の警官が残った。

伊佐土は咽に手裏剣を刺された直後、警察に保護され、救急病院で治療を受けた。早期治療が幸いして命は取り留めた。しかし声帯を破られて声が出ない。警察の事情聴取はすべて筆談で行なわれた。

警察は、稔美、虹野の拉致と伊佐土とは無関係であると断定した。稔美、虹野が拉致された当日、伊佐土は新宿《しんじゆく》歌舞伎町《かぶきちよう》のフリー雀荘《ジャンそう》で麻雀をしていた。研二からダイヤモンドを隠そうとしたのはまったくの出来心だった。研二も警察の判断を尊重した。

藤崎は盛岡署に向かう護送車の中で舌を嚙んだ。命はとり留めたが意識はない。

稔美の居場所はまったく判らなくなった。

「研二さん。本当にもう何か食べてください」

まゆみが研二の部屋に来ている。ドアの外には刑事がいるが、中は研二とまゆみの二人だけだ。

「大丈夫だ。ぼくだけ食べるわけにはいかない」

「でも、稔美さんがどこにいるか、この先もずっと判らないかもしれないんですよ」

研二は答えない。

「ごめんなさい」

研二は力なく首を横に振る。

「虹野はどうしてるだろう」

「電話してみたらどうですか、稔美さんの実家に」

「今は寝てるよ」

「様子を聞くだけでもいいじゃないですか。ハルさんは寝ていても、警備の警官は起きてるはずですから」

「でも」

「わたしも自分の子がたまらなく恋しくなっちゃった。でもうちの子はまだいいんです。父親と一緒ですから。虹野君は、父親とも母親とも離れているんですよ。虹野君のためにわたしからもお願いします。明日の朝、お父さんから電話があったことが判るだけで気持ちが違います」

「うん」

研二はまゆみに説得されてベッドの脇の電話に手を伸ばした。

コール二回で相手が出て、ハルの「もしもし」という声が受話器から聞こえてきた。

——お義母《かあ》さんですか。研二です。

——稔美は？　稔美は見つかったか？

——いえ。

——そうか。

ハルの落胆した声が、研二に後悔の念を起こさせる。

——夜中に電話をして済みません。虹野はどうしてますか。

——いい子で寝てる。

——そうですか。

研二は今日あったことを簡単にハルに報告した。研二が電話を切ろうとすると、ハルがためらいがちに「研二さん」と呼びかけた。

——はい。

——研二さんに、言わなきゃいけねえことがあるんす。

——何ですか。

——稔美のことす。

——稔美？　稔美の何ですか。

——できれば死ぬまで言わずにいたかったすが、こんなことになったら、言わなきゃいけねえと思ってます。

——どういうことですか。

——稔美は、獅子雄の子ではねえんです。

——え。

——鳥羽源蔵の子なんす。

研二は言葉を失った。

——あたしと鳥羽源蔵の不義の子なんす。

——本当ですか。

——はい。あたしと鳥羽源蔵は好き合っていたんす。そして生まれたのが稔美す。

——稔美はそのことを知ってるんですか。

——知りません。

だとしたらしばらくは稔美にはそのことを黙っていた方がいい。三十歳を過ぎて初めてうち明けられる出生の秘密はショックが大きいだろうから。

——話してくれてありがとうございます。

——あんたらが住んでる土地も、鳥羽源蔵の土地だったんす。

——え。

——あたしはその東京の土地を人に貸して収入の足しにしてたんす。

——ぼくたちがそこに移り住んだことを鳥羽源蔵さんは知ってたんですか？

――知りません。

――そうだったんですか。

――こんな話、何か役に立つか判らねえが。

――少なくとも、なぜ獅子雄さんと鳥羽源蔵さんが袂《たもと》を分かったのかをぼくは知ることができました。その獅子雄さんがなぜ死ぬ直前に鳥羽源蔵さんにダイヤの秘密を打ち明けたのかも。そして、鳥羽源蔵さんが、そのことを稔美に打ち明けた理由も。みんな自分の娘である稔美のためを思ってのことだったんです。獅子雄さんにとっても、鳥羽源蔵さんにとっても、稔美は大切な娘だったんです。

――ありがとうございます。

ハルは泣き声を洩らしたあと電話を切った。研二は受話器を置いてからもしばらくは呆然としてまゆみの相手をすることができなかった。

まゆみは辛抱強く待った。研二は心の整理をつけるとハルとの電話の内容をまゆみに話した。

「みんなに大事にされてるんですね、稔美さん」

稔美の脳内にダイヤモンドの秘密が隠されていることを犯人グループはどうして知ることができたんだろう。

研二はその疑問に思い当たった。研二の脳内に次々と新たな疑問が浮かび上がる。思考が高速で回転を始める。

「虹野はどうして帰されたんだろう」

「え？」

「虹野はどうして帰されたんだ？」

「それは、きっと稔美さんが犯人たちに頼み込んだんですよ」

「稔美の頼みを犯人グループは聞き入れてくれるものだろうか」

「たぶん、何らかの条件を呑まされたんじゃないですか」

「何らかの条件って？」

「それは、体を与えるとか」

そう言ってからまゆみは再び「ごめんなさい」と頭を下げた。

「それにどうして〈やまねこ便〉のトラックが小岩井農場で発見されたんだ？」

「どういうことですか。発見されちゃいけないんですか？」

「犯人グループはどうして稔美のダイヤモンドの秘密を知ったんだろう」

「たぶん、鳥羽源蔵さんから聞いたんですよ」

「じゃあ、どうして稔美が住んでいる家を知ったんだ？　鳥羽源蔵は稔美がまだ花巻の実家に住んでいると思いこんでいたのに」

「住民票を調べれば判りますよ」

「いや、もしかしたら」

研二は頭を抱えた。

「そうか、そうだったんだ」

髪の毛を無意識のうちに撫で上げる。

「でも」

研二は頭を振る。

「まさか」

「どうしたんですか」

まゆみの顔から表情が消えている。

研二は頭を抱えたまま呻くように言葉を絞り出した。

「あのフロッピー。信じられないけど、それしか考えられない」

研二は顔を上げた。

「ぼくは大馬鹿だ。ほんとに、デクノボーだ。いや、みんなデクノボーだよ！」

「教えてください。何を考えているんですか」

「『銀河鉄道の夜』第五次稿は失われたけど、現在市販されている文庫本を丹念に検討すれば、レインボー・ダイヤモンドの在りかはあらかじめぼくたちの前に提示されていた」

「はい」

「それと同じように、稔美の居場所もあらかじめぼくたちの前に提示されていたんだ」

　まゆみが息を呑む。

「なぜ虹野は帰されたのか。なぜ〈やまねこ便〉のトラックが小岩井農場で発見されたのか。それに、フロッピーと犬の啼き声」

「犬？」

「ああ、そうだ」

　研二はまっすぐにまゆみを見つめた。

「犯人が、判ったよ」

　研二とまゆみは見つめあった。

九月十二日　日曜日

けれどもほんとうのさいわいは一体何だろう。

宮沢賢治『銀河鉄道の夜』より

稔美の躰は衰弱しきっていた。

(明日までは保《も》たない)

稔美は自分でそれが判った。

(もう、だめ)

ベッドに全裸で大の字に縛られたまま、稔美は涙を流した。

(さよなら研二。さよなら虹野。あたしの子になってくれてありがとう。でも、ママはもうだめ。ごめんね。ママ、一生懸命がんばったけど)

稔美は一人で死ぬのが怖くなった。パスワードを唱える。

どっどど　どどうど　どどうど　どどう

部屋の中に一陣の風が起きて又三郎が姿を現わした。

「あきらめちゃダメだ。信じていれば、必ず奇跡は起こる」

「又三郎。ねえ、ここはどこなの？」

「判らない」

「あなたに判らないものが研二に判る？」

「キミのご主人はきっと助けにくるよ。でも」

「でも？」

「もしかしたら、最初は違う人物が現われるかもしれない」

「違う人物？　どういうこと？」

「いろいろな人がキミを気にかけてるということさ」

「それ、だれのこと」

部屋のドアが開いた。

稔美は目を瞑《つむ》った。

(マジエルが来たのだろうか)

あたしを抱きに……。

「奥さん」

聞き慣れない声がした。いや、聞いた覚えはある。このところしばらく聞いていない声。ラルゴ、ビーター、ファゼーロ以外の声。

「奥さん。やっと会えました」

稔美は目を開けた。

険しい目つきをした児玉が稔美の顔を覗き込んでいた。

隣りの児玉さんのご主人。稔美にパソコンを指導してくれた先生。

(児玉さん?)

久しぶりに稔美の知っている現実の世界が出現した。

(助かった)

稔美の胸に久しく感じたことのない安堵の思いが溢れた。

「児玉さん」

稔美は自分が全裸であることも忘れて児玉に呼びかけた。

児玉の顔が近づき、稔美の唇に自分の唇を押しつけた。稔美は驚いて目を見開いた。

(児玉さん?)

児玉は稔美から顔を離した。

「ずっと、思っていたんですよ、あなたのことを」

児玉は稔美の裸身を凝視したまま言う。

「児玉さん、奥さんに怒られます」

稔美は驚愕する心をむりやり落ち着かせて言う。

「私に、妻はいない」

「え？」

「芙美子は私の部下だ。妻じゃない」

児玉は稔美の胸に手を置いた。

「ファゼーロに開発されたそうですね」

「ファゼーロ？　あなたは」

「マジエルです」

マジエルは稔美の胸に置いた手を軽く左右に動かす。

「生きて帰れないことは知っていますね？」

マジエルは稔美の乳首を摘む。

「死ぬことを知っているとき、その直前のセックスがいちばん美しいそうだ。あなたは幸せだ。その究極のセックスの数少ない体験者になれるのだから」

「やめて」

稔美の全身に鳥肌が立った。

「あなたがマジエルだったの？」

「そうです」

マジエルは稔美を見つめる。

「嘘でしょ」

「本当です」

マジエルは稔美の乳首を弄《もてあそ》ぶ。

「私はもともと仏教の悟りに興味を抱いていました。それで〈十力の金剛石の会〉に入ったんです」

「〈十力の金剛石の会〉？　それってもしかしたら」

マジエルは頷いた。

「あなたのお父さんが中興の祖となった会ですよ。そこで私は鳥羽源蔵とも知り合ったんです」

マジエルがその手を乳首から下に移動させる。

「幼稚な会でした。人間として彼らより優秀な段階にある私がその会の中心になるのはごく自然な成り行きだったんです。私はあるソフトを開発してお金も多少は持っていましたから。それで会員たちを手なずけていって、会を〈十新星の会〉に造り替えたんです。元の会とのつながりが判らなくなるような細工もしました。自分の目的のために完全に私物化された会を持ちたかったからです」

「あなたはお山の大将になりたかっただけよ」

「ちがう。この世は汚れている。それを掃除できるのは私しかいない」

　マジエルの口調が変わり手は稔美の下腹部まで下がった。

「私は幼い頃から優秀だった。両親からの英才教育のせいで成績は常にトップだった。私は科学に貢献したいと思い東京《とうきょう》科《か》学《がく》大学に進んだ。就職はポーリン製薬という一流企業です。人類の病いを根絶したいと考えたからです。そしてより自由な研究に没頭するためにそこを退社した」

　マジエルは稔美の躰を移動する自分の手を見つめながら話している。

「私の父は清掃会社を経営していたんです。でも、その会社を私にではなく弟に譲った。私には会社を経営する資質がないと言って」

　マジエルの手が稔美の陰影を捕えた。

「でも、そんなことはない。世の中を清掃するのは私の方がうまい」

「あなたはもしかしたら東大に入りたかったんじゃないの」

　稔美の陰の部分を撫ぜまわすマジエルの手の動きが止まった。

「あたしもそうだったからなんとなく判るわ。あたしは東大に落ちて、それがしばらくはコンプレックスの種だった」

「私はちがう」

「でも、学生時代の成績は常にトップだったんでしょ。それも親の英才教育まで受けて。ご両親の希望はあなたを最高レベルの大学に合格させることだったんじゃないかしら」

「ちがう」

「薬品に興味があったんなら、ご両親の就職の希望は厚生省だったんじゃない？　あなたはその試験にも失敗した」

「黙るんだ」

「そして第二希望で入社した製薬会社でも、あなたは周囲にとけ込めずに退社した」

「勝手な憶測をまき散らすな」

「あなたはデクノボーなのよ」

「なんだと」

稔美の陰部をまさぐるマジエルの手が止まる。

「あなたは希望する大学からも、就職先からも拒否された。エリートになり損《そこ》ねたあなたはエリートたちに憎悪を燃やすようになった。一億総デクノボー化は、あなたのその狂った憎悪が呼び起こした幻想よ」

「稔美さん。あなたは薬のせいで脳に異常を来している。無理もないが、私のあなたへの思いを壊さないで欲しい。私はずっとあなたを追いかけていた」

「あたしを？」

「私は鳥羽源蔵から土地を買ったんです。そこでやはり鳥羽源蔵の土地に住んでいたあなたと巡り会った」

「あれは母の土地よ」

「布施獅子雄が死んだあと、あなたのお母さんは鳥羽源蔵から土地を譲り受けていたんですよ。鳥羽源蔵は賢治的倫理感に縛られてあなたのお母さんと再婚することはしなかった。その代わりに土地を贈ったんです」

児玉の声は震えている。

「それからというもの、私はあなたを愛するようになったのです」

「あたしを？　ずっと？」

「そうです。パソコンを駆使してあなたのことを調べ、データを保存した。あなたの交友関係。ご主人の交友関係まで。お陰で有益な人材を我が〈十新星の会〉に迎え入れることもできたのです」

「信じられない」

「私は鳥羽源蔵の資金力に目をつけてずっと彼とは親しくしていました。彼は晩年は没落しましたが、以前から宮沢賢治の遺作を隠しているのではないかという噂があったんです。それを手に入れることができたらいくらかの金になるのではないか。あるいは宮沢賢治の象徴として利用できるのではないか。その程度のことを考えていたんです。ところが彼が風邪をひいて高熱を出したとき、譫言《うわごと》のように口走ったのです」

「何を？」

「あなたに手紙を送ったことをですよ。もちろん内容は言いません。そこで自白剤を注射したんです。私が宮沢賢治のダイヤモンドの秘密を知ったのはその時です」

「その人はどうなったの？」

「自白剤が強すぎたのでしょう、すぐに亡くなりました」

「酷《ひど》い」

「どうせ長いことはありませんでした」

マジエルは稔美の躰から手を離した。

「あなたの躰を部下たちに清めさせます。私とあなたの結合は聖なる祭りですから。そしてその後で、あなたをご主人の元へ送り返しましょう。ただし死体として」

「あなたなんかに、研二は負けない。研二は必ずここを突き止める」

稔美の言葉を聞いてマジエルの顔が急激に険しくなった。

「人を監禁するのに、地下室は適している。しかし民家に地下室があるとは、なかなか思いつかないものだ」

マジエルは稔美の髪を掴んだ。

「あなたの心はあなたの肉体に勝てない。精神とは所詮《しょせん》は化学反応だ。あなたの躰は、私の愛撫に快感を得るように改造されている。逆らわないことだ」

マジエルは稔美の髪を放した。

*

大木戸刑事の運転する盛岡署のパトロールカーに研二とまゆみは乗っている。東北自動車道を、まっすぐ南へ。東京へ。

「テロリストの首謀者が隣りの児玉さんなんて信じられない」

研二の隣りに坐るまゆみが前を向いたまま言う。

「あの人、仲間なのよ。稔美さんと虹野君を救出しようって、みんなで誓った仲間なのよ」

「藤崎も仲間だと思っていた」

研二もやはり前を向いたまま答える。

「でも、どうして児玉さんが」

「虹野はなぜ解放されたんだと思う？」

「それは、多分、稔美さんが命懸けで犯人グループと交渉したからでしょう」

まゆみは大木戸と隣りの若い刑事の存在を慮《おもんぱか》ってか、声を潜めた。

「いくら命懸けで頼んだって、犯人グループが稔美の申し出を聞き入れる利点は何もない」

「犯人だって人の子よ。子どもを監禁しつづけることに抵抗感があったんじゃないかしら」

「稔美は目隠しされていない。つまり殺すつもりだってことだ。そんな、人ひとり簡単に殺そうって連中に、慈悲を期待するのは甘すぎる」

「じゃあ、どうして犯人グループは虹野君を解放したの？」

「虹野を解放することが犯人たちにとって何らかの利点になるからだ」

刑事たちは黙って研二の話を聞いている。

「どういう利点があるっていうの？」

「虹野が発見された場所は小岩井農場の裏の山だ。だから当然、犯人たちもその近くに潜伏していたという可能性が注目される」

「それが違うっていうの？」

「違う。だからこそ虹野は解放される必要があったんだ。犯人たちのアジトは小岩井農場とはまったくかけ離れたところにあった。そのことを隠すために、アジトが小岩井農場近くだと思わせるために虹野は解放された。犯人たちにとって、虹野を解放する理由はほかにない」

パトロールカーの左手に、新幹線が走っているのが見える。

「そのかけ離れた場所が、東京なの？」

研二は頷いた。すでに刑事たちには何度も説明したことだ。

「信じられない」

まゆみは天然水のペットボトルを強く握った。飲みやすい小型サイズのペットボトルを半ダース、コンビニエンスストアで購入したのだ。

「稔美たちを拉致したと思われているトラックが、小岩井農場で見つかったことにも作為が感じられる。隠そうと思えばいくらでも隠せたはずだ。〈やまねこ便〉のロゴもそのままに放置するなんて、やっぱり小岩井農場で乗り捨てたと思わせるための工作だよ」

正午が近くなっている。宮城県に入って〈ドライブインまであと一キロ〉の看板が見える。

「それに、白昼堂々、稔美と虹野を拉致するなんて、よっぽど付近の事情に詳しい人間の仕業だと思う。その辺りに昼間、人通りがどのくらいあるのか熟知していなければ立てられない計画だ」

「だから児玉さんなの？」

「もっと早く気がつけばよかった。稔美がいなくなってもザウエルが啼《な》かなかった時に、気がつけばよかったんだ」

「ザウエルが啼かない？」

「ザウエルは夜、稔美が自分から五十メートル以上離れているときには、必ず悲しそうな声で啼くんだ」

大木戸がルームミラーで研二の顔を覗き込む。

「ぼくの家は石神井公園駅《しゃくじいこうえん》からも大泉学園駅からも同じくらいの距離にある。稔美は外出したときにはだいたい大泉学園駅から帰ってくるけど、時間があまり遅くなったときは石神井公園駅から歩いて帰る。その方が通りが明るいからね。ザウエルは、稔美が外出をすると、夜の十時頃から小さな声で啼き始める。でも、どっちの駅から帰ってきたときでも、稔美が家から五十メートル圏内に入ったときに啼き止むんだ」

「どうして五十メートルって判るんですか」

「稔美はザウエルが啼き止んでから三分以内で帰ってくるから。ザウエルには判るんだよ、稔美が自分の近くにいることが」

研二はルームミラーの中の大木戸を見た。

「そしてザウエルは、稔美が拉致されてから一度も啼いていない」

「あの、それって、まさか」

「そう。稔美はザウエルのそばにいるんだ。五十メートル以内の場所に」

まゆみは言葉を失った。

「中瀬さん」

大木戸が声をかける。

「細かいことを言うようっすけど、あなたの家から五十メートルの場所は、何も児玉家だけではないでしょう」

「児玉は、稔美のフロッピーと一緒にぼくのフロッピーもなくなったって知ったとき、『童話の?』って訊いたんだ」

「それがいけねえすのか?」

「ぼくが童話を書いていることはあの時点では白鳥さん以外知らない。フロッピーの中身を見ない限り、児玉が知ることはないはずだ」

大木戸は頷いた。

「稔美はずっとぼくのそばにいた。稔美は、児玉家に監禁されているんだ」

ドライブインが研二の視野に捉えられ、やがて後方に遠ざかった。

*

練馬西署から、久保と高島が児玉家の聞き込みにまわされた。そのことが、若い高島には不満でならなかった。

児玉家を捜査しなければならない理由は何もない。

児玉家は中瀬家の隣人に過ぎない。

(中瀬研二は被害妄想だ)

高島はそう断定していた。

子どもが小岩井農場で発見されたから犯人グループが東京にいるなどとは、支離滅裂《しりめつれつ》だ。しかも犬が啼かないから妻が隣家にいるという主張に至っては、妄想以外の何ものでもない。下《へ》手《た》をすると妄想の果てに中瀬研二本人が加害者になりかねない。

(これだから一般人は始末に負えない)

高島は所轄署勤めを一刻も早く切り上げて本庁に戻りたかった。

「さて、どうすれば児玉家の中に入れるか、だ」

久保の言葉が高島の神経を逆撫《さかな》でした。

「久保さん。捜査令状もないのに児玉を捜査することはできませんよ」

「そう。だから知恵を絞ってるんでね」

「あなたは中瀬の妄想を鵜呑みにするんですか」

「いや、そういう訳じゃないが」

久保は足を止めた。児玉家の前に着いたのだ。

「素人の意見にはいっさい振り回されてはいけない。それが判らないんですか。まして中瀬は逆上している」

「うん。しかしね」

自分自身では正誤の判断も下せない久保という警部に高島は神経を苛《いら》つかせた。本庁に戻ればあっという間に警視になって久保クラスの人間は部下になる。

(こんな優柔不断な部下は持ちたくないものだ)

高島は久保の背中を見ながらそう思った。

「これも上からの指示だからね」

久保はそう言いながら児玉家のブザーを押した。

しばらくすると児玉芙美子が顔を出す。前掛けで手を拭いているから炊事の最中だったのだろう。

「すいません。ご主人いらっしゃいますか」

芙美子は怪訝《けげん》そうな顔をして久保の言葉を聞いている。

（一度顔合わせをしているのにもう我々のことを忘れてしまったのだろうか。勘の悪い女だ）

久保が警察手帳を見せながら「ちょっとご主人にお話をおうかがいしたいのですが」と言っている。芙美子は「はあ」と生返事をして久保と高島を部屋に招き入れた。

久保と高島は応接室に通された。

芙美子が運んでくれた麦茶を高島が半分ほど飲んだところで、児玉恭一が現われた。

「すいません。お忙しいところ」

久保が腰を中途半端に浮かして児玉に挨拶をした。

「いえ」

児玉が高島を睨みつけるように言う。

「中瀬さんの様子はどうですか」

児玉が表情を動かさずに久保に尋ねる。

「はい。奥さんの行方《ゆくえ》は、依然として判らんのです」

「そうですか」

児玉はふたたび高島に視線を戻す。

「中瀬さんはお隣りですから、私もできる限りの協力はしたいと思っています」

「ありがとうございます」

久保が頭を下げた。

「今日はご自宅でお仕事ですか？」

「いつもですよ。私は身分は会社員ですが、実体は研究者です。コンピュータと若干の装置があれば自宅で仕事ができるんです」

「そうですか。在宅勤務というやつですな」

久保がきょろきょろしながら相槌を打つ。

「研究といいますと、どんな？」

「食品関係です」

「ああ」

久保が頷いている。

「具体的には、どのような？」

「雑多なことをやっていますが、主に健康食品です。乳製品の加工や、アルミニウムが人体に及ぼす影響。あるいは製品に食後、眠気を誘うような成分が含まれていないか。また、子どもが食べて興奮しやすい成分は含まれていないか。などなど」

児玉は声をあげないで笑った。

（嫌な男だ）

高島は児玉の得体の知れない威圧感に寒気を覚えた。

「ちょっと、仕事場を拝見させてもらえませんか」

久保の言葉に児玉は笑顔を引っ込めた。

「地下ですか？　仕事場は」

「ええ」

「地下のある家は珍しい」

「仕事柄、研究室が必要でしてね」

「それで地下室を。なるほど」

久保はひとりで納得している。児玉は立ち上がる気配を見せない。

「どうしました？」

「いえ」

「よろしければ地下の研究室を拝見させてもらいたいのですが」

久保の執拗な言葉に高島は怒りを覚えた。

「久保さん。児玉さんも困っておられる。科学的研究はデリケートな仕事だ。そこへわれわれがずかずかと踏み込んでは仕事の邪魔でしょう」

児玉が頷いた。

「われわれに児玉さんの仕事を邪魔する権利はない。捜査令状を持っている訳ではないのだから」

「しかし」

「行きましょう」

高島は立ち上がった。

「児玉さん、お邪魔しました」

高島は頭も下げずにきびすを返した。

＊

東北新幹線を左手に見ながら、岩手、宮城、福島、栃木と抜けて、埼玉に入って新幹線と交差した。東京に帰ってきたのは日没後である。

研二は宮沢賢治が作詞作曲した『大菩薩峠《だいぼさつとうげ》の歌』を心の中で反芻する。

日は沈み鳥はねぐらにかへれども
ひとはかへらぬ修羅の旅
その竜之助

「道案内をしてくださいよ。なんせ東京は十年ぶりだから」

大木戸がハンドルを握りながら後部座席の研二に話しかける。

「次の信号を左折してください」

車はすでに環状八号線に入り、中瀬家、そして児玉家のすぐ近くまで来ている。

「大木戸さん、拳銃は持ってますか」

「いや。持ってねえっすが、あんた、まさか」

左折を二度繰り返し、狭い路地に入った直後に、男性二人連れとすれ違った。

「あれ、東京の刑事さんじゃない？」

まゆみが後ろを向きながら言う。

「え？」

大木戸がブレーキを踏む。

研二が振り向くと後ろ姿はどうやら久保と高島のようだ。

「バックしてください」

車は後ろ向きのまま二人の刑事に追いついた。

大木戸とまゆみはそれぞれ運転席と後部座席のドアを開ける。

「中瀬さん。もうこっちに着いたんですか」

久保が研二に声をかける。

「児玉家はどうでしたか」

研二がまゆみの後ろから言う。

「別に。彼はいい人間ですよ」

高島が久保の返事を横取りして答える。

「もう一度戻ってください。稔美は確実に児玉家にいるんだ」

「まだそんなくだらないことを言ってるんですか」

「本当だ。稔美は児玉家に監禁されてるんだ」

「いい加減にしなさい」

「頼む。戻ってくれ」

久保が足を車に向けて踏み出そうとするが、高島は久保の肩を摑んで押しとどめた。

「行きましょう。稔美さんがどこにいるかは私が判断します」

高島の鼻に瓶状の物がぶつかり、高島は鼻を押えながらひっくり返った。

路面に転がり鼻を押えながらのたうち回っている。

「誰だ！」

高島が片手を路面について体勢を立て直そうとしている。その鼻からは血が流れ落ちている。

「傷害罪で現行犯逮捕するぞ！」

高島はまゆみを指さした。

「お前か！」

まゆみは二本目の天然水のペットボトルを高島に投げつけた。二本目は高島の額を直撃した。高島はまた後ろ向きに倒れた。

久保が後部座席に飛び込んできた。

「ごめんなさい！」

まゆみが叫ぶように謝る。

「久保さん、白鳥さんを許してください。今は一刻を争うときなんです」

「だから慌てて乗り込んできたんですよ」

「え」

「すぐに児玉家に引き返しましょう」

大木戸は頷くと車を発進させた。久保が慌ててドアを閉める。

「高島さんを放っておいていいんですか」

「これも教育の一環です。彼はああ見えてもまだ新米でしてね」

研二が振り返ると高島は車を指さしながら何かを叫んでいる。大木戸はハンドルを切り高島を視野から消した。

五分もしないうちに研二が「止めてください」と言った。

車が止まると、左手に中瀬家、右手に児玉家が見える。

「白鳥さんはここで待っててくれ。大木戸さん、久保さん、ついてきてくれますか」

研二はふたりの返事も聞かずにドアを開けて飛び出した。

そのまま真っすぐ児玉家のブザーを押す。

しばらくすると、前掛けで手を拭きながら児玉芙美子が顔を見せた。

研二とその後ろの大木戸、久保の顔を見て「あっ」と声をあげる。

「どうも、盛岡署の大木戸といいます」

大木戸が言い終わらないうちに研二が玄関に入った。そのまま土足で部屋に上がろうとする研二を芙美子が両手で押しとどめる。研二は芙美子を突き飛ばした。芙美子は廊下の壁に頭をぶつける。

芙美子が進路から外れると研二は部屋に上がる。

「何すんのよお！　人の家に勝手に入ってぇ！」

芙美子がありったけの大声で叫んだ。

研二が廊下を突き進む。

地下へ続く階段から、筋肉で武装した大男が現われた。

凶悪な目つきをしている。

「ラルゴ、そいつを止めてえ！」

ふらふらと起きあがった芙美子が大男に向かって叫ぶ。

研二の前にラルゴが立ちふさがる。

(稔美は地下にいる)

研二は確信した。

(稔美を助ける)

そのためにはすべてを犠牲にする。体中の筋肉に力が漲《みなぎ》るのを感じる。

地下への階段はラルゴによって塞がれている。

研二はラルゴに向かって突進した。

体勢を低くして肩からラルゴに体当たりを喰らわす。

ラルゴの大きな両手が研二の肩を摑みにかかる。研二は背中のポケットから藤崎にもらった小型の手裏剣を抜いた。

自分の体をラルゴの体にぶつける。ラルゴに両肩を摑まれた瞬間、右手に握った手裏剣でラルゴの腹を刺す。

ためらいはなかった。

(稔美を助け出すためにはすべてを犠牲にできる。殺されることも、殺すことも)

研二の両肩を摑んだラルゴの手の握力が弱まる。

「中瀬さん！」

大木戸が叫ぶ。

研二は体勢を崩そうとしているラルゴの横をすり抜け、階段を下りた。

ラルゴが死んだかどうかは判らない。もしかしたら追いかけてくるかもしれない。だが振り返る余裕も研二にはない。

階下から緑色の服を着た男が昇ってくる。

「ビーター、そいつを止めろ」

後ろからラルゴの声がする。

研二は跳んだ。

両足を揃えて思い切りビーターにぶつかる。ビーターの口から肺の中の空気が吐き出される。

研二とビーターは重なり合って階段の下へ転げ落ちた。

研二は二回転して立ち上がる。

ドアが二つ並んでいる。

(稔美はどっちの部屋にいるんだ?)

壁に貼られている牛のポスターの向かい側のドア。もう一つのドアの前の壁には何も貼られていない。

研二は何も貼られていない方のドアを選んだ。

ドアを開けると床一面の無数の人形が目に入る。おそらく木彫りに彩色を施したものだ。白いドレスを着てスカートを押えているマリリン・モンローの人形が見える。その両隣りにはおそらくエリザベス・テイラーと王女の衣装を身にまとったオードリー・ヘップバーン。

さらに『三国志』の英雄たちを象《かたど》ったと思われる中国風の衣装を着た幾体もの人形。チンギス・ハーン。アレクサンダー大王。日本武尊《やまとたけるのみこと》。

それらの人形たちより一回り大きいアドルフ・ヒトラー。そしてヒトラーの木彫りの人形よりさらに大きな宮沢賢治の胸像。だが部屋の中で最も巨大な容積を占めているのは、合金製の児玉自身の立像だった。

研二は合金製の児玉に見つめられながら部屋を出た。部屋の中には生きた人間の気配はなかった。

研二は牛のポスターの前の部屋を開けた。

ドアを開けると金髪の若い男が振り返った。その後ろのベッドに稔美が全裸で縛られている。その横には児玉がいて上着を脱ごうとしている。

「片づけろ、男も女も」

児玉が研二を見つめたまま言った。

「ファゼーロ……」

後ろからビーターの弱々しい声が聞こえる。

研二は叫び声をあげながら金髪の男に突進した。

肩から体当たりを喰らわす。研二は金髪の男の体をすり抜け、稔美のベッドを越えて壁に頭をぶつけた。

すぐに半身を起こし視線を若い男に戻す。

若い男の両手にはナイフが二本ずつ握られている。

「あなたに二本、稔美さんに二本、プレゼントします」

「研二、逃げて」

研二は児玉に組みついた。二人は絡み合ったまま倒れる。

ファゼーロの手が振られた。一本のナイフが研二の左手を貫く。研二は左手を押えて呻き声を上げる。児玉が研二の腕を逃れて立ち上がる。

「この男と稔美を片づけろ！」

児玉がファゼーロに叫んだ。

研二は起きあがり稔美の体に自分の体を被せた。稔美の上を覆った研二の背中にナイフが三本、突き刺さる。

「研二！」

研二が背中をのけ反《ぞ》らせて呻き声を上げる。ナイフが栓の役目をしているのか血はあまり出ない。

「ファゼーロ。早くしろ」

児玉がベッドの上の稔美と研二を見下ろしながら言う。

「許してください稔美さん。次はあなたです。その男が上に乗っているので、狙う場所は頭部しかありません」

ファゼーロの両手に再びナイフが二本ずつ現われた。

研二の右手がゆっくりと上がり稔美の顔を隠す。

「まだ隙間がずいぶんありますよ」

ファゼーロが笑みを浮かべる。

「最期です、稔美さん」

ファゼーロの両手の筋肉が動く。

「あなたのママはあなたを見てる！」

稔美が叫んだ。

「あなたが悪いことをしないかどうかいつでも見てるのよ！」

大きな破裂音がしてファゼーロの右手のナイフが吹き飛んだ。

ファゼーロは左手を振り上げながら振り向く。また破裂音がしてファゼーロの左手のナイフが飛ばされる。

研二の薄く開けた目に久保が拳銃を構えている姿が映る。

（久保刑事）

再び銃声が部屋を満たす。

ファゼーロが仰向けに倒れる。その咽から鮮やかな真紅の血が噴きあがる。

研二は立ち上がり両手を広げて舞い上がった。

研二の背中から血が噴き上がる。

そのまま児玉に飛びつく。児玉は顔面を床に打ちつける。児玉は研二の腕を逃れようともがくが、研二は決して児玉を放そうとはしなかった。

＊

都内の病院の一室に稔美と研二は並んで横になっていた。

個室にベッドを二つ並べて作った特別室だ。窓の外にはプラタナスの葉が揺れている。

稔美の腕にも研二の腕にも点滴の管が差し込まれている。研二は躰を横にして稔美の方を向いている。

「研二、食事を絶ってたんだって？」

「うん」

「あたしはお腹《なか》いっぱい食べてたわよ」

「だろうと思ったよ」

研二は笑った。

「研二」

「うん？」

稔美は笑顔を作ろうとするが泣き顔になりそうだ。

「ありがと」

「稔美のがんばりに比べたら」

研二は言葉を切った。

「思ったより体も心もおだやかよ。どうしてかしら」

「稔美」

「うん？」

「よくがんばったな」

稔美は頷いた。

「虹野も稔美も、よく助かった」

研二は点滴の管を腕に差したまま体を起こす。

「児玉の家の地下室に、木で造った人形がたくさん置かれていた」

「木で造った？」

「そう。つまり木偶《でく》だよ。木偶には人のいいなりになるっていう意味があるから、おそらく児玉の心の中には、すべての人間を自分のいいなりに動かしたいという強い欲望があったんだと思う」

稔美が頷く。

「日本を理想郷にするなんて方便に過ぎなかったのね」

児玉は日本にニポーネというイーハトーブ名をつけていた。

「そうだ。部下たちのことはおそらく何らかの薬物でコントロールしていたんだと思う」

「薬物？」

「うん。ぼくは児玉にパソコンの操作を教わった日、児玉から健康ドリンクを渡された」

「あら、あたしもよく飲まされたわよ」

「それだ。ぼくはあれを飲んだあと、児玉がやけに頼もしく思えた」

「そういえばあたしもそうかもしれない」

「あの中に、ある種の薬物が入っていたのかもしれない。マインド・コントロールは言葉だけじゃなくてあらゆる媒体を利用するものだから。児玉はそうやって表の部下も裏の部下も操っていたんだ」

研二は背中に痛みを感じるが、話を続ける。

「ぼくのワープロに細工をしたのも児玉だったんだ」

「ワープロ？」

「うん。児玉は稔美がぼくのワープロを使えないことを知らずに、稔美の書置きを偽造した。

だから児玉はあのとき、さかんにワープロを見ろと催促してたんだな」

稔美は何のことか判らずにきょとんとした顔をしている。

「今回のことで少し考えたんだけど」

「何を？」

「虹野のことさ」

稔美も体を起こす。

「ぼくは今まで、勉強のことなんて何も考えていなかった。でも、今回の稔美のがんばりを見て、虹野も少し世の中を勝ち抜く力強さが必要じゃないかって思ったんだ」

「どういうこと？」

「つまり、受験戦争を勝ち抜く力強さや、社会に出てからの武装手段としての学歴」

「それ、虹野に勉強させろってこと？」

「うん。ぼくの教育方針は考えてみれば宮沢賢治に似ていたと思う。宮沢賢治は教師時代、自由な授業をしすぎて生徒が転校してしまったことがあるんだ。こんな自由勉強をしていたんでは進学競争に勝てないと親に言われて」

「あたしも考えたんだけど、勉強なんて命あってのものよ」

「え？」

「どうでもいいのよ、勉強なんて」

「おい、なにを言ってるんだ。勉強に熱心だったのは稔美の方だぞ」

「宮沢賢治の教育論は、あまり手をかけるなということよ。彼の農業指導も同じ方法論だった。最初の肥料をあまり多くやらないのよ。元肥を多くやり過ぎると、稲は根っこをあまり伸ばさなくても栄養を摂《と》ることができるの。それで自分から根を伸ばすことを怠ってしまうのよ。結果として、見かけはよく伸びてるけど、根がしっかりしていない稲ができあがるの」

「虹野にあまり手をかけるなということか？」

「うん。あたしね、命の大切さがしみじみ判ったの。生きてるだけで幸せなことだわ」

研二は頷いた。

「それに、大切なのは頭の良さより、心よ。正しい心を育てられるか。そっちの方が親の役目として重要じゃない？」

「マジエルたちのことか？」

「伊佐土さんや藤崎さんも」

〈十新星の会〉の裏のメンバーは全員逮捕された。ファゼーロは声帯を失ったが命は取り留めた。

「伊佐土や藤崎は悪い人間じゃない。巨額の金に目が眩んだり、人生の目的を見失ってつけ込まれただけだ。一時の気の迷いだよ」

「藤崎さんはあなたや伊佐土さんを殺そうとしたのよ」

「本気じゃないさ」

「甘いのね」

「もし藤崎が本気だったら、伊佐土は即死だったよ」

稔美は研二の横顔を見た。この甘さが研二のいいところかもしれない。

「久保刑事に聞いたけど、藤崎の手裏剣は正確に伊佐土の咽にあるダイエットのツボを射抜いていたそうだ」

「ほんとなの、それ」

研二は曖昧《あいまい》に笑った。

「でも、たとえそうだとしても、伊佐土さんも藤崎さんもダイヤモンドに目が眩んだことに変わりはないわ。〈十新星の会〉のメンバーだってみんなそうよ」

「もしかしたら宮沢賢治は、そのことを知っていたのかもしれないな」

「え？」

「ダイヤモンドが人の心を惑わすことを。だから隠してしまったんだ」

稔美は真剣な顔で研二を見つめている。

「宮沢賢治はどうして『雨ニモマケズ』を書いたんだろう」

「え？」

「あれは正式に発表されたものじゃない。黒革の手帳に記された、いわば遺書のようなものだ」

「ええ」

「あの詩には大きな矛盾点がある」

「矛盾点？」

「そうだ。あの詩の中で宮沢賢治は、デクノボーになりたいと言っている」

「ええ」

「でもよく考えてごらんよ。〝雨にも負けず、風にも負けず、雪にも夏の暑さにも負けぬ丈夫な体を持ち〟」

研二は言葉を切る。

「これのどこがデクノボーなんだい？」

「あ」

「〝東に病気の子どもあれば行って看病してやり、西に疲れた母あれば行ってその稲の束を負い、南に死にそうな人あれば行って怖がらなくてもいいといい、北に喧嘩や訴訟があればつまらないからやめろといい〟」

研二は『雨ニモマケズ』の一節を暗唱する。

「これはデクノボーどころかスーパーマンだよ」

「たしかにそうかもしれないわね」

「ずっとスーパーマンになりたいという願望を書き連ねて、本当にデクノボーになるのは終わり近くの二行だけなんだ」

〔ヒデリノトキハナミダヲナガシ
サムサノナツハオロオロアルキ〕

「それまでと感じが違うわね」

「そう。今まではスーパーマンのように困った人たちを助けていたのに、とつぜん涙を流したりオロオロしたりしてしまう。どうして今までのように助けてあげないんだ?」

「わからない。どうしてなの?」

「これは多分、ダイヤモンドを見つけていたのに、貧乏な農民たちに何もしてやらなかったことの言い訳じゃないかな。日照りや冷夏の時に宮沢賢治は、涙を流したりオロオロ歩いたりしただけだった。もちろん実際にはたいへんな努力をして農民のために働いたわけだけど、ダイヤモンドを隠し通したことには後ろめたさを感じざるをえなかった。だからこの詩に謝罪の気持ちを託した」

どっどど　どどうど　どどうど　どどう

又三郎が姿を現わした。
「又三郎！」
（し）
又三郎は口に人差し指を当てた。
研二が訝《いぶか》しげに稔美を見る。
（パスワードを唱えてないわよ）
（ボクはもう永久に消滅する。そのことを告げるために現われたんだ）
稔美は返事ができない。
（もう限界なんだ。でも最後に一つだけ、キミに教えておくことがある）
（なに？）
又三郎は稔美に、ある住所を告げた。
（この住所は？）
（権利書が保管されている場所だ）
（権利書？）
（そう。あの山の権利書だ）
（あの山って）

（大倉山だよ。あの山は昔、キミのお父さんが買い取ったんだ）

（へえ。そうなんだ）

（もっと喜べよ。あの山にある宮沢賢治が発見したダイヤモンドは布施獅子雄さんの遺族、つまりキミとキミのお母さんのものだということなんだぜ）

（ええ？）

（判った？）

稔美はこくんと頷いた。

（じゃあボクは役目を終えた。これで消えるよ）

とたんに又三郎の体の色が薄くなる。

（又三郎！）

（それともう一つ。ボクはキミの体の中を走るあらゆる神経や脳内物質や電気信号やニューロンに働きかけた。それはつまりはキミの血液中の白血球を総動員するためだ）

（それで？）

（あいつらがキミの体内に注入した毒物は、できる限りキミの膝の怪我を通して体外に吐き出しておいたよ、血と一緒に）

（本当なの？）

（うん。それに、キミが受けた心の傷も、なるべく軽症で済むように努力をしたつもりだよ）

（そんなことできるの）

（できる。心の傷も、言ってみれば化学反応の一つだから）

（それが本当なら、あなたって最高よ）

（アリガトウ。そしてサヨナラ。もう限界だ）

（さよなら。いろいろ、ありがとう）

又三郎の姿が見えなくなった。

稔美はしばらく呆然としていた。

「どうした？」

「ううん、なんでもない」

いつか落ち着いてから話そう。今はまだ話したいことが多すぎて頭の整理がつかない。

「ねえ稔美」

「なに？」

「宮沢賢治は隕石の中のダイヤモンドを見て『銀河鉄道の夜』を発想したのかもしれない」

「そうかもしれないわね」

「きっとそうだよ」

稔美は研二の横顔を見つめた。

「ねえ研二」

「なに？」

「そろそろ虹野にも、兄弟が欲しいわね」

「え？」

「そう思わない？」

「うん」

研二は少しとまどったような顔をする。

「それもいいかもしれないな」

「でしょ？」

「うん。ザウエルもよろこぶよ」

稔美は頰笑んだ。

部屋の中に風が起きて、窓ガラスをがたがたと鳴らした。


―おわり―

一九九九年六月　カッパ・ノベルス（光文社）刊

参考書籍

『新編　風の又三郎』新潮文庫
『新編　銀河鉄道の夜』新潮文庫
『注文の多い料理店』新潮文庫
『新編　宮澤賢治詩集』新潮文庫
『ポラーノの広場』新潮文庫
『ビジテリアン大祭』角川文庫
『ポラーノの広場』角川文庫
『イーハトーブのセールスマン・宮沢賢治の夢と修羅』畑山博（プレジデント社）
『年譜　宮澤賢治伝』堀尾青史（中公文庫）
『宮沢賢治　幻の羅須地人協会授業』畑山博（廣済堂出版）
『イーハトーブ乱入記――僕の宮沢賢治体験』ますむら・ひろし（ちくま新書）
『宮沢賢治の謎』宗左近（新潮選書）
『宮沢賢治―世紀末を超える予言者』久慈力（新泉社）

『アルツハイマー病』黒田洋一郎（岩波新書）
『冒される日本人の脳　ある神経病理学者の遺言』白木博次（藤原書店）
『忍者の生活〈生活史叢書2〉』山口正之（雄山閣出版）
『魔がさす瞬間　危ない自分の心理学』小田晋（河出書房新社）
『〔新〕校本　宮澤賢治全集』（筑摩書房）
『ソロモン王の洞窟』ハガード／大久保康雄訳（創元推理文庫）
『兄のトランク』宮沢清六（ちくま文庫）

※その他、新聞・雑誌・ホームページの記事などを参考にさせていただきました。執筆をされた方々にはこの場を借りてお礼申し上げます。ありがとうございました。
なお、引用文の一部に作者の判断で傍点またはルビを付加している箇所があります。ご了承下さい。

鯨統一郎　著作リスト（2002年3月31日現在）

●は長編、★は連作集・短編集

1★　邪馬台国はどこですか？
98年5月　創元推理文庫（東京創元社）

2●　隕石誘拐　宮沢賢治の迷宮
99年6月　カッパ・ノベルス（光文社）
02年3月　光文社文庫（光文社）

3●　金閣寺に密室《ひそかむろ》　とんち探偵一休さん
00年4月　ノン・ノベル（祥伝社）

4●　千年紀《ミレニアム》末古事記伝　ONOGORO
00年10月　ハルキ文庫（角川春樹事務所）

5●北京原人の日
01年1月　講談社

6★なみだ研究所へようこそ！　サイコセラピスト探偵　波田煌子《なみだきらこ》
01年4月　ノン・ノベル（祥伝社）

7★九つの殺人メルヘン
01年6月　カッパ・ノベルス（光文社）

8●鬼のすべて
01年9月　文藝春秋

9●CANDY
01年11月　祥伝社文庫（祥伝社）

10●新千年紀《ミレニアム》古事記伝　YAMATO
01年11月　ハルキ文庫（角川春樹事務所）

11●タイムスリップ森鷗外
02年3月　講談社ノベルス（講談社）

解説

香山《かやま》二三郎《ふみろう》
（コラムニスト）

多重テロに狂牛病、長引く不況に政治不信……新世紀に入ったばかりだというのに、世の中、右も左も真っ暗闇で夢も希望も見出せそうにない。魔法学校を背景に孤独な少年の成長を伸びやかに描いたファンタジー『ハリー・ポッター』シリーズ（静山社）が世界的なベストセラーとなったのも、あるいはそんな現実世界への反動なのかもしれない。

もっとも、童話だからといって皆ハッピーとは限らないわけで、近年は倉橋由美子《くらはしゆみこ》『大人のための残酷童話』（新潮文庫）や桐生操《きりゅうみさお》『本当は恐ろしいグリム童話』（ワニ文庫）のようなお伽《とぎ》の国の暗黒面をえぐり出した残酷童話ものも人気を呼んでおり、今ではすっかり定着した感がある。

ミステリーにしても昔から童話とは相性がよく、日本ものだけでも童話に材を取った逸品が少なくないが、そこにもまた残酷童話は進出し始めているのだった。いや、アガサ・クリスティ『そして誰もいなくなった』（ハヤカワ文庫他）やヴァン・ダイン『僧正殺人事件』（創元推理文庫）等でお馴染み、イギリスの伝承的な残酷童謡!? マザーグースが持て囃《はや》されてきたことからすると、そうした傾向は古くから根づいていたというべきか。

とまれ、土屋隆夫《つちやたかお》『危険な童話』（光文社文庫）や辻真先《つじまさき》『アリスの国の殺人』（双葉文庫）のようにオーソドックスな創作童話や原作の世界を奔放に活かした作品とは一線を画する残酷童話系がミステリーにも登場しつつある。刊行時「大人のためのミステリ残酷童話」（Ⓒ千街晶之《せんがいあきゆき》）と評された本書も、まさにその好例といえる一冊だ。

題材は今や国民詩人、国民童話作家ともいうべき宮沢賢治で、彼の童話の秘密をめぐる誘拐犯罪の顚末《てんまつ》がメインとなるが、そのいっぽうで「宮沢賢治の迷宮」に深く分け入っていくうえで極めて挑発的な試みもなされている。それがどんなものなのかについて触れる前に、まず作品紹介をすませておこう。

本書は一九九九年六月、光文社カッパ・ノベルスの一冊として書下ろされた。著者の記念すべき第一長編に当たる。著者のデビューはその三年前、一九九六年、第三回創元推理短編賞に異色の歴史ミステリー「邪馬台国はどこですか？」を応募したのがきっかけとなった。作品は最終選考に残り、残念ながら受賞は逃したものの、それを表題作にした連作集としてまとめられることになる。かくして二年後の九八年五月、『邪馬台国はどこですか？』（創元推理文庫）が刊行されるが、これがやがて「このミステリーがすごい！　'99年版」（宝島社）の国内編部門で第八位、「'99本格ミステリ・ベスト10」（東京創元社）でも第三位にランクされ、著者は一躍有望新人のひとりと目されることになるのである。

その一年後の刊行となる本書は待望の第一長編であるとともに真価を問われる一冊ともなった。著者としても、いやでも肩に力が入るところであろう。歴史ミステリーに新風を吹き込んだ前著からして、今度も当然歴史ものだと思っていた読者も多かったに違いないが、出てきたのは賢治童話をめぐるお宝探し＋誘拐サスペンスという意外なシロモノ。だが賢治童話に秘められた謎という着想にしろ、『邪馬台国は……』でみせた新釈技の妙は充分味わえるのでご安心を。

主人公の中瀬研二は脱サラ後、アルバイトの傍ら童話作家を目指し執筆に励んでいたが、妻の稔美はうだつの上がらぬ生活に不満たらたら、四歳の息子虹野をまじえた家庭生活もギクシャクしていた。そんな折り、宅配便業者を装った男たちに稔美と虹野が誘拐されてしまう。研二は童話創作教室の同僚・白鳥まゆみや隣人の児玉恭一の協力を得て、ふたりの行方を追い始めるが、その頃稔美は宮沢賢治の研究家だった父が彼女に残した秘密を明かすよう、犯人たちに迫られていた……。

それがどんなものなのか、ひょんなことから研二も知ることになり、中盤以降はその秘密の追求を軸に研二たちの捜索や稔美の過酷な運命が並行して描かれていくことになる。

誘拐サスペンスというと、つい身代金奪取を目的とするオーソドックスな犯罪ものを想像しがちだが、宮沢賢治という〝縛り〟がある本書は、登場人物からして現実離れをした一面がある。誘拐犯一味にしても、皆が賢治作品に関する名前を付され、これまた賢治絡みのトンデモない組織に属していたりするのだ。

そのいっぽうで、稔美が再三誘拐犯たちから暴行を受け命の危険にさらされる点ではハード・バイオレンス趣向が前面に打ち出されているし、彼女が殺されないうちに助け出さなければならないという点ではデッドリミット型のサスペンス演出も凝らされている。

賢治づくめのメルヘンチック世界で起きる生々しい暴力劇という、このアンビバレンツな作風こそ残酷童話たる所以《ゆえん》なのだが、中にはそのミスマッチに辟易《へきえき》する人もいよう。

だからといって、しかし、それを著者の単なる悪趣味な演出とするわけにはいかないのである。宮沢賢治について知識のある人なら、中瀬研二が自らを再三「デクノボー」呼ばわりしていることや、中瀬「研二」&「稔（トシ）美」と、宮沢「賢治」&夭折したその妹「トシ」の相似性に即、お気づきになるはず。つまり本書には、賢治童話とともに賢治自身の姿も二重写しにされているのだ。いいかえれば、著者は本書をあえて残酷童話仕立てにすることによって、賢治童話の暗黒面を描き出すとともに彼自身の隠された素顔をも浮き彫りにしようとした。むろん、賢治世界に新たな光を当てようとするその試みが『邪馬台国は……』でみせたトンデモない新解釈――曲解芸と相通ずるはなれわざであることはいうまでもないだろう。

それはそうでも、悪趣味は悪趣味、とまだ言い張る人がいたら、本書が出た三年前の一九九六年が賢治の生誕一〇〇年であったことを思い起こしていただきたい。タブー破りの作風で知られるノンフィクション作家吉田司《よしだつかさ》が賢治のそれに挑んだ『宮澤賢治殺人事件』（文春文庫）

によれば、その年は賢治ブームの頂点だったそうで、「日本のマスコミを代表する朝日新聞社主催の『宮澤賢治の世界展』」を始め、大小様々なイベントが全国で目白押し、映画や舞台でも複数の賢治作品がかかった。さらにまた、

テレビやラジオ、月刊誌、週刊誌でも次から次と、似たり寄ったりの「賢治特集」が組まれ、日本のメディアから賢治の礼賛記事、誇大宣伝の絶える日がなかった——地元花巻の街には至るところに賢治の名所案内の看板や賢治マスコットや賢治グッズを売る店が並び、銅像まがいの詩碑や歌碑、顕彰碑が建立されているが、この九六年という年は、メディアの手で情報世界の至るところに、つまり日本中に〈聖なる賢治〉の銅像や顕彰碑が建立されていった年なのである。

この時期、恐らく鯨統一郎も聖者としての賢治を祭り上げる〝賢治教〟のありかたに違和感を覚えていたに違いない。お宝探しという着想こそ健全なものの、〝性と暴力〟という賢治世界とは対照的な趣向が前面に出されたり、賢治が「強烈な右翼思想の牙城」だった法華経団体・国柱会《こくちゅうかい》に傾倒していたことに言及されていたりするのも、そうした安易な賢治礼賛への批判精神がなせるわざなのではないかと。それは何より〈オペレーション・ノヴァ〉という誘拐犯たちの謀略の内容からも明らかかと思われるが如何《いかが》。

つい賢治関係の話題に偏ってしまったが、賢治にまつわるチャレンジングな試みだけが本書の読みどころでは決してない。ミステリー的なツボもちゃんと押えられていて、たとえば誘拐事件の謎——稔美たちは何処に連れ去られたのか、はたまた黒幕の正体は誰なのか——については意外な仕掛けが凝らされていたりする。また、崩壊寸前にあった中瀬家が絶体絶命の危機を乗り越えることによって結束を新たにするところは、家庭再生小説としても読みごたえあるはず。鯨ファン、賢治ファンはもとより、ミステリーファンも女性ファンも満足させようとするその前向きな姿勢からは『邪馬台国は……』からさらに一歩進んだエンターテイナーぶりが窺えよう。

そう、本書については、賢治のタブー破りというある意味スキャンダラスな話題性が先行しがちだが、肝心なのは何よりそうした著者の進化ぶりなのである。

ちなみに本書の後も鯨小説は順調に作品数を増やしている。お馴染み一休さんが足利三代将軍義満の死の謎に挑む本格長篇『金閣寺に密室《ひそかむろ》　とんち探偵一休さん』（祥伝社ノン・ノベル）や『古事記』の鯨版現代語訳『千年紀《ミレニアム》末古事記伝　ONOGORO』（ハルキ文庫）、北京原人化石消失事件という現代史の謎に挑んだ『北京原人の日』（講談社）など得意の歴史もののほかにも、ユーモア系心理学ミステリーの連作集『なみだ研究所へようこそ！　サイコセラピスト探偵　波田煌子《なみだきらこ》』（祥伝社ノン・ノベル）やパラレルワールドSFの『CANDY』（祥伝社文庫）などがあり、芸域をさらに拡大しつつある。

童話ものも、世界の名作を題材にした『邪馬台国はどこですか?』系の連作集『九つの殺人メルヘン』(光文社カッパ・ノベルス)があるので(文字通りの残酷童話系だ!)、本書をお気に召したかたはどうぞ引き続きお楽しみを。

光文社文庫

長編推理小説
隕《いん》石《せき》誘《ゆう》拐《かい》　宮沢賢治《みやざわけんじ》の迷宮《めいきゅう》
著　者　鯨《くじら》統《とう》一《いち》郎《ろう》

2002年3月20日　初版1刷発行

発行者　濱　井　武
印　刷　堀　内　印　刷
製　本　明　泉　堂　製　本

発行所　株式会社　光　文　社
〒112-8011 東京都文京区音羽1-16-6
電話　(03)5395-8149　編集部
8113　販売部
8125　業務部
振替　00160-3-115347

ISBN4-334-73291-7　Printed in Japan

お願い　光文社文庫をお読みになって、いかがでございましたか。「読後の感想」を編集部あてに、ぜひお送りください。

このほか光文社文庫では、どんな本をお読みになりましたか。これから、どういう本をご希望ですか。

どの本も、誤植がないようつとめていますが、もしお気づきの点がございましたら、お教えください。ご職業、ご年齢などもお書きそえいただければ幸いです。

光文社文庫編集部